Schützenbrüder

Stefan Holtkötter

Schützenbrüder –

der erste Fall für Tönne Oldenkott

Kriminalroman

Verlag topp+möller
Detmold 2014

Cover: © Beate Kahramanlar,
TRYXZ 3D Design, Havixbeck
Foto: Schützenhut ©Frank Deitert,
Vereinsbedarf Deitert GmbH, Sassenberg
Bildquelle: shutterstock.com
Umschlaggestaltung: Kreativagentur · topp+möller conAct

Bibliografische Information der Deutschen Nationalbibliothek
Die Deutsche Nationalbibliothek verzeichnet diese Publikation in der Deutschen Nationalbibliografie; detaillierte bibliografische Daten sind im Internet über http://dnb.dnb.de abrufbar.

ISBN: 978-3-936867-55-8

Zweite Auflage 2016

Verlag und Gesamtherstellung: topp+möller, Detmold
Lektorat: Gisela Greving-Voehl, Malte Schulz-Sembten

1

Sandra Lütke-Wietholt – seit Günni denken konnte, war er hinter ihr her. Schon in der Schule, als sie zwei Klassen über ihm war und mit ihrer Oberweite alle Jungs verrückt gemacht hatte. Auch zehn Jahre später hatte sich nicht viel daran geändert, und ihr eindrucksvolles Dekolleté war noch immer *der* Hingucker auf dem Schützenfest.

Heute war Günnis große Nacht. Denn es passierte das, was er niemals zu träumen gewagt hätte: Sandra Lütke-Wietholt machte ihm eindeutige Avancen. Den ganzen Abend schon. Unfassbar.

Dabei war es nicht in erster Linie ihr Ausschnitt, der ihn fertig machte. Auch der strohblonde Pony und ihr Pferdelachen waren großartig. Wenn sie loswieherte, war der Raum gleich voller Leben. Und das Gute war, sie lachte einfach ständig. Eine schönere Frau als Sandra Lütke-Wietholt konnte er sich auf dem ganzen Planeten nicht vorstellen. Jedenfalls nicht heute Nacht.

Hätte er nur nicht so viel getrunken.

Aber er war nun mal so aufgeregt, und seine Kumpels ließen ihn auch nicht zur Ruhe kommen. An der Theke folgte die eine Bierlatte auf die andere. Trinksprüche, Gejohle, eine Runde Schnäpse und dann wieder eine Bierlatte. Schützenfest eben.

Die Bässe wummerten durch seinen Körper. Wie spät war es überhaupt? Und wo war Sandra auf einmal hin? Auf der Bühne standen die Farmboys, eine Coverband, die von Schützenfest zu Schützenfest tourte. Sie versuchten sich an *Atemlos durch die Nacht* von Helene Fischer. Dabei waren sie auch schon ziemlich drüber. Für die Musiker gab es den ganzen Abend Gratisgetränke, und so hörten sie sich auch an. Die Sängerin hatte viel zu lange und zu laut gesungen und gab inzwischen nur noch ein heiseres Krächzen von sich. Und die anderen waren auch nicht viel besser. Aber sie hatten Spaß da oben, da gab es nichts. Und darauf kam es ja an.

„Hey, Günni! Wo bleibst du denn?"

Da war sie. Sandra Lütke-Wietholt.

„Hast du mich etwa vergessen?"

Sie tanzte auf ihn zu, lachte laut und zog ihn von seinen Kumpels weg. Die Jungs johlten und pfiffen anzüglich, ein paar gaben echt üble Kommentare ab. Aber das schien sie nicht zu stören. Sie nahm seine Hand und zog ihn auf die Tanzfläche. Günni wurde übel. Schwindel erfasste ihn. Dieser Scheißalkohol.

„Das ist unser Song, Günni. Du tanzt doch Discofox?"

Selbst nüchtern trat Günni den Frauen meist auf die Füße. Deshalb wäre ihm ein Song lieber gewesen, bei dem sie schwofen konnten. Egal. Er musste das Beste draus machen.

Die Tanzfläche war rammelvoll. Im Schwarzlicht glitzerten die Fussel auf Sandras Bluse. Wie der Sternenhimmel. Ihr Pferdegebiss leuchtete ihm bläulichweiß entgegen. Schon wieder dieser Schwindel. Mein Gott, er hatte wirklich zu viel intus. Als er von der Seite angerempelt wurde, stolperte er und landete mit dem Gesicht in Sandras Dekolleté.

Sie zog ihn an den Haaren hoch.

„Hoppla! Du gehst aber ran!"

Und dann wieherte sie wieder los.

Er war im siebten Himmel. Es war einfach unglaublich. Wäre da nur nicht diese dumpfe Übelkeit. Sein Kumpel Achim war mal beim Schützenfest mit seiner neuesten Eroberung auf dem Autorücksitz gelandet. Ein echter Traum. Aber als es zur Sache ging, musste er sich plötzlich übergeben. Er hatte es zwar geschafft, in den Fußraum zu kotzen, aber das machte es nicht viel besser. Es war nämlich ihr Auto gewesen, und sie war völlig durchgedreht. Mann, so schnell hatte noch keine Frau mit ihm Schluss gemacht.

Die Musik dröhnte. Sandra war jetzt ganz nah. Sie drückte ihre Lippen auch schon auf seine, und im nächsten Moment schob sie ihm ihre Zunge in den Mund. Sie schmeckte nach Kirschlikör.

Stopp. Das war zu viel. Nicht auch noch Kirschlikör. Sein Magen zog sich zusammen. Speichel sammelte sich in seinem Mund. Es war klar, was als Nächstes passieren würde. Er musste weg von hier.

„Sorry. Ich bin gleich wieder da."

Und dann stürzte er nach draußen. Raus aus dem Zelt. Er vermasselte alles, das war ihm klar. Aber Hauptsache, ihm passierte nicht dasselbe wie Achim.

Auf der Schützenwiese standen Jeeps und Traktoren. Eine einzelne Laterne brannte. An der Hecke hatte sich eine Reihe Männer aufgebaut, die nebeneinander pinkelten. Am Wiesenzaun glotzte eine Herde Kühe aus dem Halbdunkel hervor.

Er sah sich um. Da, hinters Zelt. Aber schnell. Er stolperte jedoch über seine Füße und fiel auf den Schotter. Sein Magen rebellierte. Er schluckte schwer. Nicht jetzt. Nicht hier. Soviel Anstand musste sein. Also raffte er sich wieder auf. Noch fünf Meter bis zur Ecke, dann darfst du. Halt durch, Günni.

Hinterm Zelt klaffte Dunkelheit. Er hielt inne. Irgendwas stimmte hier nicht. Es war nur so ein Gefühl. Eine Stimme riet ihm, besser zu verschwinden. Er hatte ein gutes Gespür für Ärger. Das hatte ihn schon vor mancher Schlägerei bewahrt. Und diese Dunkelheit wirkte irgendwie bedrohlich.

Eine neue Welle der Übelkeit übermannte ihn. Keine Zeit zum Nachdenken. Er stolperte hastig die letzten Meter zum Zelt. An der Ecke war nichts mehr zu machen. Sein Körper bäumte sich auf, und in hohem Bogen schoss sein Mageninhalt durch die Luft. Erst in allerletzter Sekunde gelang es ihm, den Kopf herumzureißen und den Schwall hinters Zelt zu lenken.

Da war es schon zu spät, um auszuweichen: Im Gras lag einer, der seinen Rausch ausschlief. Direkt vor seinen

Füßen. Mit lautem Platschen landete das Erbrochene auf dem reglosen Körper. Günni klammerte sich erschrocken an die Zeltwand. Er keuchte.

„Günni? Wo bist du denn?“, rief Sandra irgendwo.

Aber er hatte nur Augen für den Mann. Da stimmte was nicht. Die Augen starrten reglos in den Himmel. Ein Blick, der die Luft gefrieren ließ. Günni wankte.

„Güüünni!“

Im nächsten Moment fing neben ihm jemand an zu schreien. Sandra. Sie hatte den Mann ebenfalls entdeckt. Und ihr war offenbar sofort klar, dass er mausetot war. Sie schrie und schrie und hörte nicht wieder auf. Und Günni, völlig überrollt von seinem plötzlichen Entsetzen, bäumte sich wie ferngesteuert auf und erbrach sich ein weiteres Mal über den Toten.

2

„Jetzt guckt euch den Mais da draußen an!“

Unglaublich, wie gut der aussah. Dabei war Osterholts Kamp früher immer so ein nasses Loch gewesen. Ein wahrlich erbärmliches Stück Land. Aber der neue Pächter hatte im letzten Jahr eine Drainage gelegt, und die bewirkte offenbar Wunder.

„Donnerschlag. Ich hab zu Alwin Osterholt immer gesagt, das bringt doch nichts, da Mais zu säen. Eine Kuhwiese, das ist alles, was man mit dem Land machen kann. Und jetzt das. Ist das nicht eine Pracht?“

Hinter ihm ertönte ein lautes Hupen. Tönne Oldenkott seufzte. Die jungen Leute heutzutage. Immer gehetzt, als wär der Teufel hinter ihnen her. Er sah auf den Tacho: knapp dreißig Stundenkilometer. Gut, man durfte hier schneller fahren, das schon. Aber wenn er immer durch die Gegend jagen würde wie der letzte Berserker, wie sollte er dann feststellen, wie bei anderen Leuten die Felder aussahen? Ein bisschen Geduld täte den jungen Menschen mal ganz gut.

Es hupte wieder, diesmal aggressiver.

„Ja, dann fahr doch!“, rief Tönne. „Himmelherrgott!“

Er machte etwas Platz, und das andere Auto schoss wütend an ihm vorbei.

„Kein Wunder, dass es hier immer mehr Unfälle gibt“, bemerkte Tönne. „Man sollte die Geschwindigkeit begrenzen.“

Von hinten eine gelangweilte Stimme: „Opa? Sind wir bald zu Hause?“

Er warf den beiden Mädchen einen unzufriedenen Blick zu.

„Interessiert ihr euch denn gar nicht für die Landwirtschaft?“

Betretenes Schweigen. Nun gut, das war ja nichts Neues. Und es war wohl auch besser so, denn seit er im Ruhestand war, wurde auf seinem Hof nicht mehr gewirtschaftet. Das bisschen Land reichte eben nicht, um davon eine Familie zu ernähren. Die Zeiten änderten sich. Seine Ställe standen nun leer, und die Ländereien waren verpachtet. Er konnte sich nur damit trösten, dass es den meisten Bauern so erging. Wer nicht ständig wuchs, der ging unter.

Besser, die Mädchen lernten einen Beruf, der auch Geld einbrachte. Denn einen Bauern zu heiraten, davon musste man inzwischen ja fast schon abraten.

Mit der Zeit wurde es verdächtig ruhig auf der Rückbank. Tönne sah in den Rückspiegel. Tatsächlich. Die beiden machten sich an einer Schokoladentafel zu schaffen.

„Habt ihr da etwa Süßigkeiten? Eure Mutter hat doch klar und deutlich gesagt, dass ihr vorm Mittagessen nichts mehr naschen sollt.“ Er reckte den Hals. „Was habt ihr denn da?“

Die Kleine nuschelte etwas Unverständliches. Das tat sie bestimmt mit Absicht, weil sie wusste, dass Tönne sein Hörgerät nicht richtig eingestellt hatte. Die beiden machten sich gerne über ihn lustig, wenn er nicht alles hörte.

„Rede laut und deutlich mit mir, Frolleinchen."

„Taube Nuss", sagte sie.

Tönne ging hart in die Bremsen. Die Mädchen schrien auf.

„Taube Nuss?", rief er aufgebracht. „So redest du mit mir? Du kannst gleich aussteigen und zu Fuß gehen!"

Keinen Respekt mehr hatten die heutzutage. Früher wären sie dafür übers Knie gelegt worden.

Die Ältere hielt ihm die Schokolade entgegen.

„*Traube*-Nuss, Opa!"

Verdattert musterte er den Packungsaufdruck.

„Na, wenn das so ist ..." Er räusperte sich. Jetzt hatte er ihnen schon wieder Unrecht getan, den lieben Kleinen. „Dann gib doch dem Opa auch ein Stückchen ab."

Als er weiterfuhr, kam ihm ein Fahrrad entgegen. Alwin Osterholt. Seit der in Rente war, fuhr er jeden Tag seine Kilometer. Um in Bewegung zu bleiben, wie er sagte. Aber Tönne wusste, dass er seine alten Ländereien abfuhr, um nach dem Rechten zu sehen. Ob der Pächter auch alles richtig machte.

Alwin kam ihm wie gerufen. Tönne musste nämlich dringend mit ihm sprechen – wegen des Mordfalls. Seit Wochen gab es kein anderes Thema mehr bei ihnen in Buddenbeck. Werner Osthues, der Kassenwart vom Schützenverein, war tot. Er war auf dem Schützenfest im Nachbarort, wo er zur Gastdelegation gehört hatte, ermordet worden. Das musste man sich mal vorstellen. Ein echter Mord in Buddenbeck. Werner war zwar eine Plage gewesen mit seiner schlechten Laune. Ein missmutiger und streitlustiger Bauer und ein Geizhals obendrein. Aber so einen Tod hatte keiner verdient. Und als Christenmensch, dachte Tönne mit einem Anflug von schlechtem Gewissen, sollte man wohl auch nicht allzu schlecht über die Toten sprechen. Nicht einmal dann, wenn es die Wahrheit war.

Er fuhr rechts ran und wartete, bis Alwin wackelig und ungeschickt von seinem Rad gestiegen war. Man wurde eben nicht jünger.

„Tönne! Haben sie dich als Chauffeur abgestellt?"

Alwin winkte den Mädchen auf der Rückbank zu.

„So ist es, Alwin. Einer muss die Damen ja durch die Gegend kutschieren. Und bei mir denken alle, ich hätte Zeit genug."

„Wem sagst du das! Als gäb's auf dem Hof nicht immer was zu tun. Rente hin oder her. Aber sie denken, wir haben alle Zeit der Welt."

„Ich hab gerade den Mais bewundert, der auf deinem Kamp hinterm Moorbach steht. Das ist ja eine wahre Pracht!"

Alwin verzog das Gesicht. „Der Acker war gut, wie er war, wenn du mich fragst", grummelte er. „Diese neumodische Technik verändert unsere ganze Natur. Unsere Heimat. Und alles nur für den Profit."

Tönne hatte offenbar einen wunden Punkt getroffen. Dabei ärgerte Alwin sich wahrscheinlich nur, dass er selbst nie auf die Idee gekommen war, da unten eine Drainage zu legen.

Doch der Mais war ja ohnehin bloß der Aufhänger gewesen, denn eigentlich wollte Tönne ja wissen, ob es im Mordfall irgendwelche neuen Erkenntnisse gab. Alwins Neffe war nämlich bei der Staatsanwaltschaft in Münster, ob man das glaubte oder nicht. Und Alwins Bruder erzählte brühwarm alles weiter, was sein Sohn ihm streng vertraulich von der Arbeit berichtete. Somit war Alwin im Moment die wichtigste Nachrichtenquelle in Buddenbeck. Er wusste immer mehr als alle anderen zusammen. Und das wollte wirklich was heißen.

„Sag mal, Alwin. Ich hab gehört, die Ermittlungen sind durch? Stimmt das denn, oder ist das ein Gerücht?"

„Nein, alles durch", meinte Alwin. „Der Fall ist jetzt bei der Staatsanwaltschaft. Demnächst wird das Verfahren eröffnet."

„Aber das können die doch nicht machen! Die haben ja nicht einmal den Mörder."

„Tönne", ermahnte Alwin ihn. „Natürlich haben sie den Mörder. Es war Mechthild, die Tochter von Werner."

„Ach was, Alwin. Als wenn Mechthild so was tun würde."

„Die haben aber Beweise. Eine Menge Beweise sogar. Das soll alles wasserdicht sein. Auch wenn uns das nicht gefällt."

Werner Osthues war vergiftet worden, mit einem Extrakt aus Eisenhut. Das Zeug war in dem Aufgesetzten gewesen, den er getrunken hatte. Ihm war ganz plötzlich übel geworden, und er hatte wohl gedacht, er habe zu viel getrunken. Eilig war er hinters Zelt gelaufen, um sich zu übergeben. Aber dann war er nicht mehr zurückgekommen. So schnell konnte das gehen. Die Polizei sagte, er habe nicht lange gelitten. Wenigstens das wollte Tönne für Werner hoffen, Gott hab ihn selig.

Am nächsten Morgen, gleich nach der Todesnachricht, war Tönne zu Mechthild gefahren, um nach ihr zu sehen. Das arme Mädchen. Seine verstorbene Frau Agnes war damals ihre Lehrerin gewesen, wie bei den meisten Buddenbeckern unter vierzig. Und Agnes hatte gesagt, dass Mechthild ihr Herz auf dem rechten Fleck habe. Tönnes Frau hatte eine wirklich gute Menschenkenntnis gehabt, das war einer ihrer vielen Vorzüge gewesen. In ihrer Ehe war sie für das Zwischenmenschliche zuständig gewesen, das war nämlich nicht immer Tönnes Stärke. Nein, was das anging, war seine Frau ganz anders gewesen als er.

Agnes wäre nach dem Mord ganz sicher zu Mechthild gegangen, um ihr Beileid auszusprechen, glaubte Tönne. Also hatte er es ebenso gemacht. Bestimmt wäre Agnes stolz auf ihn gewesen, wo er sich doch nun allein um das Zwischenmenschliche kümmern musste.

„Ich weiß, wie das ist", hatte er zu Mechthild gesagt. „Es ist nicht leicht, ein Familienmitglied zu verlieren. Agnes fehlt mir immer noch, jeden Tag."

„Danke, Tönne. Weißt du, Werner war ein furchtbarer Mensch. Aber er war trotzdem mein Vater. Blut ist dicker als Wasser. Jetzt weiß ich, was das heißt."

„Ich weiß, Mechthild. Ich weiß. Brauchst du Hilfe?"

„Es wird schon gehen. Wir haben einen Betriebshelfer. Und mein Freund hilft mir auch. Ich komme schon klar."

„Wenn was ist, melde dich. Wir werden schon für alles eine Lösung finden. Wir sind schließlich eine Gemeinschaft."

„Ach, Tönne. Die Polizei war heute schon hier. Sie ... Ich habe fast das Gefühl, die denken, ich wäre das gewesen. Sie waren sehr unfreundlich und haben so komische Fragen gestellt."

„Das kann ich mir nicht vorstellen!"

„Die sagen, ich wäre auf das Erbe aus. Aber das ist doch Unsinn. Was hätte ich denn davon? Ich wollte doch mit meinem Freund auf Weltreise gehen. Für ein oder zwei Jahre, haben wir uns gedacht. Nachdem er ein bisschen was von einer Tante geerbt hat, könnten wir uns das leisten. Und jetzt sitz ich hier fest. Aus der Traum. Und den Hof hätte ich doch früher oder später sowieso geerbt."

„Die müssen bestimmt nur ihre Routinearbeit erledigen, Mechthild. Die Polizei wird den Mörder schon finden, und dann können wir alle nach vorne sehen. Mach dir bitte keine Sorgen. Versprichst du mir das, Mechthild?"

Ein kühler Wind kam auf. Alwin stützte sich auf seinem Fahrradlenker ab und machte ein wichtiges Gesicht.

„Das Gift war im Sauerkirsch-Aufgesetzten, Tönne", sagte er. „In *Mechthilds* Sauerkirsch-Aufgesetzten. Wie viele Beweise brauchst du denn noch?"

„Da geht es schon los, Alwin. Das kann ja überhaupt nicht sein. Der Sauerkirsch-Aufgesetzte ist Mechthilds ganzer Stolz. Sie ist *berühmt* dafür. Den hätte sie doch nie im Leben mit Gift ruiniert. Nicht ihren Aufgesetzten. Wenn sie es drauf angelegt hätte, den Alten zu ermorden, hätte sie ganz bestimmt einen anderen Weg gefunden."

„Sie hat Blauen Eisenhut in ihrem Garten."

„Das Zeug wächst doch hier überall."

„Wo hast du denn zuletzt Eisenhut in freier Wildbahn gesehen? Im Sauerland vielleicht, aber hier wächst das Zeug gar nicht. Außer in Mechthilds Garten halt."

„Das kann sich auch jemand anderes aus ihrem Garten geholt haben. Oder aus einem anderen Garten. Wenn das bei Osthues steht, dann sicher auch woanders. Was ist denn mit eurem Garten? Habt ihr da vielleicht auch Blauen Eisenhut?"

„Aber Gift, Anton", meinte Alwin bedeutungsschwer. „So morden nur Frauen."

„Ach, Unsinn, Alwin. So morden nur Frauen! Die Zeiten haben sich geändert. Man kriegt heutzutage Geld von der EU, wenn man seine Nutzflächen stilllegt und dort Unkraut wachsen lässt! Der Älteste von Hehringhaus hat letzte Woche in Köln einen Mann geheiratet. Und wie du weißt, ist mein Herr Schwiegersohn in einem Kindergarten beschäftigt, hockt bei den Blagen herum, liest ihnen Märchen vor und nennt das Ganze dann Arbeit. Die Welt steht Kopf. Und du willst mir immer noch sagen, nur Frauen morden mit Gift?"

„Sie hat ihm die Flasche mitgegeben, Tönne. Weil Werner das billige Zeug vom Getränkehandel nicht trinkt, das es auf dem Schützenfest gibt. Und Mechthild wusste, dass der alte Geizhals keinen anderen an seine Flasche ranlässt."

„Das ist für mich noch kein klarer Beweis."

„Das ist ja auch nicht alles. Sie wollte an ihr Erbe. Der Alte hat auf dem Geld gesessen. Dabei hatte er genug davon. Und bei Osthues auf dem Hof sieht's aus wie bei arme Leute. Immer knapsen, immer zurückstecken. Verstehen kann man sie ja, die Mechthild. Sie hatte gute Gründe."

„Gute Gründe! Ich sag dir, Alwin: Wenn alle morden würden, die gute Gründe hätten, dann gäb's keine Menschen mehr."

Tönne hatte langsam genug. Seit Wochen die gleichen Diskussionen. Sie drehten sich alle nur im Kreis.

„Aber was bedeutet das, wenn das Verfahren eröffnet wird?“, fragte er. „Hat das dein Neffe auch gesagt? Sind die Ermittlungen denn dann endgültig abgeschlossen?“

„Ja. Mechthild wird wegen Mord angeklagt. Besser, sie sucht sich jetzt einen guten Anwalt.“

„Und heißt das, keiner wird mehr nach dem *echten* Mörder suchen?“

„Tönne. Mechthild war das. Gewöhn dich an den Gedanken.“

Nein. Niemals. Daran würde er sich nicht gewöhnen. Egal, was die Polizei sagte – das Wort seiner verstorbenen Frau Agnes stand dagegen. Wenn Mechthild eine Mörderin wäre, dann hätte Agnes niemals so viel von dem Mädchen gehalten. Er erinnerte sich daran, wie Mechthild häufig zu Besuch gekommen war, als Agnes immer kränker geworden war. Sie war regelmäßig gekommen, während sich andere rar gemacht hatten. Dann hatte sie auch noch stundenlang Wildblumen gepflückt, weil Agnes doch Blumen so sehr liebte. Das hatte Tönne damals sehr gerührt. Und ganz grundsätzlich: Agnes hatte immer gesagt, dass Mechthild ein gutes und anständiges Mädchen sei. Und im Zweifelfall traute Tönne lieber seiner Agnes als irgendwem sonst.

„Wer soll das denn gewesen sein, Tönne? Die Polizei hat doch ermittelt. Auf dem Schützenfest waren tausend Leute, aber Werner hat ja den ganzen Abend an seinem Tisch gehockt. Da ist keiner an die Flasche rangekommen. Spuren gab’s auch keine.“

Tönne hatte natürlich schon darüber nachgedacht und auch eine Theorie entwickelt. Es musste einer gewesen sein, der mit am Vorstandstisch vom Schützenverein gesessen hatte. Die Gastdelegation hatte einen eigenen Tisch, wo sonst keiner saß. Da hätte einer vielleicht einen unbedachten Moment nutzen können. Das war die einzige plausible Lösung.

Tönne hatte das auch den Leuten von der Kripo gesagt. Sie sollten sich den Vorstand vornehmen, wenn sie den Mörder finden wollten. Aber die Herrschaften meinten nur: Keine Sorge, Herr Oldenkott, wir ermitteln in alle Richtungen. Als wäre er nicht nur schwerhörig, sondern auch noch schwer von Begriff.

Auf der Rückbank machten sich die Mädchen bemerkbar.

„Opa! Mama hat eine SMS geschickt. Das Essen ist fertig. Sie fragt, wo wir bleiben."

„Es ist vorbei, Tönne", sagte Alwin. „Man kann den Leuten eben nur vor den Kopf gucken. Das gilt auch für Mechthild."

„Opa!", quengelten die beiden.

„Du hörst, Alwin, wir müssen los."

„Wir sehen uns, Tönne. Tut mir leid für dich."

Tönne winkte und startete den Motor. Ihm war nicht wohl bei dem Gefühl, dass Mechthild jetzt vors Gericht kam. Das kam ihm nicht richtig vor. Was hätte Agnes an seiner Stelle getan? Hätte sie die Sache auf sich beruhen lassen?

„Opa? Fahren wir jetzt nach Hause?"

Nachdenklich fuhr Tönne weiter. Für die Felder hatte er keinen Blick mehr. Das war nicht richtig, was hier passierte. Die Polizei hatte den falschen Täter ins Gefängnis gebracht.

„Ja", sagte er. „Wir fahren nach Hause."

3

Es ging dann doch nicht sofort nach Hause. Tönne musste vorher noch was erledigen. Er fuhr ins Dorf, zur Polizeiwache. Diese Sache konnte er nicht auf sich beruhen lassen. Er wusste, die Herrschaften von der Kripo würden ihn nur wieder hinauskomplimentieren. Mit denen brauchte er gar nicht zu reden. Aber er hatte noch ein Ass im Ärmel. Einen viel besseren Kontakt zur Polizei. Tönne stellte den Wagen vor der Polizeiwache ab. Die Mädchen fingen sofort an zu quengeln, als sie sahen, was passierte.

„Dauert das noch lange?"

„Mama sagt, wir sollen sofort nach Hause kommen."

„Opa, ich hab Hunger!"

Tönne blickte etwas schuldbewusst zur Rückbank. Er wollte natürlich nicht, dass die Kinder hungerten. Aber was blieb ihm anderes übrig? Schließlich sollte gegen Mechthild Anklage erhoben werden.

„Wenn du Hunger hast, dann iss doch noch ein bisschen Schokolade", sagte er. Gut, dass Susanne ihn nicht hörte. „Oder habt ihr die schon auf? Na, also. Ich bin gleich wieder da, versprochen. Ich beeile mich."

Bevor er die Autotür zuwarf, schärfte er den Mädchen ein zu lügen, falls ihre Mutter sich noch mal auf dem Handy meldete. Die würde sich sonst nur wieder unnötig aufregen. Dann drehte er sich um und betrat die Wache.

Es war totenstill in der Amtsstube. Mittagszeit. Ein Jungspund hockte hinter dem Tresen am Schreibtisch und las die Bildzeitung. Als er Tönne eintreten sah, schob er das Blatt zur Seite und reckte sich.

Tönne sah sich um. Der Junge schien allein zu sein.

„Ist unser Lisbeth nicht da?", fragte er.

Der junge Mann guckte etwas blöde aus der Wäsche.

„Wer?"

„Lisbeth."

Nichts. Tönne seufzte. Doch bevor er sich weiter erklären konnte, dröhnte eine dunkle Stimme durch den Raum.

„Lisbeth? Die sitzt auf'm Bock. Hat einen Einsatz."

Heinz Bertling tauchte auf, der Leiter der Wache.

„Heinz, grüß dich. Wann ist sie wieder da?"

„Kann länger dauern. Was gibt's denn?"

„Ich muss mit ihr reden. Kannst du ihr was ausrichten?"

Der Junge blickte ziemlich begriffsstutzig aus der Wäsche. „Wer ist denn Lisbeth?", fragte er.

„Unsere Gül“, sagte Heinz unbeeindruckt.

Tönne wunderte sich. Gab's wirklich Leute, die *Gül* zu dem Mädchen sagten? Gül, das klang wie Gülle. Jauche. Und dabei war sie so ein hübsches Mädchen, die Lisbeth. Übrigens auch eine ehemalige Schülerin seiner Frau. Als Agnes zum ersten Mal von ihr erzählte, hatte Tönne erschrocken gefragt: „Was? Wie heißt die? *Gülle*?“ Woraufhin Agnes erwidert hatte: „Nicht Gülle, Anton. Gül. Das ist türkisch und heißt Rose.“ Aber das war ihm nicht in den Kopf gegangen. Wie konnte Gülle Rose heißen, in welcher Sprache auch immer? Eine Strafe für das arme Kind. Und mit dieser Ansicht war er offenbar nicht allein, denn als Gül nach der Schule zur Polizei ging und überall in Buddenbeck bekannt wurde, da hatten die älteren Leute irgendwann angefangen, sie einfach Lisbeth zu nennen. Der Name hatte sich dann durchgesetzt, und Tönne fand, der passte auch viel besser zu so einem netten Mädchen.

„Gibt es denn ein Problem?“, wollte Heinz wissen.

Tönne musste sich in Acht nehmen. Er wusste ja, Heinz mochte es nicht, wenn was hinter seinem Rücken passierte. Deshalb würde er sich lieber kurz halten. Denn außer Lisbeth wollte er keinen in die Sache einweihen. Für Lisbeth hätte Agnes ihre Hand ins Feuer gelegt. Was den Rest der Polizei betraf, wusste er im Moment nicht, was er von denen halten sollte.

„Nein, gar nicht. Aber kannst du ihr sagen, sie soll mich anrufen? Es ist dringend.“

„Aber wenn es dringend ist, Tönne, vielleicht kann ich ...“

„Danke, Heinz. Ich muss jetzt weiter. Das Mittagessen steht auf dem Tisch. Meine Tochter reißt mir den Kopf ab, wenn ich zu spät bin. Ich habe die Kinder im Auto.“

Heinz guckte zwar unzufrieden, gab sich aber geschlagen.

„Ich verstehe. Man muss tun, was die Frauen sagen. Nicht wahr?“

„So ist es, Heinz. So ist es. Ich wünsch dir was. Und sag Lisbeth, sie soll sich melden."

Damit verließ Tönne die Wache wieder.

Agnes hatte oft gesagt, Lisbeth würde es mal zu was bringen, schon damals in der Schule. Das Mädchen ist wirklich anständig, Anton. Und verlässlich. Und als Tönne sie später auf der Feier getroffen hatte, die seine Frau für den Abschlussjahrgang auf dem Hof gegeben hatte, da war er überzeugt gewesen, dass sich seine Frau auch hier nicht täuschte. Wenn er also jemanden bei der Polizei brauchte, dem er vertrauen konnte, dann musste er sich an das Mädchen halten.

Er dachte nach. Jetzt war sie nicht da. Also würde er später mit ihr sprechen müssen. Aber das war nicht weiter schlimm. Denn er hatte längst einen Plan geschmiedet. Die Sache mit Mechthild Osthues würde ihm ja ohnehin keine Ruhe lassen, das wusste er. Und Lisbeth konnte er auch noch einweihen, wenn er schon erste Schritte unternommen hatte. Nach seiner Theorie hatte der wahre Täter am Vorstandstisch des Schützenvereins gesessen. Der Mörder gehörte zur Gastdelegation aus Buddenbeck. Tönne wusste also, wo er Nachforschungen anstellen musste.

Die Mädchen auf der Rückbank schienen sich gut zu beschäftigen. Die Ältere hatte nur Augen für ihr Handy, auf dem sie wild herumtippte, und die Kleine kämmte geduldig die Haare ihrer Puppe.

„Hat sich eure Mama gemeldet?", fragte er.

Bevor sie antworten konnten, klingelte das Handy. Typisch. Seine Tochter hatte einen sechsten Sinn, was so etwas anging. Tönne startete eilig den Motor und fuhr vom Parkplatz. Ganz so, als wäre er auf dem Weg nach Hause.

„Mama will dich sprechen", rief die Älteste von hinten.

Jetzt würde es Ärger geben, das war klar.

„Sag deiner Mutter, ich muss mich auf den Verkehr konzentrieren. Ich kann hier kein Telefon in die Hand nehmen."

Sie murmelte etwas ins Gerät, dann drückte sie daran herum und hielt es ihm entgegen.

„Papa?", dröhnte die Stimme seiner Tochter. Das Enkelkind hatte den Lautsprecher eingeschaltet. „Zwölf Uhr dreißig haben wir ausgemacht. Wo zum Teufel bist du?"

„Auf dem Weg, Susanne. Auf dem Weg."

„Das kann doch nicht so lange dauern. Ist es denn so schwer, die Kinder einmal pünktlich ..."

„Wir sind ja gleich da! Reg dich nicht auf. Noch fünf Minuten, höchstens."

„Sophie muss um zwei beim Oboenunterricht sein. Und mit Annie muss ich noch die Hausaufgaben machen. Und du weißt hoffentlich, dass ich um drei wieder in der Firma sein muss?"

„Wir sind gleich da!", rief er genervt.

„Heißt das, ich muss heute nicht zur Musikschule?", kam es hoffnungsvoll von der Rückbank.

„Ich schwör dir, Papa, wenn das wieder so wird wie ..."

„Ich muss mich hier auf den Verkehr konzentrieren, Susanne", schnitt er ihr das Wort ab. „Sophie, sag deiner Mutter Tschüs. Das wird viel zu teuer, dieses ständige Telefonieren auf dem Handy."

Seine Tochter rief noch etwas, aber Tönne hörte schon gar nicht mehr zu. Er war mit den Gedanken längst woanders. Ihm war klar, was in Sachen Mechthild Osthues zu tun war. Wenn sich sonst keiner um die Wahrheit kümmerte, dann musste er das eben machen. Zusammen mit Lisbeth.

Er verließ das Dorf und bog bei Isforts Hügel auf eine kleine Nebenstraße.

„Opa? Müssen wir nicht da lang?", fragte Sophie verwundert und zeigte mit dem Finger zum Fenster. Offenbar bekam sie doch noch was von ihrer Umgebung mit, Handy hin oder her. Dabei hatte er gehofft, die beiden würden gar nicht merken, dass sich die Wartezeit bis zum Mittagessen noch ein paar Minuten länger hinziehen würde.

„Wir machen einen kleinen Umweg“, sagte er. „Dauert nicht lange.“

Die Mädchen wollten protestieren. Das war ihren Gesichtern im Rückspiegel anzusehen. Er drehte sich um und warf ihnen einen finsteren Blick zu.

„Und ich möchte keine Klagen hören. Es geht ganz schnell.“

Es funktionierte. Sie schwiegen. Und es war ja auch wirklich nur ein ganz kleiner Umweg. Das Essen würde schon nicht kalt werden. Am Ende der Straße lag ein großer Bauernhof, umgeben von zwei Biogasanlagen und einem riesigen Maissilo. Der Hof von Bernhard Ochtrup, Erster Brudermeister und Vorstandsvorsitzender des Schützenvereins.

Das war das Gute an Leuten, die noch auf ihrem Hof arbeiteten. Man konnte sie meist zu Hause antreffen. Tönne stellte den Wagen vorm Wohnhaus ab.

„Ihr wartet hier“, sagte er zu den Mädchen, bevor er ausstieg. „Ich bin gleich wieder da.“

Dann machte er sich auf den Weg zur Haustür. Ein großer Klinkerbau mit zwei Geschossen. Gut gepflegt, die Fassade. Und nagelneue Sprossenfenster hatten sie auch. Ja, die Ochtrups hatten immer schon Geld gehabt.

Sein Blick fiel in den Garten. Alles akkurat. Bernhards Frau hatte ein Händchen für so was, keine Frage. Doch da entdeckte er am Zaun im Halbschatten ein vertrautes Gewächs. Blaue Kelchblüten an langen Stielen. Das war Eisenhut. Blauer Eisenhut. Das gleiche Zeug, das im Garten von Osthues wuchs.

Er erinnerte sich, wie Mechthild ihn zur Tür gebracht hatte, nachdem er seinen Beileidsbesuch gemacht hatte. Als sie beide nach draußen traten, wanderte ihr Blick in den Garten. Der Rest des Hofs hatte ja ziemlich kümmerlich ausgesehen, weil Werner so ein Geizhals gewesen war, aber der Garten war wie immer tiptop. So sehr, dass es richtig auffiel.

„Das einzige, was mein Vater wirklich geliebt hat, war sein Garten“, hatte Mechthild mit tränenerstickter Stimme gesagt. „Ich weiß gar nicht, was ich damit machen soll. Ich hab doch keine Ahnung davon. Wahrscheinlich wird da alles verrotten.“

Tönne erinnerte sich an Agnes und ihren Garten. Auch sie hatte die Gartenarbeit über alles geliebt.

„Du wirst schon da reinfinden“, sagte er. „Wir wachsen alle an unseren Herausforderungen. Er wird nicht verrotten, der Garten, davon bin ich überzeugt.“

Das war gewesen, als sie noch gar nicht gewusst hatten, wie Werner ums Leben gekommen war. Dass er mit Eisenhut vergiftet worden war. Tönne glaubte Mechthild, dass sie keine Ahnung von Pflanzen hatte. Das war nicht gespielt, unmöglich. Sie war so traurig gewesen, weil sie sich die Gartenarbeit nicht zugetraut hatte. Er hatte das später auch der Polizei gesagt: Die Mechthild hat keine Ahnung von Fauna. Sicher wusste die nicht einmal, dass dieses blau blühende Zeug hochgiftig war. Aber keiner hatte ihm zuhören wollen. Trotzdem war es für Tönne ein weiterer Beweis für Mechthilds Unschuld. Als würde er noch einen brauchen.

Er prägte sich ein, was da in Ochtrups Garten wuchs, dann klingelte er an der Haustür. Kurz darauf stand Bernhard Ochtrup vor ihm. Ein Bär von einem Mann. Ergraut inzwischen, aber deshalb nicht weniger furchteinflößend. Wo er mit seiner Faust zuschlug, da wuchs danach kein Gras mehr. Das hatten schon einige zu spüren bekommen, früher, als er noch jünger gewesen war.

„Anton!“, sagte er verwundert. „Wir wollten gerade Mittagsschlaf halten.“

„Es dauert nicht lange. Es ist wegen Werner Osthues.“

Bernhard winkte ab. „Ich weiß da auch nicht mehr als ihr. Hier steht den ganzen Tag das Telefon nicht still, kannst du dir das vorstellen? Als wenn ich die Polizei wäre. Oder die Auskunft. Dabei glaube ich, dass ich hier manchmal als Letzter irgendwas erfahre. Und auf dem Schützenfest ... Du weißt schon, wir hatten alle ziemlich viel getankt. Wenn du wissen willst, was passiert ist, dann kann ich dir nicht weiterhelfen."

„Deswegen komme ich nicht, Bernhard."

„Ach, nein? Weshalb dann?"

„Ihr braucht einen neuen Kassenwart, jetzt wo Werner nicht mehr ist, oder?"

„Das stimmt. Weißt du, wen wir fragen könnten? Es ist ein undankbarer Job, ich weiß, wer hat schon Lust, im Vorstand des Schützenvereins zu arbeiten, aber ..."

„Er steht vor dir."

„Was?"

„Der neue Kassenwart."

„Du, Tönne? Aber ..."

„Ganz genau. Ich brauche was zu tun. Seit ich in Rente bin, ist mir langweilig. Und man muss da helfen, wo man gebraucht wird, so heißt es doch. Ich weiß, ich war nie besonders aktiv im Verein, aber Mitglied bin ich immerhin seit vierzig Jahren. Also wenn ihr wollt, dass ich das Amt des Kassenwarts übernehme, dann bin ich euer Mann."

4

Die Leiter war wacklig, aber sie würde schon halten. Das hoffte sie zumindest. Michael stand unten und stemmte sein Gewicht dagegen. Natürlich war Gül es, die hier hochklettern musste. Wer auch sonst.

„Wenn es ein Hund gewesen wäre, Gül, dann hätte ich das gemacht. Ich schwöre. Aber Katzen ... Ich weiß nicht, Katzen sind doch eher was für Frauen, oder?"

Aber sicher. Katzen sind was für Frauen. Das war mal wieder typisch. Michael wusste schon, wie er sich vor unangenehmen Jobs drückte. Aber Gül hatte heute nicht die Nerven, sich mit ihm herumzustreiten. Außerdem war sie viel sportlicher als er. Michael brachte es womöglich noch fertig, von der Leiter zu fallen.

Am Ende der Leiter war der Dachfirst. Sie zog sich hoch und spähte über die Kante. Das Dach war in einem katastrophalen Zustand. Überall lose Pfannen. Moos und Flechten. Vogeldreck. Das sollte dringend mal in Ordnung gebracht werden. Hier regnete es bestimmt durch.

„Siehst du was?“, rief Michael.

Sie blickte sich um. Da, am Schornstein, keine zwei Meter von ihr entfernt, hockte eine schwarze Katze und funkelte sie böse an.

„Ja“, rief sie. „Da ist sie. Ich sehe sie.“

„Natürlich ist sie da“, krächzte eine Frauenstimme. „Das hab ich doch gesagt. Denken Sie, ich will Sie hier auf den Arm nehmen?“

Die Besitzerin, eine schlechtgelaunte Frau mit fettigen blonden Haaren und verhärmten Gesichtszügen, stand mit ihrer übergewichtigen Tochter unten auf dem Rasen und glotzte zu ihr hoch. Die Tochter sagte kein Wort, schon die ganze Zeit nicht. Sie tat Gül wirklich leid. Nicht nur wegen dieser furchtbaren Mutter, sondern weil sie sehr große Angst um ihre Katze zu haben schien.

„Hey, du“, flüsterte sie. „Komm her! Ich bring dich runter. Zu deinem Frauchen.“

Die Katze war durch ein gekipptes Dachfenster geklettert und hockte schon seit Stunden hier oben, ohne sich vom Fleck zu bewegen. Mitten in der prallen Sonne. Das arme Tier musste völlig dehydriert sein. Gül streckte ihr die Hand entgegen.

„Jetzt komm schon. Miez, miez.“

Die Katze blieb regungslos sitzen, ohne Gül aus den Augen zu lassen. Komm ja nicht in mein Revier, schien der Blick zu sagen. Es half nichts. Gül musste aufs Dach.

Sie trat auf die oberste Strebe der Leiter. Unter ihren Füßen wankte es. Dann zog sie sich mit dem Bauch aufs Dach empor. Die locker liegenden Dachpfannen protestierten lautstark. Gül bewegte sich wie auf dünnem Eis. Nur noch ein paar Zentimeter bis zur Katze. Hoffentlich hatte Michael genug Anstand, jetzt kein Handyfoto zu machen. Denn wie sie hier auf den losen Pfannen herumrobbte, das sah ganz und gar nicht sportlich aus. Ganz im Gegenteil.

„Ich bring dich runter, Kleines. Keine Angst. Komm zu Tante Gül. Du willst doch wieder runter, oder?“

Soweit war es also schon. Sie redete mit Tieren. Doch die Katze schien davon unbeeindruckt. Sie zog die Schultern ein, ging in Kampfstellung.

Gül streckte ihr vorsichtig die Hand entgegen.

„Ich tu dir nichts. Komm.“

Die Katze fauchte, und mit einer blitzschnellen Bewegung schlug sie ihr die Krallen in den Handrücken. Gül riss die Hand zurück, geriet aus dem Gleichgewicht und stieß gegen eine der Dachpfannen, die sich löste und laut scheppernd übers Dach polterte. Als sie über die Dachrinne fiel, war für zwei Sekunden Stille, dann zersprang sie klirrend auf dem Hof.

„Jetzt passen Sie doch auf, verdammt!“, schrie die Frau. „Sie ruinieren unser schönes Dach!“

Das schöne Dach. Natürlich. Die Katze sah sie herausfordernd an. Was willst du jetzt tun?, schien sie sagen zu wollen.

Gül hatte genug. Sie robbte ein Stück auf den Schornstein zu. Wenn sie die Katze beherzt packte, würde es gehen. Am besten am Nacken, wie bei einem Kaninchen. Und dann zurück zur Leiter. So machte man das mit Tieren.

„Du musst sie am Nacken packen, Gül“, rief Michael.

Gut, dass wenigstens einer Bescheid wusste. Sie sparte sich einen Kommentar. Es musste schnell gehen. Gül machte sich bereit. Die Katze ahnte offenbar, was als Nächstes kommen würde. Ihr Blick war jetzt empört. So sollte das Ganze nicht laufen. Unverschämtheit.

Als Gül zupacken wollte, schlüpfte sie ihr unter der Hand weg und sprang über das Dach zur Regenrinne. Eine zweite Dachpfanne löste sich und schepperte nach unten. Die Katze warf Gül einen beleidigten Blick zu, dann sprang sie an das Regenrohr und hüpfte nach unten. Mit einer geschmeidigen Bewegung landete sie auf dem Hof und sprang auf das dicke Mädchen zu, das sie überglücklich in die Arme schloss.

Gül stieß die Luft aus. Na toll. Die Katze warf ihr einen letzten überheblichen Blick zu, dann wandte sie sich ab und ließ sich von dem Mädchen liebkosen.

„Und wer bezahlt uns jetzt den Schaden?", krähte die Frau. „Ich hoffe, Sie sind versichert. Ich habe die Polizei gerufen und keine Amateure."

Michael hätte dieser Frau eigentlich den Marsch blasen müssen, aber er zog nur seine Uniform zurecht, ging an der Leiter in Stellung und winkte Gül zu sich herunter. Rückzug.

„Warum hast du sie nicht am Nacken gepackt?", fragte er leise, als Gül wieder unten war.

„Michael, ich schwöre, noch ein Wort, und ich pack *dich* gleich am Nacken. Und dann brech ich dir das Genick."

Sie nahm wütend die Leiter, um sie zurück ins Gartenhaus zu bringen. Leider übersah sie dabei den rostigen Nagel, der aus der Leiter herausragte. Als sie das Ding herumschwenkte, spürte sie ein Ziehen am Hosenbein, es folgte ein lautes und unheilvolles Geräusch von reißendem Stoff. Gül sah erschrocken an sich hinab. Die Hose. Ein riesiges Loch klaffte darin. Das durfte doch wohl nicht wahr sein.

Michael schien lachen zu wollen, aber als er Güls wütenden Blick bemerkte, verkniff er sich das lieber. Das nächste Mal würde sie ihn nicht mit blöden Ausreden davonkommen lassen. Dann würde er die Drecksarbeit machen. Von wegen Katzen sind was für Frauen.

„Bring ruhig schon mal die Leiter weg, Gül“, sagte er reumütig. „Ich regle dann den Rest mit der Frau.“

Und damit lief er zur Haustür und verschwand aus ihrem Blick. Das war ja mal wieder ein Tag wie aus dem Bilderbuch. Gül inspizierte ihr zerrissenes Hosenbein. Da war wohl nicht mehr viel zu machen, ihre Uniformhose konnte sie vergessen. Sie verstaute die Leiter im Gartenhaus und kehrte zum Haus zurück.

Eine ältere Frau stand an der Straße und lächelte ihr freundlich entgegen.

„Die Frau ist ein Alptraum, oder?“, sagte sie heiter. „Von Höflichkeit hat die noch nie was gehört. Das war sehr nett von Ihnen, dass Sie sich aufs Dach gewagt haben.“

Wer sagte es denn. Es gab doch noch nette Menschen.

„Haben Sie die ganze Aktion beobachtet?“, fragte Gül.

Die ältere Frau deutete auf das Haus gegenüber.

„Vom Küchenfenster aus. Also, *ich* hätte mich nicht auf das Dach gewagt. Das kann doch jeden Moment in sich zusammenbrechen, so wie das aussieht.“.

Gül hielt inne. Sie lächelte. Zum ersten Mal heute.

„Danke sehr“, sagte sie.

Die Frau kicherte. „Ich hab ein Foto gemacht, mit dem Smartphone. Sehen Sie mal.“

Sie hielt ihr das Smartphone entgegen. Gül sah sich mit dem Bauch auf dem Dach liegen. Wie eine Seekuh auf dem Trockenen. Gut, dass keiner sonst das gesehen hatte.

„Möchten Sie das Foto haben? Ich kann’s Ihnen schicken.“

„Lieber wäre mir, Sie würden es löschen.“

Gül war dankbar, dass keiner von der Presse Wind von der Sache bekommen hatte. Sonst wäre sie morgen im Lokalblatt gewesen. Nicht auszudenken, wie peinlich das gewesen wäre.

„Ich muss jetzt weiter.“ Sie lächelte ihr zu und wandte sich ab. „Auf Wiedersehen.“

„Sie sind doch Lisbeth, oder?“, rief die Frau ihr hinterher.

Güls Lächeln erstarb. „Wie bitte?“

„Ich hab schon viel von Ihnen gehört.“ Bedeutungsschwer fügte sie hinzu: „Ich finde das toll, dass Leute wie Sie bei der Polizei arbeiten.“

Das konnte unmöglich ihr Ernst sein. Die Frau wollte sich über sie lustig machen.

„Leute wie ich?“, fragte sie.

„Na ja, Sie wissen schon“, sagte sie verlegen. „Aber ich finde das toll. Ehrlich. Aber sagen Sie, darf man bei der Polizei eigentlich kein Kopftuch tragen? Nein? Das ist ja wieder typisch. Die deutschen Amtsstuben, habe ich Recht? Eine Schande.“

Das war zu viel. Gül baute sich vor der Frau auf. Sie liebte ja ihre Münsterländer – auf gewisse Weise – aber manchmal stellten sie diese Liebe wirklich auf eine harte Probe. Ob man bei der Polizei kein Kopftuch tragen durfte! Also wirklich.

„Kein Mensch nennt mich Lisbeth!“, sagte sie wütend. „Verstehen Sie? Mein Name ist Gül Yilmaz. Und für Sie *Frau* Yilmaz. Mich Lisbeth zu nennen, ist eine Beleidigung. Was fällt Ihnen eigentlich ein? Keiner, der mich persönlich kennt, nennt mich so. Haben Sie das verstanden? Keiner!“

„Lisbeth!“, dröhnte es vom Streifenwagen.

Michael stand an der offenen Tür und winkte mit dem Funkgerät. „Der Chef will dich sprechen!“

Gül stieß die Luft aus. Ausgerechnet jetzt. Dabei hatte sie Michael eigentlich gut erzogen, was das anging. Die Frau blickte irritiert zwischen den beiden hin und her. Gül ließ sie einfach stehen und ging zum Streifenwagen.

„Lisbeth, ja?“, flüsterte sie verärgert.

Er grinste. „Der Chef nennt dich immer so, wenn du nicht dabei bist. Wusstest du das nicht?“

Sie riss ihm das Funkgerät aus der Hand. Im Augenwinkel sah sie, wie die ältere Dame eilig davonging.

„Heinz?“, sagte sie ins Funkgerät. „Was gibt’s denn?“

„Anton Oldenkott war hier. Er wollte dich sprechen."

Sie brauchte einen Moment. Anton Oldenkott. Das war der Ehemann ihrer ehemaligen Lehrerin. Mit seiner Frau hatte sie sich damals gut verstanden, auch nach der Schule. Aber der Mann war immer im Hintergrund geblieben. Und seit dem Tod von Frau Oldenkott hatte sie ihn nicht mehr gesehen.

„Was wollte er denn von mir? Hat er das gesagt?"

„Nein, hat er nicht. Das ist es ja."

„Na, dann. Er wird sich schon wieder melden, wenn's wichtig war."

„Nein, Gül. Verstehst du nicht? Er hat *nichts* gesagt. Das heißt, es *ist* wichtig."

„Ich kenn den kaum. Was sollte der mir schon sagen wollen?"

„Pass auf, Gül. Die Katze ist vom Dach, es gibt sonst keinen Einsatz. Fahr doch mal bei ihm vorbei und hör dir an, was er von dir wollte."

„Eigentlich hatten wir vor, erst Mittag zu machen. Ich könnte ja danach ..."

„Jetzt fahr schon rüber. So lange wird das nicht dauern. Und danach kommst du zur mir auf die Wache und erzählst, was er wollte."

Michael zog ein langes Gesicht. Er hatte schon vor dem Einsatz mit der Katze zur Pommesbude gewollt. Und jetzt das. Dabei konnte Michael echt unangenehm werden, wenn er nichts zu essen bekam. Gül seufzte.

„Also gut, aber danach ist Pause. Wohnt der noch auf seinem Hof in der Bauernschaft?"

„Ganz richtig. Dann hören wir uns später, Gül. Beeilt euch. Ende."

Tönne Oldenkott. Was konnte der von ihr wollen? Sie hatte ihn seit Jahren nicht mehr gesprochen. Und schon damals hatte sie ihn kauzig und sonderbar gefunden. Gül hätte nicht geglaubt, dass er sich an sie erinnern würde. Und jetzt so ein geheimnisvoller Auftritt.

„Und wenn wir erst was essen?“, fragte Michael. „Und danach rausfahren? Der Alte läuft uns schon nicht weg.“

„Und du denkst, Heinz merkt das nicht? Komm, du hast ihn gehört. Auf geht’s.“

Mit einem Grummeln warf sich Michael hinters Steuer. Gül nahm ebenfalls Platz und zog die Tür zu. Während Michael den Wagen wendete, befühlte sie das zerrissene Hosenbein. Was für ein bescheuerter Einsatz.

„Das nächste Mal gehst du aufs Dach, Michael. Das schwöre ich dir.“

Er war klug genug, keine Antwort darauf zu geben. In einem Erdgeschossfenster entdeckte sie die schwarze Katze. Gül betrachtete sie finster. Aber die Katze blieb regungslos sitzen und sah ihr nur hochmütig hinterher.

„Da ist ja die Presse“, sagte Michael.

Gül sah sich um. Tatsächlich. Auf der anderen Straßenseite war Stefan Berkebrook aufgetaucht, freier Mitarbeiter der Lokalzeitung. Er wischte sich den Schweiß von der Stirn und winkte ihnen zu, während er seine mächtige Wampe über die Straße schob. Offenbar wollte er mit ihnen reden.

„Der ist eindeutig zu spät“, meinte Gül.

„Und zu langsam. Wenn ich jetzt Gas gebe, dann erwische ich ihn.“

Gül lachte. „Lass lieber. Das gibt nur unschöne Beulen in der Motorhaube.“

„Ja, da hast du Recht“, sagte Michael und fuhr langsam an dem Reporter vorbei, wobei er so tat, als würde er nur auf den Verkehr achten und das aufgeregte Winken gar nicht bemerken.

Gül drehte sich noch mal um. Stefan Berkebrook war frustriert auf der Straße stehen geblieben. Sie hatte Glück gehabt. Dieser peinliche Einsatz würde also nicht in der Zeitung landen.

Gerade wollte Stefan Berkebrook zurück zu seinem rostigen Opel gehen, da rückte die Nachbarin ins Blickfeld.

Gül beobachtete erschrocken, wie beiden miteinander sprachen. Die Frau hielt dem Reporter ihr Smartphone hin. Vermutlich zeigte sie ihm das Bild von Gül auf dem Dach, auf dem sie aussah wie eine sterbende Seekuh.

In diesem Moment fuhr Michael in eine Kurve, und die beiden verschwanden aus Güls Blickfeld.

5

„Ich setz dich einfach schnell ab und geh in der Pommesbude was essen“, meinte Michael. „In zwanzig Minuten bin ich wieder da. Ist doch perfekt, oder?“

„Und was ist mit mir? Ich hab auch Hunger.“

„Ach so.“ Das nahm Michael ein bisschen den Spaß. „Na ja, aber auf dem Rückweg zum Imbiss fahren, das können wir nicht machen, Gül. Der Chef guckt doch immer ganz genau auf die Uhr. Wenn du nichts gegen kalte Pommes hast, könnte ich dir ...“ Er bemerkte ihren Blick. „Ach, da fällt uns was anderes ein! Ich hab noch ein paar Kekse im Spind.“

„Schon klar, Michael“, meinte sie vergrätzt. „Ein paar trockene Kekse für mich, ganz toll. Dann lass es dir mal schmecken in der Pommesbude.“ Ein türkischer Mann wäre nie im Leben so uncharmant. Aber das behielt sie lieber für sich. Bevor er antworten konnte, fügte sie hinzu: „Da vorne ist der Bauernhof. Lass mich an der Ecke rausspringen. Wenn du in zwanzig Minuten nicht zurück bist, verpetze ich dich bei Heinz, das schwöre ich.“

Der Hof der Oldenkotts war ein hübscher alter Fachwerkbau mit Sprossenfenstern und grün gestrichenen Fensterläden. Früher hatte alles ein bisschen verwitterter ausgesehen, aber Oldenkotts älteste Tochter hatte viel Arbeit in das Haus gesteckt, als sie den Hof übernommen hatte. Und jetzt war die Anlage wirklich ein kleines Schmuckstück.

Vor dem Haus wucherten prachtvolle Rosensträucher. Ein Überbleibsel von Frau Oldenkott, Güls alter Lehrerin. Sie hatte das damals alles angelegt. Über ihren Garten war ihr nichts gegangen. Im Sommer hatte sie gern Schülerinnen zu sich eingeladen, und mitten in einem Meer aus Blüten und Ranken hatte es dann Eisschokolade und Nachhilfeunterricht gegeben. Gül dachte gern an diese Zeit zurück. Sie hatte sich hier immer wohl gefühlt.

Sie zog die Uniform zurecht und drückte die Klingel an der Haustür. Eine Frau in den Dreißigern tauchte auf, mit zurückgebundenen Haaren und hochgekrempelten Ärmeln. Sie sah Gül ungläubig bis erschrocken an. Wohl wegen der Uniform.

„Ja, bitte?“, fragte sie mit großen Augen.

„Keine Angst. Ich suche nur Anton Oldenkott. Er war heute auf der Wache und hat nach mir gefragt. Ich war eine Schülerin von Agnes Oldenkott, vielleicht will er mich deshalb sprechen.“

Der Frau schien ein Stein vom Herzen zu fallen.

„Ich dachte schon, die Kinder hätten was angestellt. Mal wieder. Erst letzte Woche, da haben sie ...“ Dann stockte sie. Offenbar wurde ihr klar, dass sie das jetzt besser nicht der Polizei erzählte. „Egal. Vergessen Sie’s. Sie werden halt größer, nicht wahr? Früher waren das immer so liebe Kinder. Aber das ändert sich mit den Jahren.“

Drinnen erklang ein lautes Poltern, gefolgt vom Geschrei zweier Mädchen. Die Frau steckte den Kopf ins Haus.

„Was ist denn da los, verdammt? Ihr sollt die Zimmer aufräumen. Sophie, lass deine Schwester in Ruhe. Und denk dran, dass es gleich zur Musikschule geht. Jetzt reißt euch mal zusammen!“

Dann wandte sie sich wieder an Gül, die höflich lächelte. Ein paar Sekunden schwiegen beide.

„Ach ja, mein Vater. Kommen Sie, er müsste im Garten sein.“

Die Frau trat vor die Tür und führte Gül ums Haus herum.

„Er ist am Rasenmähen, wenn mich nicht alles täuscht. Neuerdings ist er der König der Kleingärtner. Dabei konnte er bis vor zwei Jahren eine Zwiebel nicht von einer Wicke unterscheiden. Aber es ist ja gut, dass er was zu tun hat. Der Ruhestand ist nichts für alte Bauern. Die können das Arbeiten nicht lassen, wissen Sie. Besser, er gräbt uns jede Woche den Garten neu um, als dass er dem Pächter auf die Nerven geht."

Hinter einer Hecke war das Knattern eines Rasenmähers zu hören. Gül folgte der Frau durchs Gartentor in das ehemalige Reich ihrer verstorbenen Lehrerin. Es war alles immer noch vertraut. Nicht mehr so prachtvoll und großzügig wie damals. Ein paar Blumenbeete waren durch Rasenflächen ersetzt worden, und auch die sonst so üppigen Ranken an der Pergola wirkten ein bisschen kümmerlich. Aber trotzdem war der Garten ein wunderschöner Ort, an den man sich zurückziehen konnte. Ein Plätzchen, das Ruhe und Frieden ausstrahlte.

Wäre da nicht das Knattern der alten Maschine gewesen. Anton Oldenkott hockte auf dem Rasenmäher wie eine Henne auf ihren Eiern. In aufreizender Langsamkeit fuhr er akkurat an der Rasenkante entlang.

Seine Tochter brüllte seinen Namen. Nichts. Sie versuchte es noch einmal, aber Antons Aufmerksamkeit galt ganz seiner Zentimeterarbeit.

„Das macht er absichtlich, dass er sein Hörgerät nicht richtig einstellt", sagte sie genervt. „Er denkt, dann hat er seine Ruhe vor uns. Na warte."

Sie ging im Stechschritt über den Rasen und schrie ihm jetzt direkt ins Ohr. Anton fuhr zusammen und sah verärgert auf. Offenbar wollte er losschimpfen, aber da entdeckte er Gül auf dem Rasen. Mit einem Lächeln stellte er den Rasenmäher ab. Plötzlich waren da nur noch das Rascheln der Blätter und das Zwitschern der Vögel. Ein Paradies.

„Lisbeth, das ist ja eine Überraschung!", rief er.

Er winkte, machte aber keine Anstalten abzusteigen.

„Bring der Lisbeth doch schon mal einen Kaffee auf die Terrasse, Susanne. Ich mach das hier nur schnell fertig, dann setz ich mich dazu.“

Gül zog irritiert die Stirn kraus. Wollte er sie hier etwa stehen lassen? Sie war schließlich nicht zum Spaß hier.

„Ich habe nicht viel Zeit, Herr Oldenkott.“

„Ich weiß, Lisbeth, ich weiß. Wer hat heutzutage schon Zeit, nicht wahr?“ Er lachte. „Immer in Hektik, die jungen Leute. Es dauert nicht lange. Setz dich doch schon mal. Susanne bringt dir einen Kaffee. Ich mach nur noch dieses kleine Stück Rasen fertig.“

„Wirklich, ich muss zurück zur Wache.“

„Ach was. Ist es wegen dem Chef, Heinz Bertling? Der alte Rabauke. Wenn er sich beschwert, sag mir Bescheid. Dann nehm ich ihn mir mal zur Brust.“

Damit wandte er sich wieder seinem Rasenmäher zu. Gül war sprachlos. Er hörte ihr überhaupt nicht zu. Hielt er sie immer noch für eine Schülerin? Sie war doch hier im Dienst, verdammt.

„Ich habe wirklich keine Zeit, Herr Oldenkott. Wenn Sie mir etwas sagen wollen, dann tun Sie’s jetzt. Bitte.“

Er lachte wieder. „Du liebe Güte, Lisbeth! Es dauert nur eine Minute.“ Dann wandet er sich an seine Tochter: „Susanne, kümmerst du dich um den Kaffee? Ich komme gleich.“

Damit rutschte er übers Lenkrad und griff nach dem Zündschlüssel. Als wäre Gül gar nicht mehr anwesend. Was war denn heute nur los mit den Leuten? Klebte denn ein Schild an ihrer Stirn mit der Aufschrift: „Macht mit mir, was ihr wollt“? Anton Oldenkott sollte ihr gefälligst zuhören. Auch wenn seine Frau ihre Klassenlehrerin gewesen war – sie war doch kein Kind mehr. Sie hatte keine Zeit für so was.

„Wenn Sie mit mir reden wollen, dann jetzt“, sagte sie scharf.

Endlich sah er sie richtig an. Warum nicht gleich so? Sie schaffte es also doch, zu ihm durchzudringen.

„Das ist mein Ernst, Herr Oldenkott. Oder ich gehe wieder. Das ist hier meine Arbeitszeit."

Anton Oldenkotts Gesicht veränderte sich. Er blickte jetzt wie ein von Schrot getroffenes Wild. Hilflos sah er zu seiner Tochter, die ebenfalls etwas überrascht wirkte. Keiner sagte etwas.

„Gut, also dann ...", stotterte er kleinlaut und kletterte von seinem Rasenmaher. „Dann mach ich später weiter. Das hat ja Zeit."

Er schien verletzt zu sein, als hätte Gül ihn beleidigt. Dabei hatte sie sich nur Gehör verschafft. Er hatte ihr schließlich nicht zuhören wollen.

„Ich hole euch Kaffee", tröstete seine Tochter. Auch sie fand offenbar, dass Gül sich im Ton vergriffen hatte. „Ich bin gleich wieder da." Sie strich ihrem Vater zärtlich über den Arm und ging ins Haus, ohne Gül noch mal anzusehen.

Gül fand zwar, dass sie in keiner Weise übertrieben reagiert hatte. Aber das half auch nichts. Ihr schlechtes Gewissen meldete sich. Sie fühlte sich plötzlich schuldig. Als hätte Agnes Oldenkott sie hinter der Schule beim Rauchen erwischt, was für Frau Oldenkott die größtmögliche Enttäuschung durch eine Schülerin gewesen wäre.

„Nimm doch Platz, Lisbeth", sagte er mit brüchiger Stimme, plötzlich ganz alter Opa, der kein Wässerchen trüben konnte. „Hier am Tisch."

Gül setzte sich verlegen auf einen der Gartenstühle. Ein kleiner Tisch, üppig gepolsterte Stühle, rankender Knöterich und summende Insekten. Ein wunderschöner Platz. Genau hier hatte sie früher Nachhilfestunden bekommen.

„Es ist sehr schön hier", sagte sie und schlug einen versöhnlichen Ton an. „Das war es immer schon."

„Als Agnes noch lebte, sah der Garten besser aus. Ich versuche, ihre Arbeit weiterzumachen. Es ist nicht leicht. Sie fehlt."

„Ja, das tut sie."

Agnes Oldenkott fehlte wirklich. Die mütterliche Wärme, die sie ausgestrahlt hatte. Das Gefühl von Sicherheit. Ihre Art, alle Kinder gleich zu behandeln. Gül konnte sich zwar nicht erinnern, in der Schule je gehänselt worden zu sein, weil ihre Eltern aus der Türkei stammten. Oder auch nur irgendwie anders behandelt worden zu sein. Natürlich war sie ein bisschen anders gewesen, das schon, allein wegen ihrer schwarzen Haare. Aber dass das für manche Menschen etwas Negatives sein konnte, das hatte sie erst begriffen, als sie in die Pubertät kam. Bei Agnes Oldenkott hatte es so was nie gegeben. Da waren alle Kinder gleich gewesen.

„Ich habe Ihre Frau sehr gemocht“, sagte sie. „Es tut mir sehr leid, dass sie so früh gehen musste. Sie war eine gute Lehrerin.“

Er nickte knapp. Sein Gesicht war steinern. Gül begriff, dass sie besser das Thema wechselte.

„Sie waren heute in der Wache, Herr Oldenkott? Heinz Bertling hat mir davon erzählt. Er meinte, ich sollte mal kurz vorbeischauen und hören, worum es geht.“

„Und danach sollst du ihm haarklein berichten, was ich zu sagen hatte, ja?“

Gül lachte. „So ungefähr. Sie kennen Heinz doch.“

„Lisbeth, wir waren doch längst beim Du, oder?“

Das machte sie verlegen. „Na ja, da war ich dreizehn.“

„Einmal per Du heißt immer per Du. Ich bin Tönne.“

„Also gut“, sagte sie und hätte beinahe ein „Herr Oldenkott“ hinterhergeschoben. Das Duzen würde ihr nicht leicht fallen.

„Versprichst du mir, Heinz nichts zu sagen?“

Er fixierte sie. Es war ihm ernst.

Gül zögerte. „Na, mal sehen“, meinte sie dann vorsichtig. Sie hatte eigentlich nicht vor, ihren Chef anzulügen. Aber das musste sie ja nicht gleich laut sagen.

„Worum geht es überhaupt?“

„Also gut.“ Anton blickte sich um, als wolle er sichergehen, dass sie nicht belauscht würden. Dann holte er Luft. „Es geht um den Mord an Werner Osthues.“

„Um ... was?“

„Den Mord an Werner Osthues. Du hast ganz richtig gehört.“

Da Gül ihn etwas begriffsstutzig anstarrte, fuhr er fort: „Die Sache stinkt, Lisbeth. Ich weiß, dass Mechthild das nicht gewesen sein kann. Die hat ihren Vater nicht umgebracht.“

„Wenn Sie noch Hinweise haben, dann müssen Sie mit den Leuten von der Kripo sprechen. Ich kann da gar nicht groß helfen, Herr Oldenkott. Ich kann nur Ihre Aussage aufnehmen und ...“

„Unsinn. Die Kollegen von der Kripo. Als wenn das was bringen würde, mit denen zu reden.“ Dann fügte er hinzu: „Du wolltest mich doch duzen, Lisbeth.“

„Oh, ja. Richtig.“ *Du, Herr Oldenkott.* „Aber du musst dich trotzdem an die Kripo wenden, tut mir leid.“

Die Kollegen hatten bereits endlose Befragungen mit allen im Dorf geführt, auch mit Anton Oldenkott. Der Fall war längst geklärt. Da war alles sauber. Es würde Anklage erhoben werden, schon bald.

„Vergiss es, Lisbeth. Ich rede nicht mehr mit der Kripo. Das bringt nichts.“

„Aber ... die Schutzpolizei hat mit den Ermittlungen nichts zu tun.“

„Ich weiß, Lisbeth. Ich habe auch was ganz anderes vor.“ Er rückte verschwörerisch näher. „Ich werde selbst den wahren Mörder finden. Und zwar mit deiner Hilfe. Verstehst du? *Wir* werden den Mörder finden, wir zwei beide. Du glaubst doch auch nicht, dass es Mechthild war, oder? Wir müssen zusammenhalten. Ich brauche dich unbedingt.“

Gül wusste nicht, was sie sagen sollte. Das musste ein Spaß sein. Irgendwo war eine Kamera versteckt. Heinz Bertling steckte dahinter, und die Jungs von der Wache. Die wollten sie auf den Arm nehmen. Alles von langer Hand geplant, um sich einen Spaß mit ihr zu erlauben. Das Video würde noch in fünfzehn Jahren bei ihrem Dienstjubiläum laufen. So waren die Jungs. Immer für einen schlechten Scherz zu haben.

Die Terrassentür öffnete sich, und Antons Tochter kam mit einem Tablett heraus. Duftender Kaffee und selbstgemachter Erdbeerkuchen. Immerhin würde sie nicht verhungern.

Sie wollte gerade einen Kommentar zu dieser absurden Offerte abgeben, da bemerkte sie Antons Blick: Sag ja nichts, unter keinen Umständen, signalisierte er. Offenbar sollte auch seine Tochter nichts über ihr Gespräch erfahren. Das war kein Witz, schwante Gül. Es war ihm todernst.

„Braucht ihr sonst noch was?“, fragte Susanne.

„Nein.“ Anton ließ Gül nicht aus den Augen. „Wir möchten jetzt alleine sein.“

Susanne sah verwundert ihren Vater an, der sie plötzlich wie eine lästige Sekretärin behandelte, dann rollte sie die Augen und verschwand wieder im Haus.

„Den Mörder von Werner Osthues finden?“, flüsterte Gül. „Was soll das denn jetzt bitte?“

„Wenn wir es nicht tun, dann tut es offenbar keiner.“

„Tönne, der Mörder ist gefasst.“

„Nein, das ist er nicht. Und du weißt das. Du bist doch Polizistin. Und du kennst Buddenbeck. Du weißt, dass hier irgendwas nicht stimmt.“

Jetzt wünschte sich Gül beinahe, das Ganze wäre eine Falle à la *Verstehen Sie Spaß?*. Denn noch schlimmer war die Alternative: Tönne Oldenkott wollte tatsächlich mit ihrer Hilfe auf Mördersuche gehen.

„Du musst mir helfen, Lisbeth. Alleine schaffe ich das nicht.“

„Wieso gerade ich? Wir kennen uns kaum.“

„Weil du bei der Polizei bist. Und ich brauche die Polizei. Natürlich nicht offiziell. Aber mir fehlt der Sachverstand, verstehst du? Ich brauche jemanden, der weiß, wie Verbrecher ticken. Und der das ganze Fachwissen der Polizei hat. Und du, Lisbeth, du bist Polizistin. Du und ich, wir können den Mörder finden. Wenn du mir hilfst."

„Ja, ich bin Polizistin, das stimmt, aber bei der *Schutzpolizei*. Ich fahr auf Streife, verstehst du? Ich rette Kätzchen vom Dach. Wir machen doch keine Mordermittlungen. Und selbst wenn ..."

„Aber du warst doch in der Tatnacht dabei. Am Zelt. Zusammen mit den anderen Polizisten. Du hast alles gesehen."

„Ich hab das *Absperrband* gehalten! Und dann hab ich den Leuten von der Kripo ‚Guten Abend' gesagt. Und später hab ich noch versucht, von einem Haufen Besoffener die Personalien aufzunehmen. Aber glaub mir, das war alles. Du musst mit den Leuten von der Kripo reden, nicht mit mir."

„Ach was! Mit denen bin ich fertig. Mechthild ist unschuldig, Lisbeth."

Das führte ja nirgendwohin. „Also gut, Tönne", sagte sie. „Ich rede mit den Kollegen von der Kripo. Das ist alles, was ich für dich machen kann. Also sag mir, was du weißt. Was willst du der Kripo nicht sagen? Wieso genau ist Mechthild unschuldig?"

„Weil sie es nicht getan hat."

„Ja, richtig. Aber du hast doch irgendwelche Hinweise, oder? Komm schon, raus damit."

„Nein. Ich hab keine neuen Hinweise."

„Aber ..."

„Jedenfalls nichts, was die Polizei nicht schon weiß."

Anton beugte sich vor und sprach jetzt eindringlich und mit ganzer Überzeugungskraft.

„Du glaubst es doch auch nicht, Lisbeth! Du kennst Mechthild, von früher. Sie ist keine Mörderin. Agnes hat immer viel von ihr gehalten. Das Mädchen wäre gar nicht dazu in der Lage gewesen. Außerdem hat sie keine Ahnung von Pflanzen und Giften. Die Polizei sagt zwar, sie habe ihre Kenntnisse aus dem Internet. Aber ich glaube das nicht. Als ich am Tag nach dem Mord mit ihr gesprochen habe, haben wir uns über den Garten unterhalten. Werners Garten. Glaub mir, sie wusste nichts von der Giftpflanze, die da stand. Ich hätte es gemerkt, wenn sie mich angelogen hätte. Bitte, Lisbeth. Wir können sie nicht unschuldig im Gefängnis gehen lassen. Wir finden zusammen den Mörder."

„Der Mordfall ist gelöst!" Sie ignorierte Tönnes Hundeblick. „Denkst du, bei der Polizei arbeiten nur unfähige Leute? Wenn die Staatsanwaltschaft Anklage erhebt, dann wird schon was dran sein. Und überhaupt. Wir zwei sollen den Mörder suchen? Hier in Buddenbeck? Das ist völlig durchgeknallt."

Sein Gesicht verdunkelte sich. Offenbar hatte sie ihn jetzt beleidigt.

„Ich meine das nicht persönlich, Tönne. Ich meine nur ..."

„Ich verstehe schon", sagte er kühl. „Du denkst, so ein alter seniler Bauer wie ich hat keine Ahnung vom Leben."

„Nein, das denke ich *nicht*! Ich ..."

Aber Tönne presste nur die Lippen aufeinander und sah an ihr vorbei in die Ferne.

„Ich mochte Mechthild auch", sagte sie. „Aber das ist noch kein Beweis für ihre Unschuld. Wer soll denn deiner Meinung nach den Mord begangen haben?"

Sofort kam wieder Leben in sein Gesicht.

„Das kann ich dir sagen: Einer aus dem Vorstand vom Schützenverein. Und stell dir vor, beim Ersten Brudermeister im Garten wächst dieses Zeug auch, dieser Eisenhut. Nur mal so am Rande. Ich bin ganz sicher, dass im Vorstand unser Mörder sitzt."

„Und wieso ausgerechnet da? Hat einer von denen ein Motiv?"

„Lisbeth! Du warst dabei! Auf dem Schützenfest. Es gab den Vorstandstisch. Werner hat die Flasche mit dem Aufgesetzten nicht aus der Hand gegeben. Wenn es nicht Mechthild war, die das Gift da reingetan hat, dann einer der anderen am Tisch."

„Ich weiß nicht. Es waren ein paar hundert Leute auf dem Schützenfest."

„Aber nicht am Vorstandstisch. Am Tisch der Buddenbecker Gastdelegation saß eben nur unser Vorstand. Die haben da Tischkärtchen!"

„Na und? Jeder kann sich da mal für ein paar Minuten hingesetzt haben. Es ging doch drunter und drüber. Dann wäre jeder x-beliebige Gast genauso verdächtig wie der Vorstand. Das heißt, die gesamte Gesellschaft auf dem Schützenfest müsste unter Verdacht stehen."

Aber Anton ließ ihr Argument nicht gelten. Gül spürte, dass sie so nicht weiterkam.

„Du willst mir also nicht helfen?", fragte er und sah sie flehentlich an.

„Nein", sagte Gül und schüttelte wild den Kopf. „Du kannst doch hier keine privaten Ermittlungen führen. Das ist Wahnsinn."

„Agnes hat immer sehr viel von dir gehalten. Sie hat gesagt, du bist ein anständiges Mädchen. Du bist integer. Sie war immer überzeugt, aus dir würde eine sehr gute Polizistin werden."

Gül spürte ein Ziehen in der Brust. Hatte Agnes Oldenkott das wirklich über sie gesagt?

Tönne verschränkte die Arme.

„Wie ich sehe, hat sich meine Frau getäuscht", sagte er finster.

„Halt dich da raus, Tönne", sagte sie ganz im Tonfall der autoritären Polizistin. „Das ist mein Ernst. Keine privaten Ermittlungen. Sprich noch mal mit der Kripo, wenn dir so viel daran liegt. Aber du machst nichts auf eigene Faust, ja?"

„Dafür ist es jetzt zu spät."

„Wieso zu spät?"

„Ich lass mich heute Abend in den Vorstand vom Schützenverein wählen. Als neuer Kassenwart. Mitten rein ins Mördernest."

„Ach, Tönne! Mach das nicht. Das bringt nichts. Halt dich da raus. Bitte."

„Das geht dich jetzt nichts mehr an, Lisbeth. Du hast deinen Standpunkt klar gemacht."

Auf der Straße hinterm Haus sah sie, wie sich ein Streifenwagen näherte. Das war Michael. Sie seufzte. Vor ihr auf dem Tisch standen unangerührt Kaffee und Kuchen.

„Das ist doch dein Kollege, der da kommt", sagte Tönne nüchtern. „Geh schon zu ihm. Wir sind hier fertig."

Gül wollte etwas Versöhnliches sagen, aber der Bauer hatte auf stur geschaltet, das konnte sie deutlich erkennen. Es wäre vergebliche Liebesmüh.

Sie stand auf und ließ ihren Blick über den Garten schweifen. Er hatte für sie etwas von einem Zuhause. Als sie hier saß und Nachhilfeunterricht bekam, hatte sie sich immer angenommen und geborgen gefühlt.

„Deine Frau hat recht gehabt, was mich angeht", sagte sie trotzig. „Ich bin integer und anständig. Und ich bin eine gute Polizistin."

Tönne antwortete nicht, aber das war ihr egal. Sie verließ den Garten und warf das Gartentor hinter sich zu. Wohl zum letzten Mal, wie sie dachte. Schwer vorstellbar, dass sie den Garten der Oldenkotts je wieder betreten würde.

Doch was das anging, hatte sie sich gewaltig getäuscht.

6

Im Gasthaus *Zur grünen Linde* war die Zeit irgendwann in den späten Sechzigern stehengeblieben. Kurz bevor diese furchtbaren Plastikmöbel und die knallbunten Tapeten alles eroberten. Wenn man Tönne fragte, war das auch ganz gut so, denn seitdem war seiner Meinung nach nicht viel Gutes mehr dazugekommen. Er selbst hatte sich irgendwann geweigert, jede Mode mitzumachen. Aber Agnes, natürlich, die war immer bemüht gewesen, die guten Dinge der neuen Zeit zu sehen.

Tönne fühlte sich aber in der *Grünen Linde* nach wie vor am wohlsten. Hier roch es wie in einer alten Bauernhaustenne, die Wände waren holzvertäfelt, es hingen schwere Gardinen vor den Fenstern und der Fußboden bestand aus Sandsteinplatten. Die Theke war mit bemalten Kacheln besetzt, altes Traditionshandwerk in der Gegend, und das Bier floss aus kunstvollen Messinghähnen. Selbstgebrautes Bier, wohlgemerkt. So war es schon zu seiner Jugend gewesen, und so würde es hoffentlich noch lange bleiben.

Antonius Brügge, der Wirt der *Grünen Linde*, hockte hinterm Tresen und las im Lokalblatt, dem Buddenbecker Anzeiger. Im Schankraum waren keine Gäste, wie so oft. Als er Tönne eintraten sah, hob er verwundert den Kopf.

„Tönne!“, rief er laut, als wären sie im Stadion. „Hat man dir heute Abend frei gegeben?“

„Jawoll, Tonius, jawoll!“, rief der ebenso laut zurück. „Die Frauen hatten ein Einsehen.“

Immer die gleichen Späße. Früher war er gefragt worden, ob Agnes ihm erlaubt hatte, einen trinken zu gehen. Und seit ihrem Tod mussten eben die drei verbliebenen Frauen im Haus dafür herhalten. Auch wenn zwei davon noch Kinder waren.

„Na, da hast du Glück“, meinte Antonius. „Grüß Susanne von mir. Die hat sich lange nicht blicken lassen.“

„Das mach ich, Tonius. Das mach ich. Sind die anderen schon hinten?"

„Ja, geh ruhig durch. Ein Pilsken für dich?"

„Jau. Ruhig ein großes", meinte Tönne und steuerte den Durchgang zum Hinterzimmer an.

Der Vorstand des Schützenvereins traf sich einmal monatlich in seinem Vereinsraum in der *Grünen Linde*. Tönne war ein bisschen spät dran, aber das war vielleicht gar nicht so schlecht. Wenn alle anderen schon da waren, würde er ihre Reaktionen beobachten können, wenn er eintrat. Die Gesichter, die sie machten, wenn sie ihn erblickten. Denn heute Abend sollte Tönne zum neuen Kassenwart des Schützenvereins gewählt werden.

Und dann wäre er mitten drin im Vorstand. Mitten drin in der Mörderhöhle, verbesserte er sich. Denn an dem Tisch im Hinterzimmer, davon war er überzeugt, da saß auch der Mörder von Werner Osthues. Er musste nur noch herausfinden, wer es war.

Schon als er sich dem Raum näherte, hörte er Stimmen. Die Schiebetür stand einen Spalt weit offen, und dahinter waren Bewegungen auszumachen. Tönne schlich sich lautlos heran. Wer wusste schon, worüber sie gerade sprachen? Vielleicht war es etwas Konspiratives. Seine erste Chance, einen Hinweis zu bekommen.

Er blieb an der Tür stehen und spähte hinein. An den Wänden rauchgeschwärzte Tapeten und zahllose Bilder von Königspaaren, ganze Generationen von Schützenkönigen. Dazwischen Wappen, Fahnen, Silberorden, Gewehre und die schwere Königskette. Ein großes Banner: „Für Glaube, Sitte und Heimat." Nur die Leute vom Vorstand konnte er von seiner Position aus nicht sehen.

Ihre Stimmen waren immer noch zu schwach. Tönne drehte vorsichtig an seinem Hörgerät herum. Und dann konnte er plötzlich alle deutlich verstehen. Er hielt den Atem an.

„Wieso ist der denn im Krankenhaus?"

„Na, der hat die Gallenblase raus."
„Weißt du das gar nicht?"
„Nein. Die Gallenblase?"
„Hat aber alles gut verkraftet."
„Wie alt ist der denn jetzt?"

Also gut, dachte Tönne. So konspirativ war das Gespräch offenbar doch nicht. Egal. Es würde andere Gelegenheiten geben, bei denen er etwas erfahren würde. Wo einer von denen verraten würde, was in der Mordnacht beim Schützenfest passiert war.

Er räusperte sich lautstark und schob die Tür auf. Da saßen sie alle, am runden Eichentisch unter dem Kronleuchter, der sein spärliches Licht durch die rauchgeschwängerte Luft warf. Sie drehten sich zu Tönne um. Und schienen völlig überrascht zu sein.

„Tönne, du alter Haudegen!", rief Bernhard Ochtrup, der Erste Brudermeister. Mit übertrieben guter Laune sprang er auf, schüttelte Tönne kräftig die Hand und schlug ihm auf die Schulter.

„Da ist ja unser bester Mann", trompetete er. „Gute Sache, dass du da bist. Gute Sache."

Dann wandte er sich zu den anderen und verkündete: „Tönne hat sich bereit erklärt, unser neuer Kassenwart zu werden. Ist das nicht großartig? Wir können uns wirklich glücklich schätzen."

Zu Tönnes Überraschung brach am Tisch helle Begeisterung aus. Alle beglückwünschten sich und ihn wild durcheinander. Tönne hatte gedacht, zumindest der Mörder müsste sich jetzt auffällig verhalten. Aber nichts. Da war nur Erleichterung.

Bernhard Ochtrup führte Tönne zum Tisch.

„Hier, setz dich zu uns. Du kennst ja alle, Tönne!"

Das stimmte. Und so groß war die Runde nicht. Da war Aenne Vaalbrock, die im letzten Jahr Silberkönigin gewesen war. Sie kümmerte sich um das Kinderschützenfest und war Schriftführerin im Vorstand. Eine lustige Frau mit roten Wangen und leuchtenden Augen, bei der man sich immer fragte, ob sie einfach gut drauf war oder nicht doch heimlich einen in der Krone hatte.

Ihr gegenüber saß Franz Stratmann, in Uniform. Mit seiner steifen Haltung und dem hageren Kopf sah er aus wie eine Vogelscheuche. Wie kam er auf die Idee, in vollem Ornat auf der Vorstandssitzung aufzutauchen? Als würde hier der nächste Russlandfeldzug geplant. Tönne hoffte, dass er nicht gezwungen würde, irgendwann eine Uniform anzuziehen. Er hasste Uniformen.

Der vierte in der Runde war Ludger Niehoff. Ein hageres Bürschchen mit nervös wippendem Adamsapfel und aknevernarbter Haut, der mit Mitte dreißig immer noch ungeküsst war. Er hatte den Hof seines Vaters übernommen und wäre früher als Hoferbe eine begehrte Partie gewesen, aber heute krähte kein Hahn mehr danach. Und schon gar keine Frau. Er war wohl im Schützenverein, um überhaupt irgendwelche sozialen Kontakte zu haben.

Also gut, dachte er und betrachtete jeden in der Runde. Einer von euch hat also Werner Osthues auf dem Gewissen. Ich werde schon herausfinden, wer das war. Und dann wird Gerechtigkeit walten. Nehmt euch in Acht.

„Hast du dir das auch gut überlegt?“, fragte Franz Stratmann. „Willst du dir das wirklich antun? Ich mein, das ist eine Menge Arbeit.“

Und Aenne meinte kichernd: „Ich hab fünf Euro gewettet, dass das keiner macht. Nicht mehr in diesem Jahr.“

„Ruhe jetzt!“, bellte Bernhard. „Hört auf damit. Wir wollen Tönne doch nicht sofort verjagen. Setz dich erstmal, Tönne.“

Die Schiebetür glitt zur Seite, und Antonius Brügge tauchte mit einem frisch gezapftes Bier auf. Er stellte es vor Tönne auf den Tisch.

„Habt ihr alle noch?“, fragte er.

„Eine Runde Korn!“, sagte Bernhard. „Wir haben was zu feiern.“

Antonius verzog das Gesicht.

„Korn ist aus.“

„Wie, Korn ist aus?“

„Keiner mehr da.“

„Gibt’s doch gar nicht.“

„Morgen kommt der Lieferant. Aber ich hab noch Sauerkirsch-Aufgesetzten. Den Guten. Keinen aus dem Supermarkt.“

Betretenes Schweigen. Seit Werner Osthues’ Ableben war den meisten die Lust auf Sauerkirsch-Aufgesetzten vergangen. Und ausgerechnet hier wäre es auch ein bisschen pietätlos gewesen, damit anzustoßen.

„Besser nicht“, kam es fahrig von Bernhard. „Bring uns einen anderen Schnaps, Tonius, irgendeinen. Was du hast, das geht schon.“

Er und Tönne setzten sich zu den anderen.

„Dann hat also keiner was dagegen, wenn Tönne Kassenwart wird?“, fragte Bernhard.

„Ach, was. Natürlich nicht.“

„Was sollten wir dagegen haben?“

Aenne Vaalbrock zog ihre Tasche hervor. Mit ihren dicken beringten Fingern wühlte sie darin herum.

„Also, ich bin jedenfalls heilfroh“, sagte sie. „Ich kann das nicht auch noch machen, neben allem anderen. Ich werde bescheuert bei dem Chaos.“

Sie zog eine dicke Umlaufmappe hervor, aus der fleckige und zerknautschte Papiere hervorquollen. Ein Berg von unsortierten Belegen. Sie knallte sie auf den Tisch, offenbar froh, sie endlich loszuwerden.

„Ist das das Kassenbuch?“, fragte Tönne besorgt.

Er hatte im Grunde überhaupt keine Ahnung von Buchführung. Das hatte früher, als sie noch den Hof bewirtschaftet hatten, immer Agnes gemacht. Sie war einfach ordentlicher gewesen als er. Es war ihr leichter gefallen, den Überblick zu behalten. Und Tönne war immer schon ganz wuschig im Kopf geworden, wenn er Zahlen bloß sah. Er war eben eher ein Mann des Wortes. Zahlen dagegen machten ihn kirre.

Also gut, er hatte eben auch ein paar kleine Schwächen, wer hatte die nicht? Dafür brauchte sich keiner zu schämen.

„Das Kassenbuch vom ersten Quartal“, meinte Aenne. „Du musst mal sehen, ob du da durchsteigst.“

Langsam wurde Tönne etwas mulmig zumute.

„Ich hatte gedacht, Werner wäre ein ordentlicher Mann gewesen“, sagte er.

„Außen hui und innen pfui, wenn du mich fragst.“

„Aenne!“, polterte Bernhard Ochtrup. „Wir wollen nicht schlecht über die Toten sprechen.“

Aber Aenne Vaalbrock zuckte nur unbeeindruckt mit den Schultern.

„Tönne, wir müssen dich ordentlich wählen“, sagte Bernhard Ochtrup. „Vorher darfst du ja eigentlich gar nicht in die Bücher gucken. Du musst dafür schon im Vorstand sein. Also was meint ihr, wählen wir jetzt gleich?“

Bernhard hatte ganz offensichtlich Angst, Tönne könnte es sich anders überlegen. Und das war auch gar nicht so weit hergeholt. Aber eigentlich war Tönne ja aus einem ganz anderen Grund hier. Er wollte den Mörder von Werner Osthues demaskieren. Also blieb ihm nichts anderes übrig, als sich sich mit dieser chaotischen Buchhaltung zu befassen.

Franz Stratmann richtete seinen schmächtigen Oberkörper in der für ihn viel zu großen Uniform auf. Die Abzeichen auf der Brust klimperten gewichtig.

„Alles der Reihe nach“, sagte er. „Wir haben eine Tagesordnung. Die ordentliche Wahl zum neuen Kassenwart ist an letzter Stelle. Weil, das wusste ja keiner. Das hätte früher angemeldet werden müssen. Wir können das nicht einfach vorziehen.“

„Ach, Franz, das ist doch Schwachsinn“, sagte Aenne Vaalbrock. „Das ist *unsere* Tagesordnung. Wir können die ändern, wie wir wollen.“

Franz Stratmann streckte seine Hühnerbrust weiter nach vorne.

„Nein. Ordnung muss sein! Wo kommen wir sonst hin?“

„Ist ja gut, Franz“, meinte Bernhard Ochtrup. „Dann halt der Reihe nach. Womit geht es denn los?“

Franz Stratmann nickte geschäftsmäßig.

„Tagesordnungpunkt eins: Gedenkminute für Werner.“

Keiner sagte etwas. Dagegen ließ sich nun wirklich nichts ins Feld führen. Bernhard Ochtrup legte die Hände in den Schoß.

„Dann fangen wir an“, sagte er und senkte den Kopf. „Für Werner.“

Dann wurde es still in dem Hinterzimmer. Alle blickten zu Boden. Alle bis auf Tönne. Der hatte nun die Gelegenheit, jeden einzelnen genauer ins Visir zu nehmen. Wer käme als Mörder infrage? Wie sie dort zusammensaßen, wirkten sie so gar nicht verdächtig. Ein paar harmlose Leute, die sich für ihr Dorf und ihren Verein engagierten. Aber das musste nichts heißen. Nein, einer von ihnen musste es gewesen sein.

Die Minute war vorüber. Die Leute am Tisch blickten sich schweigend an und nickten. Das war's also.

„Gott hab ihn selig“, meinte Aenne Vaalbrock.

„Armer Teufel“, fügte Bernhard Ochtrup hinzu.

Sie guckten alle ziemlich betroffen aus der Wäsche. Aber das konnte auch gespielt sein, dachte Tönne. Er musste etwas tun. Fragen stellen. Am besten mitten ins Wespennest reinstechen.

„Man kann von Glück sagen, dass kein anderer von Werners Sauerkirsch-Aufgesetztem getrunken hat“, sagte er.

„Das ist wirklich ein Glück“, meinte Franz Stratmann. „Also ich hätte sicher nicht nein gesagt, wenn man mir einen angeboten hätte.“

„Ach, Unsinn. Von wegen Glück“, meine Aenne Vaalbrock. „Der hätte einen doch nie an die Flasche rangelassen, der alte Geizhals. Mit Glück hat das nichts zu tun.“

„Trotzdem. Kein schöner Gedanke.“

Alle nickten betroffen. Auch Ludger Niehoff, der zwar die ganze Zeit über kein Wort gesagt hatte, aber mit großen Augen dahockte und sichtbar die Gefühle der anderen am Tisch teilte.

„Wo hatte Werner denn seine Flasche?“, fragte Tönne. „Stand die vor ihm auf dem Tisch?“

„Ach was“, sagte Aenne. „Die steckte in seiner Jackentasche. Schön in Sicherheit.“

„Und die Jacke trug er die ganze Zeit bei sich?“

„Na, die hing am Stuhl. Wieso fragst du?“

Tönne machte ein unschuldiges Gesicht.

„Ach, nur so.“

Bernhard Ochtrup runzelte die Stirn und fixierte Tönne, ohne etwas zu sagen. Sie ahnten offenbar, dass Tönne nicht einfach so fragte. Aber damit hatte er gerechnet. Also konnte er auch gleich zum Punkt kommen.

„Die Jacke war doch sicher mal unbeobachtet?“, fragte er. „Oder hat Werner sie den ganzen Abend nicht aus den Augen gelassen?“

Nach einer Pause sagte Bernhard Ochtrup tonlos: „Du weißt ja, wie es auf Schützenfesten zugeht.“

„Da hätte also sicher einer an seine Jacke rangekonnt?“

Es schien, als würden alle den Atem anhalten. Dann wurde die Tür lautstark zur Seite geschoben, und Antonius Brügge erschien mit seinem Tablett.

„Mögt ihr auch einen Kleinen Feigling?“, dröhnte er beim Reinkommen. „Also, den hätt ich noch.“

Keiner sagte was. Der Wirt stellte eine Batterie kleiner Flaschen in die Mitte des Tisches.

„Bedient euch“, meinte er. „Die jungen Leute sind ja ganz verrückt nach dem Zeug. Die trinken das so, aus der Flasche, aber wenn ihr wollt, hol ich euch noch Schnapspinnchen dazu."

Erst jetzt bemerkte er die angespannte Atmosphäre im Raum. Er räusperte sich.

„Also gut", meinte er verlegen. „Wenn noch was ist, ihr wisst ja, wo ihr mich findet."

Damit verschwand er wieder. Keiner achtete auf den Schnaps. Alle sahen unverwandt zu Tönne.

Also gut, dachte er. Dann halt raus damit.

„Ich glaube nicht, dass Mechthild den Aufgesetzten vergiftet hat", sagte er.

Jetzt würde sich der Mörder verraten. Davon war er überzeugt. Doch dann passierte etwas, womit er nicht gerechnet hatte.

„Du glaubst das auch nicht?", rief Aenne Vaalbrock.

Sie beugte sich über den Tisch, wobei ihre Wangen zu leuchten begannen. „Wir auch nicht, Tönne!", flüsterte sie eindringlich. „Wir auch nicht! Wir glauben nicht, dass Mechthild das war."

„Ihr ..." Jetzt war Tönne völlig verdattert.

„Das ist doch Wahnsinn, das dem Mädchen in die Schuhe zu schieben", fügte Aenne hinzu. „Die hatte es so schon schwer genug mit ihrem Vater, und jetzt auch noch das."

„Arme Mechthild", sagte Franz Stratmann.

Tönne sah fassungslos in die Runde. Sie steckten tatsächlich alle unter einer Decke. Nur völlig anders, als er gedacht hatte.

„Keiner will uns glauben", sagte Aenne. „Manchmal habe ich das Gefühl, die Leute wollen es gar nicht so genau wissen. Mechthild ist im Gefängnis, und damit kann man die Sache schnell abschließen. Hauptsache, alles geht seinen gewohnten Gang."

„Aber ..." Tönne fand noch immer keine Worte.

Fragend blickte er zu Bernhard Ochtrup, den Ersten Brudermeister. Der war doch sonst immer schnell dabei mit einem Urteil. Zumindest wenn es um Lokalpolitik oder EU-Subventionen ging. Aber auch der machte jetzt ein Gesicht, als müsse man hier die Dinge genau abwägen.

„Ich bin mir auch nicht sicher, Tönne. Irgendwie glaube ich nicht, dass es so einfach ist, wie die Polizei es darstellt."

„Aber ..." Nur langsam erlangte Tönne seine Fassung zurück. „Aber wer war es dann? Wer, wenn ..."

Wer, wenn nicht ihr?, hätte er beinahe gefragt. Aber das schluckte er im letzten Moment herunter.

„Wer hatte ein Motiv, Werner zu ermorden?", kam es von Bernhard. „Keine Ahnung. Ich weiß es wirklich nicht."

„Wir haben uns schon den Kopf zerbrochen", fügte Aenne hinzu. „Aber nichts. Wir stehen auf dem Schlauch."

„Sicher, Werner war nicht besonders beliebt", sagte Franz Stratmann. „Aber deswegen bringt man doch nicht gleich einen um. Da muss es schon um was anderes gehen."

„Er war den ganzen Abend über nervös, auf dem Schützenfest", meinte Aenne. „Ich hab das auch der Polizei gesagt. Aber die denkt, das war, weil das Gift da schon gewirkt hat. Dass er sich dewegen unwohl gefühlt hat. Aber so war das nicht."

„Der war halt nervös, verstehst du?", sagte Bernhard. „Richtig nervös. Als hätte er was geahnt."

„Aber er hat nichts gesagt", sagte Aenne. „Wir wissen auch nicht, was da war. Überhaupt nicht."

„Das ist ja alles richtig", mischte sich Franz Stratmann ein. „Aber wollen wir nicht später darüber sprechen? Ich mein, die Tagesordnung. Wenn wir jetzt den zweiten Punkt ..."

„Ach, hör doch auf!", brach es aus Bernhard Ochtrup hervor.

„Wart ihr nicht am Buddenbecker Vorstandstisch?", fragte Tönne. „Ihr müsst doch wissen, wenn sich da einer an Werners Jacke rangemacht hat. Ihr habt sie doch die ganze Zeit im Blick gehabt."

„Ach, du weißt doch, wie das ist", meinte Aenne. „Da geht's drunter und drüber. Ich hab jedenfalls nichts im Blick gehabt. Wir hatten ja auch alle gut getankt und waren ständig an der Theke. Das kann jeder gewesen sein. Keiner von uns hätte das mitgekriegt. Nein, Tönne. Alle auf dem Schützenfest kommen infrage. Alle.“

Am Tisch herrschte Ratlosigkeit. Tönne begriff, dass er einen großen Fehler gemacht hatte. Hier war kein Mörder zu finden. Ganz im Gegenteil. Und leider konnten sie ihm nicht einmal helfen. Sie waren alle völlig ahnungslos.

„Hast du auch keine Idee, Tönne?“, fragte Aenne.

Ausnahmsweise hatte Tönne wirklich keine Idee. Er musste erst einmal verdauen, dass er umsonst hergekommen war.

„Leute, der nächste Tagesordnungspunkt“, drängte Franz Stratmann. „Wir müssen langsam weitermachen.“

„Ja, ja. Du hast ja Recht“, sagte Bernhard.

Tönne betrachtete die ausgebeulte Mappe mit den zerfledderten Papieren. Da lag wirklich viel Arbeit. Wo kamen denn überhaupt so viele Belege her? Und das waren nur die Unterlagen von einem Quartal … Du lieber Himmel.

Er fragte sich, ob es wohl zu spät war, um auszusteigen. Wenn ihm schnell etwas einfallen würde, hätte er vielleicht noch eine Chance.

„Aber lass uns die Wahl doch vorziehen, Franz“, sagte Bernhard. „Ich finde, Aenne hat da Recht. Da können wir ruhig mal eine Ausnahme machen, Franz, und den Punkt vorziehen. Oder ist jemand dagegen?“

Tönne wurde unruhig. Er sah, wie ihm die Felle davonschwammen.

„Auf uns wartet viel Arbeit“, sagte Aenne. „Unser eigenes Schützenfest steht ja auch vor der Tür. Gut, dass du mithilfst, Tönne. Ohne dich wüssten wir nicht, was wir machen sollten.“

Tönne blieb der Mund offen stehen.

„Können wir dann jetzt wählen?“, fragte Bernhard.

„Also gut“, sagte Franz Stratmann. „TOP 2: Ordentliche Wahl des neuen Kassenwarts.“

7

Der Zeitungskiosk hatte geschlossen. Mittagspause. So etwas gab es auch nur auf dem Land. Verdammte Einöde. Er hätte vorher auf die Uhr sehen müssen. Aber zum Glück waren es nur noch fünf Minuten, bis der Kiosk wieder öffnete.

Er sah sich in der Einkaufsstraße um. Keine Menschenseele war zu sehen. Nicht einmal die italienische Eisdiele hatte über Mittag geöffnet. Nervös zog er die letzte Zigarette aus seiner Schachtel und zündete sie an.

Den ganzen Tag schon hatte er ein ungutes Gefühl. Tönne Oldenkott hatte sich in den Vorstand des Schützenvereins wählen lassen. In das Amt von Werner Osthues. Irgendwas stimmte da nicht. Das passte überhaupt nicht zu Tönne. Der war kein Typ für so was. Natürlich war Tönne sein Leben lang im Schützenverein gewesen, so wie jeder hier. Aber er mochte diese Vereinsmeierei in Grunde gar nicht. Außerdem konnte er mit dem Schießen nichts anfangen. Soweit er wusste, hatte Tönne in seinem ganzen Leben nicht ein einziges Mal auf den Vogel geschossen. Und jedem war klar, dass er außerdem noch Uniformen hasste, ganz egal, ob es Schützenuniformen waren oder Soldatenuniformen.

Warum also hatte er sich als Nachfolger von Werner Osthues gemeldet? Vermutlich gab es nur eine Antwort darauf: Tönne Oldenkott glaubte nicht, dass Mechthild den Mord begangen hatte. Der war neugierig, oh ja, unfassbar neugierig sogar. Ein richtiges altes Waschweib. Und jetzt wollte er wissen, was da los war. Ob etwas anderes dahintersteckte als diese Familiengeschichte.

Hastig zog er an der Zigarette. Er durfte sich nicht aus der Ruhe bringen lassen. Dann würde ihm auch nichts passieren. Tönne Oldenkott war ein dummer alter Bauer. Der würde ohnehin nicht herausfinden, was wirklich passiert war. Deshalb musste er einfach nur Ruhe bewahren und abwarten. Bis alles vorbei war.

Ein Streifenwagen rollte im Schritttempo durch die Einkaufsstraße. Vor der Polizei brauchte er zum Glück keine Angst zu haben.

Heinz Bertling saß hinterm Steuer. Er hielt an und grüßte.

„Sieh an, Heinz!“, entgegnete er. „Der Chef persönlich hinterm Steuer!“

„Einer muss den Streifenwagen ja spazieren fahren!“

„Und hier nach dem Rechten sehen, was?“

„Richtig.“ Heinz lachte. „Sehen, wer hier alles so herumlungert.“

„Ich warte nur drauf, dass die Mittagspause vorbei ist. Zigaretten kaufen, weißt du.“

Heinz wies mit dem Daumen zur Kirche.

„Christa ist schon unterwegs.“ Christa Huesmann war die Kioskbesitzerin. „Ich hab sie gerade überholt. Lange dauert’s nicht mehr.“

„Gut zu wissen. Danke.“

„Ja. Dann werd ich mal. Ich muss weiter.“

„Noch eine schöne Schicht!“

Der Streifenwagen rollte langsam weiter.

Als Heinz fort war, nahm er einen letzten Zug von der Zigarette, warf sie aufs Pflaster und trat sie aus.

Er würde Tönne Oldenkott im Auge behalten müssen. Und wenn dieser blöde Bauer doch irgendwas herausfand, dann würde er wissen, was zu tun war. Er würde sich nicht von so einem alten Idioten das Spiel verderben lassen.

8

„Michael fällt aus.“

„Wieso fällt der aus?“

„Salmonellen. Die muss er sich an der Pommesbude geholt haben. Schlimm, so was. Der Laden ist jetzt vorübergehend geschlossen.“

Gül wäre beinahe auf das Auto vor ihr aufgefahren. Die Pommesbude. Wo sie ständig essen gingen. Salmonellen sprachen nicht gerade für übertriebene Hygiene. Wer wusste schon, was da sonst noch alles im Essen drin war. Da würde sie wohl so schnell nicht wieder hingehen.

„Wenn du mich fragst, Gül, können die den Laden gleich ganz dichtmachen. So was spricht sich doch rum."

Heinz Bertling war über die Freisprechanlage zugeschaltet. Er war in der Wache und machte gleich Feierabend. Gül hatte noch eine gute Stunde, bevor ihre Spätschicht anfing. Zeit genug, um sich ein bisschen auf dem Laufband auszupowern.

„Was hat Michael denn da gegessen?", fragte sie.

Das musste gewesen sein, als sie bei Tönne Oldenkott war. Sie konnte also im Nachhinein von Glück sagen, dass sie sich nichts hatte mitbringen lassen.

„Currywurst", meinte Heinz. „Aber warst du nicht dabei? Was hast *du* denn gegessen?"

Gül wusste nicht, ob Michael den Chef wegen der Sache angelogen hatte. Also musste sie möglichst vage bleiben, um ihn nicht reinzureiten.

„Halt keine Currywust. Du weißt schon, Schweinefleisch", sagte sie und konnte sich ein Grinsen nicht verkneifen.

Heinz reagierte wie erwartet. Er räusperte sich mehrmals und schwieg dann peinlich berührt. Ihr Chef wusste nämlich nie, wie er mit der Tatsache umgehen sollte, dass ihre Familie aus der Türkei stammte. Und nicht katholisch war. Am liebsten tat er so, als wäre Gül Deutsche. Dann gab es keine Klippen, die umschifft werden mussten, keiner musste aufpassen, was er sagte, und nichts konnte falsch ausgelegt werden. In dieses ganze verminte Gelände der Political Correctness begab er sich lieber nicht. Er hatte wohl Angst, am Ende noch als Rassist dazustehen, obwohl er es doch nur gut meinte.

„Wie auch immer", sagte er hastig, um nicht weiter auf die Sache mit dem Schweinefleisch eingehen zu müssen. „Michael fällt aus. Keine Ahnung, wann der wieder gesund ist.“

„Aber was ist mit der Nachtschicht? Der Kurze ist auch nicht da. Bin ich dann alleine auf Streife?“

„Natürlich nicht. Deswegen ruf ich an. Wir kriegen doch einen Neuen, wie du weißt. Der Typ, der aus Münster hierher wechselt. Frag mich jetzt nicht, wie der heißt. Das hab ich schon wieder vergessen. Der lebt zwar seit ein paar Jahren hier in Buddenbeck, aber im Neubaugebiet. Da hab ich nie den Überblick, wer wer ist. Egal. Jedenfalls ist der so nett und springt heute schon ein, obwohl sein Dienst erst übermorgen anfängt.“

Na toll. Darauf hatte Gül überhaupt keine Lust. Ein Neuer, und sie war an seinem ersten Tag allein mit ihm auf Streife.

„Kommst du damit klar, Gül?“

„Klar, Chef. Natürlich.“

„Gut. Hör mal, da ist noch was anderes. Tönne Oldenkott hat heute zweimal angerufen und wollte mit dir sprechen.“

„Tönne Oldenkott?“

Was wollte der denn noch? Das Letzte, was er zu Gül gesagt hatte, war, dass sie eine Enttäuschung war. Dass seine Frau Agnes falsch gelegen hatte mit ihrem positiven Urteil. Gül hätte nicht damit gerechnet, danach noch mal was von ihm zu hören.

„Ihr zwei seid ja ziemlich dicke neuerdings“, meinte Heinz. „Tut mir leid für dich, Gül. Wenn du mich fragst, wird Tönne etwas komisch auf seine alten Tage.“

Wieder musste Gül aufpassen, was sie sagte. Denn dieses Mal hatte *sie* ihren Chef angelogen, und zwar wegen der Sache mit Tönnes “Mordermittlung“. Sie wusste selbst nicht, weshalb sie das getan hatte. Eigentlich war es totaler Irrsinn. Aber Tönne war es so wichtig gewesen, dass Heinz Bertling nichts von der Sache erfuhr, und da war sie weich geworden und hatte ihm eine Lüge aufgetischt.

„Tönne hat in den Sachen seiner Frau ein paar alte Schulhefte von mir gefunden“, hatte sie gesagt, als sie nach dem Besuch bei Tönne auf die Wache zurückgekehrt war. „Er wollte mich treffen, um sie mir zurückzugeben. Aber ich glaube, das war nur ein Vorwand. Er wollte wohl mit jemandem reden, den seine Frau gemocht hat. Einfach über alte Zeiten.“

Heinz hatte ihr die Lüge sofort abgekauft. Es war Gül beinahe peinlich gewesen. Sonst ließ sich ihr Chef nicht so schnell hinters Licht führen. Aber das sollte der letzte Dienst gewesen sein, den sie Tönne Oldenkott erwiesen hatte.

„Ich habe ihm vorsichtig zu verstehen gegeben, dass du arbeiten musst, Gül“, sagte Heinz nun. „Er kann dich mit diesen Sachen nicht belästigen. Ich weiß, du bist ein gutes Mädchen. Du würdest dir wieder Zeit für ihn nehmen. Aber so geht das nicht. Es ist nicht deine Aufgabe, ihm über seine Trauer hinwegzuhelfen.“

Gül schämte sich zwar ein bisschen, aber im Grunde war ihr das ganz recht so. Sie wollte auf keinen Fall noch mal zu Tönne fahren und sich seine Mördergeschichten anhören.

„Danke, Chef“, sagte sie. „Das ist nett von dir.“

„Ach was. Jetzt mach, dass du zum Sport kommst. Wir sehen uns ja gleich noch auf der Wache, bevor ich hier verschwinde.“

Gül beendete das Gespräch. Sie überlegte, ob sie vielleicht mit den Kollegen von der Kripo sprechen sollte. Wenn die Tönne noch einen Besuch abstatten würden und sich in Ruhe anhörten, was er zu sagen hatte, vielleicht würde er dann Ruhe geben. Einen Versuch wäre es wert.

Sie fuhr auf den Parkplatz des Fitnessstudios, nahm ihre Tasche vom Rücksitz und ging hinein. Aber auch auf dem Laufband wurde sie die Gedanken an Tönne und Agnes Oldenkott nicht ganz los.

Ein lautes Aufstöhnen ging durch das Studio. Fast so was wie ein Urlaut. An der Hantelbank war einer dieser Muskelmänner, die selbstverliebt vorm Spiegel trainierten. Gerade ließ er die Hantel fallen und begutachtete stolz seinen Oberarm. Gül kannte den Typen bereits, er war in letzter Zeit häufiger hier und machte immer einen Lärm, als wäre er alleine im Studio. Dabei breitete er sich gerne über zwei Bänke und drei Geräte aus. Aber keiner traute sich, etwas zu sagen. Irgendwas stimmte mit dem nicht, da hielt man lieber Abstand. Sogar die großen furchteinflößenden Typen drückten sich wie schüchterne Mädchen an ihm vorbei, wenn sie an ihre Geräte wollten und er im Weg stand. Er hatte irgendetwas Unberechenbares und Unheimliches an sich.

Plötzlich blickte er zu ihr herüber, und Gül sah eilig weg. Nur keinen Augenkontakt. Der Typ wollte Gül anquatschen, das hatte sie schon bei den letzten Malen gemerkt. Sie musste also unbedingt so tun, als wäre er gar nicht anwesend. Als wäre sie die coolste Frau der Welt, so cool, dass sie ihn gar nicht wahrnahm. Sonst hätte sie hier in ihrem Fitnessstudio, wo sie sich dreimal die Woche blicken ließ, womöglich noch einen Psycho an der Backe. Nicht auszudenken.

Sie stellte die Musik auf ihrem Handy lauter und rückte die Ohrstöpsel zurecht. Dann sah sie über das Display vom Laufband hinweg in die Ferne und konzentrierte sich auf die Bewegungen.

Wenn der Typ nur nicht so unverschämt gut aussähe. Der war irre, ganz klar. Aber ein ziemlich attraktiver Irrer. Gül sah heimlich hinüber. Er hatte sich jetzt eine Pilotensonnenbrille aufgesetzt, eine mit verspiegelten Gläsern. Hier drin, im Neonlicht. Während es draußen gerade dunkel wurde. Was für ein Idiot. Trotzdem. Sie hatte noch nie einen Mann gesehen, dem eine Pilotenbrille so gut stand. So bescheuert es auch war, er sah einfach umwerfend aus mit dieser Sonnenbrille.

Jetzt hatte er sie erwischt. Durch den Spiegel lächelte er in ihre Richtung. Ein beinahe schüchternes Lächeln, mit dem sie gar nicht gerechnet hatte.

Sie erhöhte das Tempo. Lass dir nichts anmerken, dachte sie. Du bist stark und cool. Die coolste Frau der Welt.

Das Handy machte sich bemerkbar. Erleichtert griff sie nach dem Gerät und stellte die Musik ab. Es war ihre Mutter. Nicht unbedingt die Art von Ablenkung, die sie sich erhofft hatte. Sie zögerte kurz, doch dann nahm sie das Gespräch entgegen. Sonst würde ihre Mutter ihr später die Hölle heiß machen.

„Gül, mein Engel! Wo bleibst du denn? Das Essen wird noch kalt. Du musst doch was essen, bevor du zur Arbeit gehst."

„Ich bin beim Sport", sagte sie. „Und ich geh von hier aus gleich zur Wache. Ich hab schon was gegessen."

„Ach ja? Und was soll das gewesen sein? Denkst du, ich weiß nicht, was in deinem Kühlschrank ist? Lüg mich nicht an, Gül. Du bist ja nur noch Haut und Knochen. Es gibt grüne Bohnen, die magst du doch so gern. Beeil dich, dann kannst du vor der Arbeit noch was essen."

„Mama, bitte", flüsterte sie, weil dieser Typ nun interessiert herübersah. „Ich muss gleich zu meiner Schicht."

Die Stimme ihrer Mutter wurde laut und drängend. „Heißt das, du willst wieder nichts essen? Du wirst also wieder die ganze Nacht arbeiten, und das ohne was im Bauch?"

„Mama! Jetzt hör bitte auf!"

Der Typ lehnte jetzt mit verschränkten Armen an einer Säule und sah amüsiert herüber. Gül spürte, wie ihre Wangen heiß wurden. Wie sollte sie die coolste Frau der Welt sein, wenn sie gleichzeitig mit ihrer Mutter herumdiskutieren musste?

„Weißt du, wie das ist für eine Mutter?", klagte die. „Wenn sie ihre eigene Tochter bei lebendigem Leib verhungern sieht? Wenn sie sieht, wie sie immer dünner wird und dünner und dünner und irgendwann ganz verschwindet? Was das mit einer Mutter macht?"

„Mama ..."

„Aber so ist es doch!“, rief sie theatralisch. „Du brichst mir das Herz! Wenn du schon diese schreckliche Arbeit machen musst, bei der man nie weiß, ob du tot oder lebendig nach Hause kommen wirst, dann sollst du wenigstens was Anständiges essen. Mehr kann ich nicht für dich tun, aber darauf bestehe ich.“

Darum ging es also. Mal wieder. Ihre Arbeit. Gül verdrehte die Augen. Darauf würde sie sich jetzt aber nicht einlassen.

„Ich muss Schluss machen“, sagte sie, obwohl sie wusste, dass ihre Mutter das nur noch wilder machen würde. „Tut mir leid, Mama, bis später.“

Und damit beendete sie das Gespräch. Wahrscheinlich würde ihre Mutter jetzt die ganze Nacht wach bleiben, um sie zur Rede zu stellen, sobald sie nach Hause kam. Aber das war nicht zu ändern.

Gül stieß die Luft aus und steckte das Handy hinter den Gummizug ihrer Jogginghose. Im selben Moment stieß sich der Typ von der Säule ab und steuerte sie an. Steckte sich die Sonnenbrille ins Haar und ging direkt auf sie zu. Gül starrte ihn an. Sie konnte nicht anders. Jetzt war es zu spät, um so zu tun, als existierte er nicht.

Er blieb vor dem Laufband stehen, sah auf und fragte zu ihrer vollkommenen Überraschung: „Bist du Gül?“

Sie stolperte, das Laufbahnd zog sie zurück, sie geriet aus dem Gleichgewicht, fiel hintenüber und landete auf dem Fußboden. Schnell rappelte sie sich wieder auf. Jetzt, wo sie ihn direkt anblickte, wurde ihr klar, dass sie ihn irgendwo schon mal gesehen hatte. Außerhalb des Fitnessstudios. In irgendeiner besonderen Situation. Sie konnte sich aber nicht mehr erinnern.

„Woher kennst du meinen Namen?“

„Dann bist du also Gül? Toll. Freut mich, dich kennenzulernen. Ich bin Miko.“

Er hielt ihr seine Hand hin. Gül betrachtete sie wie eine Giftschlange.

„Ich bin dein neuer Kollege", sagte er. „Ich hab heute meinen ersten Tag. Gleich, in der Nachtschicht."

„Aber ..."

„Ich hab dich heute in der Zeitung gesehen. Auf dem Dach mit der Katze." Er grinste. „Sah sexy aus."

Gül starrte ihn mit offenem Mund an. Zu etwas anderem war sie nicht fähig. Er schob sich die Pilotensonnenbrille zurück auf die Nase und reckte sich, als wäre er gerade zum „Sexiest Man Of The World" gewählt worden. Die Überheblichkeit in Person.

„Ich bin dein neuer Partner, Baby", sagte er mit breitem Grinsen. „Mach dich auf was gefasst."

Kaum saß Gül wieder im Auto, rief sie Heinz Bertling auf der Wache an.

„Ist das wahr? Ist das mein neuer Kollege, Heinz?"

„Wenn er gesagt hat, dass er Mikolaj heißt, dann ja. Schon möglich."

„Er hat Miko gesagt." Vermutlich die Abkürzung von Mikolaj. Gül raufte sich die Haare. „Was ist das überhaupt für ein Name? Kommt der aus Polen?"

„Was weiß denn ich? Warte, ich guck mal. Jedenfalls ist der vor ein paar Jahren nach Buddenbeck gezogen, weil in Münster die Mieten so hoch sind, und ist dann von hier aus gependelt."

„Oder er kommt aus Russland", dachte sie laut. „Irgendwas Slawisches."

Sie seufzte. Verdammt. Was sollte sie jetzt machen? Würde sie mit diesem Irren in Zukunft ihre Schichten im Streifenwagen verbringen? Stunde um Stunde, Tag um Tag?

„Hier steht es", meinte Heinz. „Nicht aus Polen. Seine Eltern kommen aus dem Ruhrpott."

Jetzt war Gül richtig sauer. „Ach, plötzlich! Meine Eltern kommen auch aus Essen!"

Heinz schwieg. Er fühlte sich ertappt. Natürlich sagte er jedem, der danach fragte, dass Güls Familie aus der Türkei stammte. Nicht aus dem Ruhrpott. Eine unangenehme Stille entstand. Gül hatte nicht vor, ihn aus der Situation zu retten.

„Ich will mit dem nicht arbeiten! Das halte ich nicht aus!"

„Gül, bitte. Warte doch erst mal ab. Vielleicht ist er ja ganz nett."

„Heinz, du hast keine Ahnung. Das kann nicht dein Ernst sein! Ich ..."

Am anderen Ende herrschte plötzlich Unruhe. Heinz sprach mit jemandem. Offenbar war eine Meldung reingekommen. Sein Tonfall war verändert, als er wieder an den Apparat ging.

„Gül, kannst du herkommen? Wir haben keinen Wagen draußen."

„Was ist passiert?"

„Ein Einbruch. Wir sollten einen Wagen hinschicken."

„Ein Einbruch? Wo denn?"

„Bei Tönne Oldenkott."

„Bei ... Tönne?"

Gül dachte an seine geplanten Ermittlungen im Vorstand des Schützenvereins. Vielleicht war an seiner Theorie ja doch was dran, und Tönne war jemandem mit seiner Neugierde auf die Füße getreten. Jemandem, der gefährlich war. Und sie hatte ihn mit seiner Bitte um Hilfe einfach stehen lassen.

„Geht es ihm gut?", fragte sie.

Heinz antwortete nicht. Sie hörte seine Stimme, er redete offenbar mit jemand anderem in der Wache.

„Heinz!", rief sie. „Wie geht es ihm?"

Dann war er wieder in der Leitung.

„Komm her, Gül", sagte er. Und als würde er ahnen, was ihr durch den Kopf ging, fügte er hinzu: „Fahr nicht alleine da raus. Hast du mich verstanden?"

„Hat Tönne angerufen?", fragte sie. „Konnte er sprechen? Geht es ihm gut?"

Aber Heinz war wieder aus der Leitung. Er wühlte offenbar in irgendwelchen Unterlagen herum.

„Hat Tönne angerufen?“, schrie sie.

Sie wartete keine Antwort ab. Eilig drückte sie die Verbindung weg und warf das Handy auf den Beifahrersitz. Mit heulenden Reifen fuhr sie vom Hof. Sie machte sich nicht auf den Weg zur Wache, natürlich nicht. Stattdessen fuhr sie auf direktem Weg zum Hof der Oldenkotts. Wenn sie sich beeilte, konnte sie in fünf Minuten da sein.

9

Das alte Bauernhaus der Oldenkotts tauchte vor ihr in der Dunkelheit auf. Im Erdgeschoss brannte Licht hinter einem der Fenster, oben im ausgebauten Dachstuhl, wo Tönnes Tochter mit ihrer Familie wohnte, war alles dunkel. Offenbar war Tönne allein zu Hause gewesen, als der Einbrecher aufgetaucht war. Einen Krankenwagen konnte Gül nicht sehen, aber das musste nichts heißen. Möglich, dass sie als Erste am Tatort war. Tönne lag vielleicht noch verletzt im Flur neben dem Telefon.

Sie stieg aus und drückte lautlos die Autotür ins Schloss. Dann lauschte sie. Es war nichts zu hören. Der Einbrecher konnte noch in der Nähe sein. Mit ihrer Dienstwaffe hätte sie sich jetzt wohler gefühlt. Aber zur Not hatte sie ein paar Kampftechniken drauf, tröstete sie sich. Damit würde sie sich hoffentlich wehren können. Neulich bei einer Kneipenschlägerei hatte sie einen schweren Typen umgehauen, ihn in Sekunden kampfunfähig gemacht. Sie war selbst völlig verdattert gewesen, so sehr, dass sie die Bierflasche übersehen hatte, die währenddessen auf sie zugeflogen war. Eine Platzwunde am Wangenknochen war geblieben. Nichts Dramatisches, aber ihren Eltern hatte sie eine komplizierte Lügengeschichte auftischen müssen. Die glaubten nämlich, Gül wäre nachts nur im Innendienst. Von einer Kneipenschlägerei, bei der Gül mitgemischt hatte, erfuhren die besser nichts.

Sie huschte über den Kies zum Wohnhaus. Vorsichtig spähte sie durchs Fenster, aber im Wohnzimmer und im dahinterliegenden Flur war nichts zu sehen. Weder Tönne noch ein Einbrecher. Sie drückte sich an die Hauswand und schlich weiter zur Eingangstür. Es war natürlich Wahnsinn, alleine da reinzugehen. Sie sollte besser auf Verstärkung warten. Aber vielleicht war Tönne schwer verletzt, und es ging um jede Sekunde. Sie musste einfach handeln.

Plötzlich bewegte sich die Türklinke, sie wurde nach unten gedrückt. Ganz langsam. Gül hielt den Atem an und sah sich eilig nach einer Waffe um. Vor ihr stand eine Ente aus Terrakotta im Blumenbeet. Sie packte sie am Hals und schwang sie über den Kopf. Wenn sie das Überraschungsmoment nutzte, konnte sie den Einbrecher vielleicht übermannen.

Die Tür wurde aufgeschoben. Leise quietschten die Angeln. Gül machte sich bereit. Dann trat eine Gestalt vor, und der Bewegungsmelder löste die Beleuchtung über der Tür aus. Das hatte Gül nicht bedacht. Plötzlich war alles hell um sie herum. Sie wurde geblendet, der Einbrecher war im Vorteil. Sie konnte nur ins Leere schlagen.

„Lisbeth, da bist du ja", sagte eine vertraute Stimme.

Sie blinzelte. Es war Tönne Oldenkott, der vor ihr in der Tür stand. Sie ließ die Terrakotta-Ente sinken.

„Gut, dass du da bist", sagte er in aller Seelenruhe. „Komm rein. Ich will dir was zeigen."

Und schon war er im Haus verschwunden. Gül blieb alleine draußen stehen. Sie blickte sich entgeistert um, dann stellte sie die Ente ab und folgte. Tönne schlurfte in Strickjacke und mit Hausschuhen durch den Flur zum Wohnzimmer. Als wären sie hier auf eine Tasse Tee verabredet.

„Was ist mit dem Einbrecher?", fragte Gül perplex.

Tönne sah sie überrascht an.

„Was denn für ein Einbrecher?"

„Aber ..."

Wollte er sie auf den Arm nehmen? Was war denn hier los, verdammt? Sie hatte befürchtet, sein Leben wäre in Gefahr.

„Ach, das meinst du", sagte er. „Heinz Bertling hat mich den ganzen Tag abgewimmelt. Also wirklich, als wäre ich ein Staubsaugervertreter. Ich wollte einfach, dass du herkommst. Deshalb hab ich gesagt, hier wär ein Einbrecher." Er strahlte sie an wie ein kleiner Junge, der heimlich bei den Nachbarn Klingelmännchen gemacht hatte. „Das hat doch gut funktioniert, oder?", meinte er und kicherte zufrieden. „Und jetzt komm schon. Immer rein in die gute Stube."

Im Wohnzimmer brannte ein Ofenfeuer, auf dem Tisch dampfte Tee, der Fernseher lief leise. Eine richtige Idylle.

Tönne machte sich am Öfchen zu schaffen und stocherte in den Holzscheiten herum. Dann stellte er den Schürhaken beiseite, schloss die Klappe und ließ sich in seinen Ohrensessel sinken. Als könnte jetzt der gemütliche Teil des Abends beginnen.

Gül hatte immer noch Mühe zu glauben, was hier passierte. Sie starrte Tönne an. Der nahm eine Mappe auf, einen dicken Ordner, aus dem Papiere herausquollen, und hielt sie Gül entgegen.

„Das ist das Kassenbuch vom Schützenverein", sagte er. „Einer muss das in Ordnung bringen. Ich hab's nicht so mit Zahlen, weißt du, Lisbeth. Dafür war Agnes immer zuständig. Dafür und für das Soziale. Jeder hat halt seine Stärken und Schwächen."

Er warf einen Blick auf den Ordner. „Jetzt, wo ich den Vorstand näher kennengelernt habe, glaube ich nicht mehr, dass wir in diesem Kreis den Mörder finden werden. Eigentlich wirken die alle ziemlich unschuldig. Jeder auf dem Schützenfest kann es gewesen sein, jeder. So wie du gesagt hast. Aber trotzdem könnte das hier eine Spur sein. Und ich kann das nicht mit dem Kassenbuch."

Er betrachtete Gül, die immer noch mitten im Wohnzimmer stand. Verwirrung trat in sein Gesicht.

„Aber jetzt setz dich doch, Lisbeth. Setz dich." Und weil sie nicht reagierte: „Möchtest du einen Tee? Oder lieber ein Bier?"

„Sag mal, Tönne, spinnst du? Hast du jetzt völlig den Verstand verloren?"

„Wieso?"

„Du kannst doch nicht einfach den Notruf missbrauchen. Wir haben gedacht, hier ist ein Verbrechen passiert. Weißt du eigentlich, was das heißt?"

Sie war laut geworden, aber Tönne ließ sich nicht davon beeindrucken.

„Na, wenn mir was anderes übrig geblieben wäre, hätte ich's auch nicht getan. Aber Heinz Bertling, der hat sich aufgeführt wie eine Wildsau, die ihr Junges beschützt. Himmelherrgott. Als würde ich dir ein unmoralisches Angebot machen wollen. Dabei wollte ich dir doch nur das hier zeigen."

„Verdammt, Tönne! Du hast uns allen einen ziemlichen Schrecken eingejagt. Was denkst du denn?"

„Na ja", sagte er. „Aber inzwischen haben wir uns alle vom Schrecken erholt, nicht wahr, Lisbeth? Nun setz dich schon!"

„Ich hab mir Sorgen gemacht!", rief sie. „Ich hab gedacht, du bist verletzt! Oder Schlimmeres!"

Jetzt war Tönne überrascht. „Ich wusste gar nicht, dass du ... Du hast dir *Sorgen* gemacht? Um mich?"

Tönnes Augen wurden ganz wässrig vor Zuneigung. Gül wurde sauer. Jetzt fasste er das Ganze auch noch als Kompliment auf.

„Tönne, das geht nicht! Du kannst nicht den Notruf wählen, wenn nichts passiert ist. Ich könnte dir deswegen eine Anzeige verpassen."

„Aber Lisbeth, wie hätte ich denn sonst an dich rankommen sollen? Ohne dass Heinz etwas erfährt?"

„Gar nicht. Du hast doch längst schon gesagt, was du von mir hältst. Dass Agnes sich in mir getäuscht hat."

„Ach, das war doch nur so dahergesagt. Das hab ich doch gar nicht so gemeint. Ich muss wohl besser darauf achten, was ich sage. Entschuldige. Das wollte ich nicht, dass du das persönlich nimmst." Sein Blick wurde weich. „Hast du dir das denn so zu Herzen genommen?"

„Darum geht es gar nicht. Für mein Gefühl hatten wir die Sache geklärt. Wenn du denkst, dass der Fall nicht erledigt ist, dann geh zur Kriminalpolizei. Zu den Kollegen, die dafür zuständig sind. Nicht zu mir."

„Lass doch mal endlich die furchtbare Kripo aus dem Spiel. Du sollst doch nur das Kassenbuch für mich in Ordnung bringen. Ich weiß ja, dass du mir nicht dabei helfen willst, den Mord aufzuklären. Das ist schon in Ordnung. Ich bitte dich nur, mir mit dem Kassenbuch zu helfen. Und wenn was Verdächtiges dabei auftaucht, ist es doch auch nicht verkehrt."

„Tönne, das geht nicht. Ich bin Polizistin und keine Kassenwartin. Ich will damit nichts zu tun haben. Und du lässt auch besser die Finger davon."

„Du hast doch gar nichts damit zu tun. Du sollst ja nur die Bücher ..."

Der Tag war lang und anstrengend gewesen. Gül spürte, wie die Nerven mit ihr durchgingen. Tönne machte sie rasend. Sie wollte gar nicht schreien, trotzdem tat sie es jetzt.

„*Ich helfe dir nicht!* Verdammt noch mal."

Tönne blickte sie an, als hätte sie ihm ins Gesicht geschlagen. Mit großen unschuldigen Augen. Aber Gül konnte sich nicht bremsen.

„Das ist Wahnsinn, Tönne! Was du machst, ist Wahnsinn. Du kannst doch nicht auf eigene Faust nach einem Mörder suchen. Als wärst du Miss Marple. Die Kripo weiß schon, was sie tut. Und lass mich aus dem Spiel. Ich will mit diesem Irrsinn nichts zu tun haben!"

Tönne legte das Kassenbuch schweigend zur Seite. Dann sackte er kraftlos in seinen Sessel. Er schaffte es nicht, ihr in die Augen zu sehen. Gül seufzte. Zwar hatte sie Recht mit dem, was sie gesagt hatte. Aber natürlich hatte sie ihn nicht verletzen wollen.

„Das kann man auch vernünftig sagen, Lisbeth", erwiderte er ruhig. Jetzt wirkte er wie ein lieber Opa, der nichts anderes im Sinn hatte, als seinen Enkelkindern ein Lachen ins Gesicht zu zaubern. Es war schon wieder passiert: Gül fühlte sich schuldig.

„Hör zu, Tönne. Es tut mir leid."

„Nein, nein", sagte er. „Du hast deinen Standpunkt klar gemacht. Ich hab es jetzt verstanden."

Dann blickte er sich in seinem Sessel um, als wäre er plötzlich viel zu schwach, um aufzustehen.

„Würdest du mir meinen Stock reichen, Lisbeth? Er steht da vorne. Ich bringe dich noch zur Tür."

Gül schämte sich für ihre heftige Reaktion. Aber anders schaffte sie es doch nicht, zu ihm durchzudringen. Was sollte sie denn tun? Mit hängenden Schultern reichte sie Tönne den Stock. Er hievte sich damit aus dem Sessel und brachte Gül wortlos zur Tür.

Erst draußen auf dem Hof brach er das Schweigen.

„Wirst du Heinz erzählen, was passiert ist?"

Gül wusste bereits, dass sie wahrscheinlich wieder lügen würde. Obwohl sie sich darüber ärgerte.

„Schlag dir die ganze Sache aus dem Kopf, Tönne. Vergiss einfach Werner Osthues. Bitte."

„Einfach ignorieren, was passiert ist, meinst du?"

„Es ist doch alles aufgeklärt. Und mit dem fingierten Einbruch lasse ich mir was einfallen. Das muss Heinz nicht wissen. Aber du musst mir dafür versprechen, dass du die Sache auf sich beruhen lässt. In Ordnung, Tönne?"

Plötzlich war da eine Bewegung in der Dunkelheit. Gül sah sich um. Ein Streifenwagen stand auf dem Hof. Motor und Lichter waren abgestellt, sonst hätte sie ihn sicher sofort gesehen. In der offenen Fahrertür stand Miko, ihr neuer Kollege, bereits in Uniform – die ihm extrem gut stand, wie Gül gegen ihren Willen feststellen musste. Die Ellbogen aufs Autodach gestützt sah er zu ihnen herüber. Jedenfalls glaubte sie das, denn seine Augen waren hinter den verspiegelten Gläsern seiner Sonnenbrille nicht zu erkennen.

Gül fühlte sich sofort ertappt. Auch Tönne presste die Lippen aufeinander. Er war genauso überrascht wie sie. Eine Weile sagte keiner was.

„Störe ich?“, fragte Miko.

Damit war die Blase zerplatzt. Gül ging eilig auf den Streifenwagen zu.

„Nein. Hier ist alles in Ordnung.“

„Gab es keinen Einbruch?“, fragte er.

„Das war ein Missverständnis. Ein paar Kinder haben einen Stein in eine Scheibe geworfen.“

Miko schob die Brille hoch. Er lächelte. „Kinder also?“, sagte er. „Dann sollten wir den Schaden aufnehmen.“

„Nicht nötig. Herr Oldenkott will keine Anzeige erstatten. Wir können los. Ich nehme meinen Wagen und fahre zur Wache.“

Ehe Miko reagieren konnte, verabschiedete sie sich von Tönne und ließ den Motor an. Als sie vom Hof fuhr, sah sie im Rückspiegel, wie auch Miko wieder einstieg und den Motor anließ, ohne Tönne weitere Fragen zu stellen.

Diesmal war es gut gegangen. Das hoffte sie zumindest. Aber sie musste dringend mit diesem doppelten Spiel aufhören. Wenn Heinz herausfand, dass sie ihn anlog, konnte sie sich einen neuen Job suchen.

10

Jenseits der Windschutzscheibe präsentierte sich das verwaiste Dorf. Die Straßen waren um diese Uhrzeit wie ausgestorben. In ein paar Kneipen brannte noch Licht, aber das war auch schon alles. Es würde eine ruhige Nacht für sie werden, mal wieder.

Zusammen mit Miko auf so engem Raum war Gül unbehaglich zumute. Der Typ war ihr ohnehin nicht ganz geheuer gewesen, und dann noch die Sache auf Tönnes Hof. Er hatte ihr Gespräch belauscht, so viel stand fest. Er wusste also, dass bei Tönne nicht eingebrochen worden war. Aber sie würde das Thema besser vermeiden. Wenn sie einfach nicht darüber redete, dann fühlte es sich so an, als wäre auch nichts passiert. Also verbrachten sie die meiste Zeit im Streifenwagen schweigend.

Miko hatte schon ein paar Mal versucht, einen Smalltalk anzufangen, aber Gül hatte sich einsilbig gegeben. Irgendwann hatte er es schließlich aufgegeben, und sie hoffte, dass es dabei bleiben würde. Ihretwegen hätten in dieser Nacht ruhig ein paar Einsätze reinkommen können, dann hätten sie wenigstens was zu tun gehabt. Aber bislang war das Funkgerät still geblieben.

Miko saß am Steuer, natürlich. Wie die meisten ihrer männlichen Kollegen war er ganz selbstverständlich an der Fahrerseite eingestiegen. Als wäre es völlig normal, dass der Mann fuhr und die Frau daneben saß und die Hände in den Schoß legte. Sonst taten sie immer so emanzipiert, die Jungs, aber wenn es ums Autofahren ging, dann war es vorbei mit der Gleichberechtigung.

Gül hätte wahrscheinlich um den Platz am Steuer kämpfen sollen. Einfach aus Prinzip. Damit sich mit dem Neuen nicht gleich Dinge einschlichen, die später nur schwer zu ändern sein würden. Aber nach dem Streit mit Tönne hatte sie keine Lust mehr auf Konfrontation gehabt. Für heute reichte es.

Im Augenwinkel bemerkte sie, dass Miko schon wieder seine Pilotenbrille aufgesetzt hatte. Mitten in der Nacht und beim Autofahren.

„Muss das denn sein mit der Sonnenbrille?“, fragte sie genervt. „Ich mein, du kannst das Auto auch gleich vor die Wand setzen.“

„Was bist du denn so unfreundlich? Hey, Gül, wenn es wegen der Sache eben bei Tönne Oldenkott ist ...“ Er warf ihr einen Blick zu, aber sie reagierte nicht. „Ich hab nichts gehört. Versprochen.“

Sie schwieg beharrlich weiter. Jetzt hatten sie also schon ihr erstes kleines Geheimnis, das sie verband. Darauf hatte Gül überhaupt keine Lust.

Miko setzte die Sonnenbrille ab. Das sollte wohl eine versöhnliche Geste sein. Er drehte weiter seine Runden durch den Ort, ohne etwas zu sagen. Doch schließlich warf er Gül wieder einen Blick zu und lächelte verlegen. Sie spürte ein Ziehen. Irgendwie wirkte dieses Lächeln verletzlich. Das hatte sie schon im Fitnessstudio gedacht. Als fühlte er sich plötzlich unsicher in ihrer Gegenwart. Er, dieser Typ, der wie kein anderer von sich überzeugt war. Aber das war bestimmt seine Masche. Eine hinterhältige Täuschung, um Frauen schwach werden zu lassen.

„Kommst du eigentlich von hier?“, fragte er.

Na klar. Das war seine erste persönliche Frage.

„Du meinst, ob ich in der Türkei geboren bin?“

Offenbar war ihr genervter Tonfall sogar ihm aufgefallen. „Hey, komm schon, Gül. Ich will dich nur kennenlernen. Wir werden noch viel Zeit zusammen im Auto verbringen. Ich freue mich auf meine neuen Kollegen. Und gerade hier auf dem Dorf kommt es ja nicht so oft vor, dass man neue Leute und neue Sichtweisen kennenlernt.“

Gül sah aus dem Seitenfenster. Dunkle Einfamilienhäuser zogen an ihr vorbei. Überall schliefen die Leute, nirgends brannte Licht.

Schließlich gab sie nach. Er hatte ja Recht mit dem, was er sagte.

„Ich bin hier geboren", sagte sie. „In Münster in der Uniklinik."

Jetzt grinste er breit. Wie ein kleiner Junge, dem ein Treffer in den Basketballkorb gelungen war. Die reine Freude über einen unvermuteten Sieg, dass sie jetzt doch mit ihm sprach. Gül fühlte sich geschmeichelt, auch wenn sie wünschte, es wäre nicht so.

„Und du wohnst noch bei deinen Eltern, oder? Du hast mit deiner Mutter telefoniert, heute im Studio. Sorry, aber das war nicht zu überhören."

„Ja, ich wohn noch zu Hause. Irgendwie ... keine Ahnung. Ich bin dreiundzwanzig, ich könnte langsam mal ausziehen, oder?"

Er hob die Schultern. „Wenn es dir da gefällt?"

„Meistens schon. Ich mein, sie können ganz schon nerven, meine Eltern. Aber ich bin halt das Nesthäkchen, meine Geschwister sind viel älter als ich und wohnen schon lange woanders. Ich bin die einzige, die noch keine eigene Familie hat. Eigentlich wollte ich schon längst ausziehen. Aber – ach, keine Ahnung. Jetzt ist mein Vater seit ein paar Monaten in Rente. Alles verändert sich. Und vielleicht ist es besser, ich bleibe noch ein bisschen. Bis sie sich an alles gewöhnt haben."

Meine Güte, wie hörte sich das denn an? Als würde sie Ausreden dafür suchen, weshalb sie nicht auf eigenen Beinen stand. Das kam dabei heraus, wenn man solche Gespräche führte. Dabei musste sie sich für nichts schämen. Wirklich nicht.

„Haben deine Eltern nichts dagegen, dass du bei der Polizei bist?", fragte er.

Wieso, weil es Türken sind?, hätte sie beinahe garstig gefragt. Dabei war es tatsächlich ein ganz schöner Schock für sie gewesen. Aber als Nesthäkchen hatte sich Gül schon immer eine Menge rausnehmen dürfen.

„Richtig toll finden sie es nicht“, räumte sie ein. „Aber sie gewöhnen sich daran. Mit der Zeit.“

Oder hatten einfach beschlossen abzuwarten, bis Gül einen Mann finden, Kinder bekommen und dann die Polizei ein für allemal hinter sich lassen würde.

„Sie dürfen halt nicht alles über die Arbeit wissen.“

„Was denn zum Beispiel?“, fragte er.

„Dass ich nachts Streife fahre und nicht im Innendienst bin“, sagte Gül. „Meine Mutter würde einen Herzinfarkt kriegen. Heinz Bertling musste bei uns antreten und ihnen versichern, dass alle auf mich aufpassen. Also, die Männer auf der Wache. Und dass meine Eltern sich keine Sorgen machen müssen. Als wär ich ein Kind, das ins Ferienlager gegeben wird.“

Miko grinste wieder breit, als wäre er unfassbar stolz darauf, dass sie ihm das alles erzählte. Er hatte sie geknackt, er war der Größte.

Sofort bereute sie, von ihrer Familie erzählt zu haben. Sie sah zum Funkgerät. Jetzt wäre ein guter Zeitpunkt für einen Einsatz. Aber nichts. Das Gerät war genauso tot wie das Dorf.

Dabei war es in Buddenbeck heute gar nicht so tot. Vorm Gasthaus *Zur grünen Linde* entdeckte Gül einen älteren Mann, der umständlich an seinem Fahrradschloss herumhantierte. Der Schlüssel fiel ihm aus der Hand und landete auf dem Pflaster. Der Mann wankte, hielt sich an einer Mauer fest und starrte zu Boden.

„Der ist doch total besoffen“, sagte Gül, dankbar darüber, das Thema wechseln zu können. „Sollte der in dem Zustand noch Fahrrad fahren?“

„Keine Ahnung. Besser nicht, oder?“

Miko rollte langsam auf das Gasthaus zu und kurbelte die Scheibe runter.

„Hey, Wilhelm!“, rief er.

Der Mann drehte sich um. Als er das Polizeiauto sah, erschrak er zuerst. Aber dann erkannte er Miko hinterm Steuer und entspannte sich.

„Alles rund bei dir?“, fragte Miko.

„Alles rund, jawohl. Alles rund.“ Er betrachtete den Streifenwagen. „Dann hast du heute deine erste Schicht, Miko?“

„So sieht’s aus. Steht mir gut, das Auto, oder?“

„Keine Frage. Und wie.“

„Wilhelm ...“, murmelte Gül nachdenklich.

Was denn für ein Wilhelm? Gesehen hatte sie den Typen schon mal, na klar. Aber woher kannte Miko seinen Namen? *Sie* war doch hier geboren und nicht er. Er lebte erst seit ein paar Jahren hier, und dann auch noch im Neubaugebiet.

„Hast du einen gehoben, Wilhelm?“, fragte Miko.

„Nein. Hab ich nicht. Also, das heißt, ein kleines Bierchen, das vielleicht. Und einen Korn. Aber das ist schon was her. Ich bin stocknüchtern.“

Dafür musste er aber mächtig kämpfen, nicht allzu sehr zu lallen. Und richtig gerade stehen konnte dieser Wilhelm auch nicht mehr. Miko deutete zur Kneipe.

„Habt ihr heute Karten gespielt?“

„Jawohl. Aber für mich gab’s nur einen Korn. Und ein Bierchen. Mehr nicht.“

Die Kneipentür öffnete sich, und der Wirt Antonius Brügge trat mit einem Besen heraus. Offenbar machte er gerade Feierabend. Da entdeckte er seinen Gast.

„Wilhelm, ich hab dir gesagt, das Taxi kommt gleich!“, rief er. „Lass dein Fahrrad stehen!“ Dann grüßte er freundlich. „Miko! Dein erster Abend? Und? Läuft alles?“

„Läuft bestens. Du hast ein Taxi gerufen?“

„Denkst du, der schafft das alleine nach Hause? Das wird nichts mehr. So läuft das immer, wenn die Jungens Karten spielen.“

„Und die anderen? Sind die schon weg?“

„Bernhard schläft in seinem Auto“, sagte er und deutete zum Parkplatz. Tatsächlich war im Widerschein der Laterne ein Gesicht hinter einer Autoscheibe zu erkennen, mit offenem Mund, aus dem Speichel floss. „Und die anderen wurden von ihren Frauen abgeholt."

Antonius Brügge kniff die Augen zusammen. Erst jetzt erkannte er Gül auf dem Beifahrersitz.

„Ist das unser Lisbeth?", rief er freudig und winkte. „Lisbeth! Alles gut?"

Sie hob die Hand. „Muss ja", rief sie.

Dann zwinkerte er Miko verschwörerisch zu.

„Seid ihr jetzt ein Team?", fragte er und grinste dämlich.

Gül rollte mit den Augen. Aber Miko grinste genauso dämlich zurück. „So sieht's aus", sagte er.

Der Wirt nahm den Besen und fegte über seine Eingangsstufen. Das Grinsen blieb dabei in seinem Gesicht.

„Dann fahr mal ruhig weiter, Miko. Ich pass schon auf Wilhelm auf, bis das Taxi da ist. Dem passiert nichts."

„Ich hab nur einen Schnaps getrunken", sagte Wilhelm. „Ich kann noch fahren." Er sah sich verstört auf dem Pflaster um. „Wo ist nur mein Fahrradschlüssel?"

„Also gut", rief Miko. „Dann mal einen schönen Feierabend, Antonius!"

Miko kurbelte das Fenster hoch und fuhr weiter. Eigentlich wollte Gül sich ja gar nicht mit ihm unterhalten. Aber jetzt war die Neugierde doch größer.

„Woher kennst du diese Leute so gut?", fragte sie. „Den Wirt kenne ich auch, na klar. Aber die Gäste? Höchstens vom Sehen."

„Na, ich bin halt schon eine Weile hier."

„Wie lange denn? Zwei Jahre? Ich bin hier geboren."

Sie überlegte. Ihr Gesichtergedächtnis war nicht das Allerbeste, das war ihr bewusst. Sie erinnerte sich ja auch nicht mehr, wo sie Miko schon mal gesehen hatte. Obwohl ein Gefühl ihr sagte, dass es wichtig sein könnte.

„Wenn du die Leute hier auf dem Land kennenlernen willst, dann musst du in den Schützenverein eintreten."

„Ich in den Schützenverein? Das ist nicht dein Ernst! *Da* bist du Mitglied?"

„Ja, klar. Warum denn nicht?"

„Weil das furchtbar ist. Da wird doch nur gesoffen. Und dann diese Vereinsmeierei. Und die Uniformen. Das Aufmarschieren. Das ist doch alles total gruselig."

„Ach, Blödsinn. Man muss sich auch mal einlassen können. Die sind doch alle total nett, die Leute. Und den Rest macht man halt mit."

Gül konnte es nicht glauben. Im Schützenverein.

„Weißt du was, Gül? Du solltest da auch eintreten. Ich finde, das wäre super für dich. Allein wegen deinem Job hier."

„Bist du wahnsinnig? In den Schützenverein? Auf keinen Fall."

„Frauen *dürfen* Mitglied werden. Die Satzung wurde extra dafür geändert. Frauen dürfen inzwischen sogar schießen, stell dir vor."

„Na, was für eine Ehre. Ich trete ganz sicher nicht in den Schützenverein ein."

„Denk mal nach. Du könntest Königin werden." Der Gedanke schien ihn zu amüsieren. „Beim Schießtraining der Polizei sollst du ja die Beste sein, mit Abstand."

„Königin Lisbeth die Erste", meinte sie trocken. „Soweit wird es sicher nicht kommen."

„Dann würdest du wenigstens ganz schnell alle kennenlernen. Auch die, die man sonst nicht so sieht. Zum Beispiel Wilhelm und seinen Kartenclub."

Gül war sich gar nicht sicher, ob sie die alle auch kennenlernen *wollte*. Sie bedachte Miko mit einem nachdenklichen Blick.

„Kanntest du mich eigentlich vorher schon? Jetzt mal abgesehen vom Fitnessstudio? Wusstest du, wer ich bin?"

„Nein, leider nicht." Er grinste. „Aber das hole ich jetzt alles nach, versprochen."

„Weißt du, ich hab dich irgendwo schon mal gesehen. Aber ich weiß nicht mehr, wo."

„Also, wenn ich dich gesehen hätte, ich würde mich hundertprozentig dran erinnern."

Na klar. Das musste er ja jetzt sagen.

Er steuerte den Wagen auf die Hauptstraße Richtung Münster. Die Lichter einer Tankstelle leuchteten ihnen entgegen. Seit ein paar Wochen war sie jede Nacht bis eins geöffnet. Der Betreiber wollte wohl ausprobieren, ob sich dadurch neue Kunden anlocken ließen. Gül war davon überzeugt, dass er das Experiment bald abbrechen würde. Denn so viele Kunden kamen bestimmt nicht um diese Zeit. Jedenfalls war im Dorf keiner mehr auf den Beinen, das sahen sie ja jede Nacht.

Miko setzte den Blinker. Gül warf einen Blick auf den Benzinstand. Der Tank war beinahe voll.

„Ich hol mir kurz Zigaretten", sagte er.

„Na klar. Kein Problem."

Ein Raucher. Gül fragte sich, ob sie das beim Küssen stören würde, und war im nächsten Moment entsetzt darüber, dass ihr so etwas überhaupt in den Sinn kam. Sie wollte ihn doch überhaupt gar nicht küssen. Nie im Leben. Total peinlich war das.

„Bin gleich wieder da", sagte Miko und sprang aus dem Wagen. Auf dem Weg in den Tankstellenshop setzte er sich die Sonnenbrille wieder auf. Dazu ein Gang wie ein Cop aus einem Hollywood-Film. Als würde er jeden Moment seinen Colt ziehen. Du liebe Güte. Gül verdrehte die Augen.

Miko trat in den hell erleuchteten Innenraum. Sie sah ihm dabei zu, wie er an den Tresen trat und eine Schachtel Zigaretten kaufte. Plötzlich war da etwas an seinen Bewegungen, das ihr vertraut vorkam. Die Art, wie er seine Geldbörse hervorzog.

Und da fiel ihr wieder ein, wo sie ihn schon mal gesehen hatte. Natürlich. Auf dem Schützenfest, in der Nacht, in der

Werner Osthues ermordet worden war. Sie hatte vorm Zelt das Absperrband gehalten, während sie auf die Kollegen von der Kripo gewartet hatten. Und da hatte Gül ihn gesehen, im Zelt am Tresen, mit den anderen Gästen.

Miko war in der Tatnacht auf dem Schützenfest gewesen.

11

Tönne rutschte unruhig auf dem Stuhl herum. Sein Rücken machte sich langsam bemerkbar. Er hielt es kaum aus, einfach dazusitzen und nichts zu tun. Das heißt, nichts außer Büroarbeit. Furchtbar war das. Zahlen, Papier und ein trostloser Tisch. Wie konnten Menschen ihr ganzes Leben im Büro zubringen? Wenn man doch mit seiner Muskelkraft arbeiten und sich draußen die Sonne ins Gesicht scheinen lassen konnte. Das machte einen doch wahnsinnig.

Seit zwei Stunden saß er nun schon an dieser vermaledeiten Buchhaltung. Und so wie es aussah, würde es ihn noch Tage kosten, bevor alles fertig war. Falls er überhaupt je fertig werden würde und nicht vorher einen Herzinfarkt bekam. Oder Thrombose in den Beinen. Aber er musste sichergehen, dass der Mord nicht mit Werners Aufgaben im Vorstand des Schützenvereins zu tun hatte. Sie wirkten alle ziemlich unverdächtig, das schon, aber Tönne wusste, das musste nichts bedeuten.

Die Wohnzimmertür flog auf, und Susanne stürmte herein. Sie sah ihren Vater am Esstisch über den Unterlagen brüten und hielt überrascht inne.

„Ist Sophie hier?“, fragte sie. „Ich such sie überall.“

Tönne schwieg. Sophie war tatsächlich da. Schon seit einer halben Stunde saß sie direkt hinter Susanne in dem Sessel mit der ausklappbaren Fußbank, der früher Agnes’ Stammplatz gewesen war. Reglos starrte sie auf ihr Smartphone, während sich ihre Finger blitzschnell über das Display bewegten. Dabei hatte sie bis auf „Hallo, Opa" kein Wort gesagt. Sie erinnerte Tönne an die Katze, die Agnes früher besessen hatte. Die hatte auch so getan, als wollte sie keinerlei Kontakt zu Agnes und ihm. Trotzdem hatte sie sich immer in ihrer Nähe aufgehalten. Ganz egal, wo sie gewesen waren, keine fünf Meter entfernt lag die Katze und blickte gelangweilt in die entgegengesetzte Richtung.

Unauffällig sah Tönne über Susannes Schulter hinweg zum Sessel. Sophie hatte die Augen inzwischen weit aufgerissen. Wie ein Käfer, der sich tot stellte, um seinen Fressfeinden zu entkommen. Tönne beschloss, Susannes Frage nach Sophie einfach zu übergehen.

Stattdessen schob er die Unterlagen mit langem Gesicht von sich, als wären sie durch Brand oder Wasserschaden unbrauchbar geworden.

„Ich komm hier nicht weiter", sagte er. „Was sind das für Menschen, die so was beruflich machen? Buchhalter. Was stimmt mit denen nicht?"

Susanne lächelte. Sie hatte es zwar mit einem Stirnrunzeln zur Kenntnis genommen, dass er in den Vorstand des Schützenvereins eingetreten war, aber weiter nichts dazu gesagt. Ihre Hoffnung war wohl, dass er ihnen in Zukunft weniger auf die Nerven gehen würde, was die Belange des Hofs anging.

„Wieso hast du eigentlich ausgerechnet den Posten des Kassenwarts übernommen, Papa?", fragte sie.

„Es war sonst nichts frei. Und irgendwas muss man ja tun als Rentner."

Sie trat näher und sah ihm über die Schulter.

„Was ist denn dein Problem?", fragte sie.

„Ach, hier stimmt alles vorne und hinten nicht. Die zum Beispiel", sagte er und hielt eine Rechnung hoch. „Vom Getränkehandel. Der taucht nur einmal auf dem Konto auf, das muss diese Rechnung sein, aber Werner Osthues hat sechs Euro und ein paar Cent weniger überwiesen. Wieso macht Werner so was? Was um Himmels Willen hat ihn da geritten? Und warum beschwert sich danach keiner?“

Susanne deutete auf das Kleingedruckte unter dem Rechnungsbetrag.

„Da steht’s doch. Drei Prozent Skonto. Deshalb.“

Tönne war völlig verdattert. Da stand es tatsächlich. Er hatte diese Rechnung lange und mit wachsender Verzweiflung angestarrt, ohne das zu sehen. Wie war das möglich?

„Und hier“, sagte er eilig und zeigte den Kontoauszug. „Für die nächste Überweisung gibt’s erst gar keine Rechnung. Da kann ich mich auf den Kopf stellen. Ich weiß auch gar nicht, was das sein soll. Nur Nummern und Zeichen, da wird man doch bescheuert. Was braucht man denn, um das zu entschlüsseln? Die Enigma?“

Auch diesmal warf Susanne nur einen kurzen Blick auf die rätselhaften Zahlenkolonnen.

„Das ist der Jahresbeitrag für den Dachverband. Da steht’s doch. Ein Dauerauftrag. Dafür gibt’s keinen Beleg.“

Tönne sah genauer hin. Tatsächlich. Da war etwas Text, mitten in diesem Meer von Ziffern. Jahresbeitrag. Bund katholischer Schützenvereine.

„Du, Papa“, wechselte Susanne das Thema, „ich bringe Sophie gleich zur Nachhilfe und gehe solange einkaufen. Denkst du daran, auf Annie aufzupassen? Martin kommt erst um fünf von der Arbeit.“

War das wirklich Arbeit, wenn man den Tag im Kindergarten verbrachte? Arbeit hieß bei Wind und Wetter auf dem Acker zu stehen. Das Heu zu wenden, die Ernte einzufahren. Meinetwegen auch am Schreibtisch zu sitzen und über dem Chaos der Buchhaltung zu verzweifeln. Aber doch nicht, wenn man in der Sonnenblumengruppe zwischen den Kindermatratzen saß und mit einer Tasse Tee in der Hand Märchen vorlas. Das war nun wirklich keine Arbeit. Schon gar nicht für einen Mann. Aber dazu sagte

Tönne jetzt besser nichts, schließlich wollte er keinen Ärger mit seiner Tochter kriegen.

„Ja, ja. Natürlich passe ich auf Annie auf", sagte er und starrte wieder auf die Kontoauszüge. Er war einfach nicht für diese Arbeit gemacht.

„Sag mal, Susanne. Könntest du mir vielleicht helfen? Dir scheint das alles ja ganz leichtzufallen."

„Was meinst du denn mit helfen? Dass ich mich hinsetze und das Kassenbuch prüfe, während du rausgehst und Holz hackst?"

So in der Richtung hatte er es tatsächlich gemeint. Aber ihm war klar, dass er das anders formulieren musste.

„Nein, Papa. Vergiss das mal schön."

„Susanne, bitte. Du siehst doch, wie ich mich quäle."

„Ja, aber *du* wolltest unbedingt ehrenamtlich arbeiten. Nicht ich. Tut mir leid, Papa, aber dafür hab ich keine Zeit. Ich hab auch so genug zu tun."

Also gut. Das hieß, Tönne musste seine Tochter anbetteln. Das war wirklich keine schöne Situation, aber offenbar ging es nicht anders.

Aber dazu kam es nicht mehr. Denn Susanne entdeckte ihre Tochter im Sessel.

„Sophie! Was machst du denn hier?"

Das Kind blieb dabei, sich nicht zu bewegen, ganz so, als wäre damit noch was zu retten. Nur aus dem Augenwinkel starrte es ängstlich herüber.

„Typisch, statt Hausaufgaben zu machen, spielst du mit deinem Handy herum!", polterte Susanne. „Ich schwöre dir, ich kassiere es ein, wenn das so weitergeht!"

„Mama, bitte, ich hab heute fast gar nichts auf … Und außerdem …"

„Gar nichts außerdem! Ich will nichts hören! Und jetzt packst du ganz schnell deine Sachen für die Nachhilfestunde. Wir müssen gleich los."

„Mama ..."

„SOFORT!“

Sophie schälte sich aus dem Sessel und trottete mit hängenden Schultern davon. Tönne fragte sich, ob er es noch mal bei Susanne versuchen sollte, aber da war sie schon an der Zimmertür.

„Wir sind gleich weg“, sagte sie. „Annie ist oben und räumt ihr Zimmer auf.“

Tönne blieb allein mit den Unterlagen zurück. Bleierne Schwere legte sich über ihn. Er sah hinaus in den Garten. In den Fugen zwischen den Pflastersteinen wuchs schon wieder Gras. Das musste dringend gemacht werden. Bis zum Abendessen könnte er damit fertig sein. Und dann hätte er heute etwas geschafft.

Aber nein. Er zwang sich zurück an die Unterlagen. Auch wenn er keine Fortschritte sah, machte er doch tapfer weiter. Erst als Susanne und Sophie zehn Minuten später das Haus verließen, beschloss er, dass es für heute endgültig genug war. Er brauchte Tapetenwechsel. Sonst würde er noch wahnsinnig werden.

Er stand auf, massierte sich den Nacken und griff nach dem Telefon. Es gab noch andere Wege, etwas über den Mord herauszufinden. Er wählte die Nummer von Aenne Vaalbrock, der Person aus dem Vorstand des Schützenvereins, die ihm am wenigsten verdächtig erschien.

„Aenne!“, begrüßte er sie. „Gut, dass ich dich erreiche.“

„Tönne? Das ist ja eine Überraschung. Was gibt’s?“

„Ach, es ist immer noch die Sache mit Mechthild. Mir geht das alles nicht aus dem Kopf.“

„Ja, das ist wirklich furchtbar.“

„Egal, mit wem man spricht, alle denken, sie ist die Mörderin. Und das bloß, weil sie den Eisenhut bei sich im Garten stehen hat. Dabei ist der doch gar nicht so selten, oder? Steht der nicht überall in Buddenbeck in den Rabatten?“

Dass er ihn bei Bernhard Ochtrup im Garten gesehen hatte, wollte er lieber verschweigen.

„Den gibt es schon noch", sagte Aenne. „Aber nicht mehr so oft. Ich hab früher auch Eisenhut im Garten gehabt. Aber jetzt, wo die Enkelkinder im Garten spielen, könnte ich mir im Leben nicht vorstellen, so was anzupflanzen."

„Man war früher unbesorgter, das stimmt."

„Alwin Osterholt hat erzählt, dass in Mechthilds Küche Spuren vom Gift auf der Anrichte waren. Das weiß er von seinem Neffen, dem Staatsanwalt. Sie soll Sud aus der Pflanze hergestellt haben."

Tönne hatte das auch schon gehört. „Das kann auch Werner gewesen sein", meinte er. „Vielleicht hat er im Garten gearbeitet und war danach in der Küche. Außerdem weißt du doch, wie das bei Osthues ist. Da kann jeder über die Tenne ins Haus, ohne dass einer was merkt. Und wenn das jemand aus dem Verein war oder sonst irgendein vertrautes Gesicht, hätte auch kein Nachbar Anstoß genommen."

Aenne schwieg dazu. Tönne wusste ja selber, wie sich das anhörte. Er beschloss, das Thema zu wechseln.

„Wie war das denn auf dem Schützenfest, Aenne? Du warst doch dabei. Ist dir gar nichts aufgefallen?"

„Ach, es war ein Kommen und Gehen am Tisch. Alle hatten gute Laune. Wir hatten ja auch ordentlich Bowle getrunken."

„Also hätte es tatsächlich jeder auf dem Schützenfest sein können?"

„Nein, nicht jeder. Werner hat sich ja kaum vom Fleck bewegt. Und eigentlich saß immer einer von uns am Tisch. Wenn da jemand an die Flasche rangewollt hätte, dann muss dieser Jemand ziemlich geschickt gewesen sein. Und jetzt denk mal an die Leute auf dem Schützenfest."

„Du meinst, die waren viel zu betrunken dafür?"

„Nun ja", meinte Aenne unglücklich. „Ich wüsste ehrlich gesagt keinen, der dazu noch in der Lage gewesen wäre."

12

Nach dem Telefonat ging Tönne nach oben, um Annie zu suchen. Er fand sie auf dem Teppich in ihrem Kinderzimmer, wo sie mit der Barbiepuppe spielte.

„Sag mal, Annie, was hältst du davon, wenn wir einen kleinen Ausflug machen?"

„Mama hat gesagt, ich darf erst raus, wenn ich mein Zimmer aufgeräumt habe."

Tönne sah sich um. Es sah ziemlich chaotisch aus. Aber für ein Kinderzimmer nicht ungewöhnlich, fand er.

„Ach was. Das kannst du auch später noch machen."

Annie war offenbar nicht sicher, ob das in Ordnung ging. Natürlich wollte sie einen Ausflug machen, aber sie hatte auch Angst vor den Konsequenzen. Tönne zwinkerte ihr zu.

„Oder Opa macht das für dich", sagte er. „Das geht eh am schnellsten."

„Du räumst auf, Opa? Versprochen?"

„Na klar. Das mach ich ganz schnell, bevor deine Mama wieder zu Hause ist. Du darfst ihr nur nichts sagen. Also, was meinst du: Sollen wir los?"

Jetzt strahlte sie übers ganze Gesicht.

„Hurra!", rief sie und sprang auf. „Ein Ausflug!"

Na, also. Es ging doch. Tönne packte das Kind ins Auto und fuhr zu Dörrendorfs Wiese, die ein paar Kilometer entfernt hinter einem Waldstück lag.

„Wohin fahren wir, Opa?", fragte Annie von der Rückbank.

„Weißt du, was Fahnenschlag ist?", fragte er.

Er warf ihr einen Schulterblick zu, um sie aufmunternd anzulächeln. Doch sie blickte nur verständnislos.

„Dann wird es aber höchste Zeit, dass du das kennenlernst. Fahnenschlag macht man beim Schützenfest, weißt du. Da gibt es Marschmusik und die Fahnenschläger, und es werden Figuren gemacht, mit den Fahnen halt. Wirst schon sehen.

Weißt du, das sind Kinder, die das machen. Und du bist ja auch bald alt genug, da mitzumachen. Wie alt bist du jetzt, Annie?"

„Ich bin sechs."

Sechs Jahre war das Kind alt? Na, dann würde es doch noch etwas dauern. Mit zwölf durften Kinder eintreten, wenn er sich nicht irrte. Er konnte sich halt nie merken, wie alt die Mädchen waren. Das änderte sich ja auch ständig. Aber das war jetzt egal. Man konnte die Begeisterung für die Brauchtumspflege nicht früh genug wecken.

„Wird da auch getanzt?", fragte sie.

Tanzen, natürlich. Darum drehte sich gerade alles. Susanne guckte heimlich mit den Kindern *Let's dance* auf RTL, immer während der pädagogisch anspruchsvolle Schwiegersohn beim Kegeln war. Und Annie wollte jetzt unbedingt Tänzerin werden.

„Na ja, schon. So was Ähnliches wie tanzen jedenfalls. Wir gucken uns das gleich an, wart ab. Der Fahnenschlag geht zurück auf die Fesselung des heiligen Sebastianus." Er wandte sich wieder zu ihr um. „Weißt du, wer das war, der heilige Sebastianus?"

Aber das Kind sah ihn nur an, als hätte er plötzlich angefangen, russisch zu sprechen. Typisch. Tönne gab auf und konzentrierte sich wieder auf den Verkehr.

„So was wisst ihr heutzutage nicht mehr", sagte er. „Das war früher anders."

Als er sich Dörrendorfs Wiese näherte, war die Fahnenschlag-Gruppe schon von weitem zu sehen. Junge Mädchen, auch ein paar Jungs waren dabei, die sich im Kreis aufgestellt hatten, Fahnen über den Kopf schwangen und komplizierte Figuren einstudierten. Am Gatter stand ein alter rostiger Passat mit offenem Kofferraum. Blasmusik dröhnte über die Anlage im Auto und begleitete die Aufführung.

Tönne parkte den Wagen auf der Rasenkante. Er ließ Annie aussteigen, die erst schüchtern am Auto stehen blieb, sich dann aber ein Herz fasste und neugierig zur Wiese lief. Es war zwar nicht genauso wie bei *Let's dance*, aber einen zweiten Blick hatte es offenbar verdient. Die Fahnenschläger waren ganz in weiß gekleidet, mit grüner Krawatte, passend zu den grünen Fahnen des Schützenvereins. Sie sahen neugierig zu Tönne herüber. Dabei versuchten sie, nicht aus dem Takt zu geraten oder die Position zu verändern.

Am Gatter stand Manfred Brüning, der vom Vorstand zum Fahnenschlagobmann berufen worden war. Er trainierte die Jugendlichen seit ein paar Jahren. Und machte seine Sache nicht schlecht, beim letzten Schützenfest hatte es jedenfalls eine beeindruckende Performance gegeben.

Heute sah Manfred allerdings ziemlich schlecht aus. Das Gesicht war fahl und blass, und die Augen waren rot gerändert. Er schien nicht viel geschlafen zu haben in letzter Zeit. Aber wen wunderte das auch? Schließlich saß Manfreds Freundin Mechthild gerade in der Vollzugsanstalt, wo sie auf den Prozessauftakt wartete. Tönne wollte sich lieber nicht vorstellen, wie es Manfred gerade erging.

„Macht weiter!“, rief Manfred der Gruppe zu, bevor er auf Tönne zuging. „Figur drei und vier, aber diesmal synchron!“

Annie hatte begriffen, dass die jungen Leute mit den Fahnen auf einer festen Position standen. Deshalb wagte sie sich näher heran, um sich das Spektakel genauer anzusehen.

Aus dem Kofferraum des Passats drang das alte Volkslied *Freut euch des Lebens*, in der Version des örtlichen Jugendorchesters. Angeblich hatten sich die Musiker für einen Kasten Bier bereit erklärt, das Lied vierzehnmal nacheinander zu spielen, als Endlosschleife sozusagen, und das Ganze für Manfred aufzunehmen. Ein Deal, den sie am Ende wohl ziemlich bereut hatten, denn spätestens nach der sechsten oder siebten Wiederholung konnte keiner von ihnen mehr die Melodie ertragen, und trotzdem wurde immer weitergespielt. Bis zur Schmerzgrenze.

„Hallo, Tönne!“, begrüßte Manfred ihn erschöpft. „Ich hab schon gehört, dass du jetzt neu im Vorstand bist. Kommst du mich besuchen?“

„Ja, ich wollte mal sehen, wie’s hier so läuft.“ Tönne sah ihm in die Augen. „Und wie es dir geht. Du musst eine schwere Zeit durchmachen.“

Manfred stieß ein freudloses Lachen aus. „Ich bin der Freund einer Mörderin. Die meisten reden nicht mal mehr mit mir. Die tun so, als hätten sie mich gar nicht gesehen. Ein Wunder, dass ich noch nicht aus dem Verein rausgeschmissen worden bin.“

„Das wird nicht passieren. Dafür sorge ich.“

Manfred spuckte aus. „Vielleicht hau ich ja ab. Suche mir eine Wohnung in Münster oder so. Dann müsst ihr euch einen Neuen suchen. Hauptsache, weg hier. Dann kann ich ganz für Mechthild da sein. Bis der Prozess losgeht.“

„Wie geht’s Mechthild denn?“

„Nicht so gut. Sie denkt, sie ist in einem schlechten Film. Wir beide denken das. Das ist doch alles nicht wahr. Wir wollten zusammen auf Weltreise gehen, weißt du. Ein oder zwei Jahre. Ich hatte sogar schon meinen Job gekündigt. Und jetzt das.“

Er presste die Lippen zusammen und wandte sich ab. Wahrscheinlich, weil er nicht damit rechnete, dass Tönne Mechthild für unschuldig halten könnte.

„Figur zwei!“, rief er den Fahnenschlägern zu. „Lara, du musst deinen Einsatz besser timen.“

Die Jugendlichen standen konzentriert im Kreis und schwangen die schweren Fahnen über dem Kopf herum. Aus dem Kofferraum plärrte immer noch dasselbe Stück. Allmählich verstand Tönne, wie es den Musikern vom Jugendorchester ergangen sein musste. Ihn nervte die Musik ja jetzt schon. Wie viel schlimmer musste es da für die Jugendlichen sein. Die hörten sonst doch nur dieses Popzeug.

Sophie zum Beispiel hatte ihr ganzes Zimmer mit Popstars tapeziert und konnte sich ewig darüber aufregen, dass ihr Opa sich die einfachsten Namen nicht merken konnte. Lady Gaga zum Beispiel. Natürlich kannte er den Namen schon längst, aber es machte viel zu viel Spaß, wenn Sophie sich aufregte, also stellte er sich weiter dumm.

Annie hatte sich inzwischen ganz dreist mitten in den Kreis der anderen gestellt und fing an zu tanzen. So wie sie es von *Let's dance* kannte, nur ohne Partner. Die anderen zischten zwar, sie solle verschwinden, und warfen ihr böse Blicke zu, aber Annie überhörte das geflissentlich. Sie war ja auf der sicheren Seite. Und legte ihre ganze Leidenschaft in ihren Ausdruckstanz.

„Warst du dabei, Manfred?", fragte Tönne. „Auf dem Schützenfest?"

„Nein. Da war ja nur unser Königspaar eingeladen. Und der Vorstand. Ich war nicht verpflichtet und hatte keine Lust an dem Abend."

„Also hast du auch keine Ahnung, was da wirklich passiert ist?", fragte Tönne. „Wer von denen, die auf dem Schützenfest waren, könnte ein Motiv haben? Wenn wir mal davon ausgehen, dass Mechthild es nicht war."

Manfreds Augen weiteten sich. Er rückte näher an Tönne heran und flüsterte aufgeregt: „Dann glaubst du auch nicht, dass es Mechthild war?"

Er wischte sich übers Gesicht, und in seine Augen trat plötzlich ein Hoffnungsschimmer.

„Du denkst, Mechthild ist unschuldig, Tönne?"

„Natürlich denke ich das. Alles andere wäre Schwachsinn."

Manfred musste Luft holen. Er blickte sich um, als müsse er sicher gehen, dass keiner sie belauschte.

„Was soll ich denn tun? Keiner glaubt mir", sagte er. „Meine Eltern wollen, dass ich mit Mechthild Schluss mache.

Aber ich muss ihr doch irgendwie helfen. Das Ganze ist ein Alptraum. Wie bei Kafka."

„Wie bei wem?", fragte Tönne dazwischen.

„Mechthild geht's sehr schlecht im Gefängnis. Ich will gar nicht wissen, was sie da alles durchmachen muss."

Jetzt standen ihm die Tränen in den Augen.

„Nur mit der Ruhe, Manfred. Hör mir zu. Ich bin nicht der einzige, der denkt, dass Mechthild unschuldig ist. Und wenn wir wollen, dass ..."

„Du bist nicht der Einzige? Aber warum sagt mir das keiner?" Er wurde laut. „Warum tun alle so, als ob ..."

„Ruhe, Manfred. Immer mit der Ruhe. Ich brauche deine Hilfe. Sag mir: Wer hat ein Motiv? Du musst darüber nachgedacht haben. Wer käme als Mörder infrage?"

„Ich mein, besonders beliebt war Werner ja nirgendwo. Aber ein Mord? Keine Ahnung. Am ehesten noch der Schulze-Beckmann. Die streiten sich ja seit Jahrzehnten um die Vermessung von dem Land unten am Moorbach."

„Schulze-Beckmann war nicht auf dem Schützenfest. Nicht mal in der Nähe."

„Stimmt. Ach, Tönne, ich weiß es doch auch nicht."

„Denk in Ruhe darüber nach! Vielleicht ist auf dem Schützenfest irgendwas vorgefallen. Hat Werner da mit jemandem Streit gehabt? Gab es Probleme?"

Manfred zog die Stirn in tiefe Falten. Aus dem Kofferraum dudelte weiter *Freut euch des Lebens*. Die Musik machte Tönne langsam aggressiv. Am liebsten hätte er einen Stein genommen und aufs Autoradio eingeschlagen. Annie allerdings schien immer mehr Spaß an der Sache zu haben. Sie verlor nach und nach jeden Respekt vor den großen Kindern. Jetzt tanzte sie nicht mehr in deren Mitte, sondern baute sich vor einzelnen Fahnenschlägern auf und tänzelte mit ausladenden Bewegungen um sie herum. Es war die reine Provokation, aber die Jugendlichen fuhren stoisch mit ihren eingeübten Abläufen fort. Außer bösen Blicken hatte Annie nichts zu befürchten.

„Weißt du, Tönne“, sagte Manfred. „Neulich, da kam Werner vom Kassieren wieder. Du weißt schon, er klappert die Mitglieder ab und kassiert den Jahresbeitrag. Als er da an einem Abend nach Hause kam, da ...“

„Warte mal. Das macht *auch* der Kassenwart? Ich dachte, dafür ist der Kassierer zuständig.“

Das wurde ja immer schöner. Tönne würde auf gar keinen Fall die Bauernhöfe abklappern und die Mitgliedsbeiträge einfordern. Da konnte er sich gleich mit einem Hut in die Fußgängerzone stellen. Irgendwo war Schluss.

„Normalerweise schon“, meinte Manfred. „Aber du kennst doch Ludger Niehoff. Der kriegt das alleine nicht hin. Also hat Werner geholfen.“

„Wie weit sind die mit dem Kassieren gekommen? Hat Werner ... also, ich meine bevor er gestorben ist, hat er da ...?“

„Die Beiträge für dieses Jahr sind komplett. Keine Sorge. Jedenfalls war Werner ziemlich aufgebracht, als er an diesem Abend vom Kassieren nach Hause kam. Irgendwas war passiert. Aber er wollte nicht sagen, was. Du weißt ja, wie er war. Er tat immer, als wären wir eine Zumutung für ihn. Wenn er aufgebracht war, dann war seine Familie ihm lästig. Wir sollten ihn in Ruhe lassen.“

„Weißt du denn, wo er überall kassieren war an dem Abend? Gibt es eine feste Reihenfolge?“

„Keine Ahnung. War er nicht auch bei dir?“

Tönne schüttelte den Kopf. Zu ihm war Ludger Niehoff gekommen. Oder vielmehr zu Susanne, die gleich die Beiträge für die ganze Familie bezahlt hatte. Er hatte sich mit Bier und Schnaps versorgen lassen und dann die Scheine eingesteckt. Schrecklich, diese Geldeintreiber.

„Frag doch Ludger, der weiß das sicher“, meinte Manfred. „Die haben sich ja über die Routen abgesprochen.“

„Das mache ich. Sag mal, Manfred, wann siehst du Mechthild das nächste Mal?“

„Morgen. Da besuche ich sie im Gefängnis."

„Gut. Frag sie, wer ein Motiv hätte, Werner zu töten. Ihr fällt bestimmt mehr ein als dir. Sie soll in Ruhe nachdenken. Und frag sie nach dem Abend, an dem Werner kassieren war. Vielleicht hat er ihr gegenüber noch eine Andeutung gemacht oder so. Kann ja sein, dass sie mehr weiß als du."

„Ja, das mache ich." Manfred atmete tief durch. „Vielleicht gibt es doch noch Hoffnung, Tönne? Was meinst du?"

„Ich meine, wir dürfen nicht locker lassen. Dann kriegen wir auch den richtigen Mörder zu fassen."

Die Musik zerrte an seinen Nerven. Es war Zeit zu gehen. Er sah sich nach Annie um. Die war immer noch im Kreis der Fahnenschläger. Inzwischen tanzte sie vor dem größten und stärksten Jungen, der sie hasserfüllt anstarrte, aber auf seiner Position blieb. Synchron mit den anderen schwang er die Fahne seitlich um den Körper. Annie trat vor, schlug ihm gegen den Oberschenkel und sprang zurück. Nichts passierte. Sie kicherte und schlug noch mal zu, diesmal kräftiger.

„Annie! Wir müssen los!"

„Ich will noch hierbleiben, Opa!"

Sie hüpfte vor dem Jungen auf und ab, immerhin im Rhythmus von *Freut euch des Lebens.*

„Annie! Sofort!"

Tönne wollte weg von hier, aber Annie war zu begeistert von ihrer Überlegenheit. Sie hob einen Stock auf, den sie auf der Wiese fand. Offenbar wollte sie damit zuschlagen und herausfinden, wie weit sie gehen konnte. Tönne wollte ihr zurufen, dass sie das lassen sollte. Es war jetzt endgültig genug. Aber in dem Moment ging die Musik aus. Ganz plötzlich. Und dann war es totenstill. Die vierzehn aufeinanderfolgenden Wiederholungen von *Freut euch des Lebens* waren vorbei.

Annie erstarrte in der Bewegung. Die Jugendlichen ließen ihre Fahnen sinken. Alle sahen sie an. Panisch schrie sie nach ihrem Opa, drehte sich um und rannte los. Direkt in einen Fahnenständer hinein, der mit ihr auf die Wiese fiel. Ihr Körper verfing sich in einer Fahne, Annie wickelte sich in den Stoff ein, geriet ins Straucheln, landete als Stoffpaket im Gras und strampelte wild und verzweifelt herum, ohne sich selbst befreien zu können.

Normalerweise hätte Tönne darüber gelacht, doch er erkannte sofort, dass Annie wirklich in Panik war.

„Ich hol kurz das Kind", entschuldigte er sich eilig.

Dann zog er Annie aus dem Bündel hervor wie ein Ferkel aus einem Futtertrog. Sie klammerte sich sofort an ihren Opa und sah ängstlich zu den größeren Kindern hinüber. Doch die standen immer noch im Kreis und hatten sich keinen Zentimeter vom Fleck bewegt. Nur in ihren Gesichtern war ein zufriedenes Lächeln zu erahnen. Annie fing an zu weinen.

Tönne nahm sie tröstend in den Arm, aber jetzt, wo alles vorbei war, konnte er sich ein Lächeln dann doch nicht verkneifen.

„Es geht sofort weiter", rief Manfred. „Geht schon mal in die Ausgangsposition. Erste Figur."

Tönne trat auf Manfred zu. „Dann sprechen wir morgen noch mal", sagte er. „Rufst du mich an?"

„Das mache ich, Tönne. Und noch mal vielen Dank."

Aber Tönne machte nur eine wegwerfende Handbewegung. Er hatte sich schon zu seinem Auto gewandt, als ihm etwas einfiel.

„Ach, Manfred. Kennst du dich mit Buchhaltung aus?"

„Nein. Gar nicht. Wieso fragst du?"

„Ach, nichts. War nur so ein Gedanke."

„Gibt es Probleme?"

„Nein, nein. Alles bestens. Bis morgen!"

Damit setzte er Annie nach hinten ins Auto und machte sich auf den Weg.

„Hast du Lust, Kühe zu sehen?", fragte er.

Sie wischte sich die Tränen weg.

„Ich will nach Hause“, kam es ziemlich kleinlaut zurück.

Tönne betrachtete sie. Sicher wäre es besser, wenn sie noch ein schönes Erlebnis hätte. Dann würde sie den Unfall auf der Fahnenschlagwiese schnell vergessen. Und Kühe, so traurig das war, stellten heutzutage eine Sensation für die Kinder da. In Buddenbeck standen nirgendwo mehr Kühe auf der Weide. Was das anging, wuchsen die Kinder auf wie in der Stadt.

„Nach Hause? Der Tag ist doch noch lang. Hör mal, Annie, echte Kühe! Wäre das nicht spannend? Vielleicht sehen wir auch ein paar kleine Kälber. Und es gibt frische Milch.“

„Ich will keine Kühe sehen. Wo fahren wir denn hin?“

„Zu Ludger Niehoff“, sagte er und startete den Motor.

13

Der Boxenlaufstall lag ganz am Ende des Hofs, hinter der alten Scheune, wo man bis vor kurzem noch einen freien Blick über Felder und Wiesen gehabt hatte. Sehr beeindruckend, das nagelneue Gebäude. Und riesengroß. Zweitausend Quadratmeter Fläche, hatte Tönne gehört. Das hieß, Platz für mehr als hundertdreißig Kühe. Unglaublich, was heute alles möglich war.

„Jetzt sieh dir das an, Annie“, sagte er begeistert. „Das ist ein Stall, oder?“

Er parkte das Auto neben der Scheunenwand. Ohne das Gebäude aus dem Blick zu lassen, löste er den Anschnallgurt.

„Komm, das sehen wir uns aus der Nähe an.“

„Ich warte lieber im Auto, Opa.“

Tönne drehte sich zu seinem Enkelkind um. Annie saß in sich zusammengesunken auf der Rückbank. Was war denn mit der plötzlich los?

„Willst du denn gar keine Kühe sehen?“, fragte er.

Ängstlich blickte sie nach draußen. Dann schüttelte sie den Kopf.

„Du hast Angst vor Kühen? Das ist überhaupt nicht nötig. Die tun nichts, glaub mir."

Er stieg aus und öffnete die Hintertür. Das war ja nicht zu fassen. Angst vor Kühen. Eine Oldenkott! Soweit war es also schon gekommen. Sie zogen also tatsächlich Stadtkinder auf.

„Jetzt komm, Annie! Mach schon!"

Zögerlich stieg die Kleine aus. Na also.

Tönne sah sich zufrieden um. Er holte tief Luft. Es roch nach Kuhdung, nach Heu und Kraftfutter und auch ein kleines bisschen nach Dieselöl. Ein altvertrautes Aroma. Fast sein ganzes Leben hatte ihn dieser Duftmischung begleitet. Er spürte, wie er sentimental wurde.

„Das ist ein Aroma, was?", fragte er. „So riecht es auf einem Bauernhof."

Glücklich wuschelte er der Kleinen durchs Haar.

„Präg dir das gut ein, Annie. So riecht es, wenn man von seiner eigenen Hände Arbeit lebt. Wenn man von dem lebt, was der Boden hergibt. Was wir ihm mühsam abtrotzen mit unseren Händen, nicht wahr?"

„Es stinkt, Opa. Ganz doll."

„Das ist kein Gestank. Unsinn. Wir hatten früher auch mal Kühe, weißt du das nicht mehr?"

Dann wurde ihm klar, dass Annie noch gar nicht auf der Welt gewesen war, als er die Landwirtschaft aufgegeben hatte. Woher sollte sie das wissen? Er beugte sich zu ihr hinunter, soweit das sein steifer Rücken zuließ.

„Du bist trotzdem ein Bauernkind. Das sind deine Wurzeln, hörst du? Wir Oldenkotts haben immer mit Tieren gelebt. Mit Kühen. Verstehst du?"

„Können wir jetzt nach Hause fahren, Opa?"

„Nein, das können wir nicht. Komm schon, Annie. Die Kühe werden dir gefallen. Vielleicht kannst du sogar ein bisschen frische Milch trinken. Direkt aus dem Euter."

Sie sah ihn an, als wollte er sie den Haien zum Fraß vorwerfen. Dabei war das in seiner Kindheit das Schönste überhaupt gewesen: frische Milch aus dem Euter.

„Du weißt doch, dass die Milch aus der Kuh rauskommt, oder? Und nicht aus dem Supermarkt?"

„Opa, ich will nach Hause."

„Du bist ein Bauernkind. Rein mit dir, aber ganz schnell. Ich bin doch bei dir."

Er nahm sie an die Hand und betrat durch das riesige Rolltor den Laufstall. Was für ein Anblick! Beeindruckend. Er hätte niemals gedacht, wie groß hier alles war. Und so hell und luftig. Unfassbar modern. Ja, so etwas hätte er auch gerne gehabt, zu seiner Zeit.

„Das ist ein Stall! Was, Annie? Wie eine Kathedrale. Ist das nicht großartig?"

Links und rechts von der Futtertenne hinter den Gittern waren die Kühe. Es kam Bewegung in die Herde. Sie sahen ihnen neugierig entgegen, bewegten sich mit schwankenden Eutern auf das Gitter zu und blieben schmatzend und glotzend stehen. Annie klammerte sich an ihn, als wären es zähnefletschende Ungeheuer.

„Möchtest du mal eine streicheln?", fragte er und schob sie auf das Gitter zu. Aber sie klammerte sich nur fester an ihn. Das hatte offenbar keinen Zweck mit dem Kind. Oldenkott hin oder her.

Hinter ihnen war eine Bewegung. Tönne drehte sich um. Ludger Niehoff war an der Tür zum Melkstall aufgetaucht, der Kassierer vom Schützenverein. In dem weiten Overall sah der schmächtige Mann aus wie eine Vogelscheuche. Er kratzte sich einen Pickel am Hals auf und starrte Tönne beinahe furchtsam an, als hätte er Angst vor zu viel menschlichen Kontakten. Kein Wunder, dass Ludger mit Mitte dreißig immer noch keine Frau hatte. Er war nicht nur unansehnlich, sondern mied auch noch jedes Gespräch. Das machte es natürlich nicht leichter für ihn, Hoferbe oder nicht.

„Hallo, Ludger! Ich wollte mir schon lange mal deinen neuen Stall angucken. Der ist ja wirklich prachtvoll!“

Ludger nickte scheu, trat aber auf Tönne zu. Wenn es um Landwirtschaft ging, war Ludger nicht ganz so unsicher wie bei anderen Themen.

„Ich hätte mir den längst mal ansehen sollen“, fuhr Tönne fort. „Da habe ich wirklich was verpasst. Früher hatten wir so was nicht, das kann ich dir sagen. Da war alles viel kleiner und bescheidener. Ich hatte vierzig Milchkühe, stell dir vor. Und hier passen hundertdreißig rein, allein in diesen Stall, oder?“

„Hundertvierzig“, sagte Ludger.

Na also. Das war doch fast schon ein Gespräch.

„Und wie läuft das mit der Gülle?“, fragte Tönne. „Wer mistet denn das alles aus?“

„Die Liegeflächen sind alle unterkellert. Auch der Laufbereich. Da bleibt nicht viel Dreck liegen. Zweitausend Kubikmeter Gülle passen da unten rein. Das kann ich von draußen abpumpen.“

„Zweitausend! Donnerschlag.“

„Jau“, sagte Ludger. „Zweitausend. Und der Melkflur ist auch unterkellert. Du kommst nur noch von unten an die Melkroboter ran. Vollautomatisch alles. Die Kühe gehen da rein, und dann geht das der Reihe nach. Ich muss nur noch aufpassen, dass nichts passiert.“

Tönne fragte sich, wann Ludger wohl zuletzt so viel gesprochen hatte. Es kam offenbar nur auf das Thema an.

„Nichts im Vergleich zu der vielen Arbeit früher“, kommentierte er.

Er sah sich nach Annie um. Die hing immer noch dicht hinter ihm am Jackenzipfel. Dabei hätte sie längst erkennen müssen, wie friedfertig die Kühe waren. Nichts, wovor man Angst zu haben brauchte.

„Ist das nicht alles unheimlich interessant, Annie? Willst du mal den Melkstand sehen? Von unten?“ Und zu Ludger:

„Annie möchte so gerne mal eine Kuh melken. Per Hand am Euter. Geht das?“

Annie sog erschrocken die Luft ein, sagte aber nichts. Das würde ihr schon Spaß machen, davon war Tönne überzeugt. Sie musste nur an die Sache herangeführt werden. Am Ende würde sie nur noch von Kühen reden, und die Barbiepuppen wären ihr völlig egal.

„Mit der Hand melken? Ich weiß nicht, Tönne. Die kennen das gar nicht mehr, die Kühe. Die treten dann aus. Das ist zu gefährlich.“

„Ach, wir haben doch keine Angst vor einer Kuh!“, trompetete Tönne fröhlich. „Nicht wahr, Annie? Angst vor einer Kuh, so ein Unsinn! Stimmt doch, oder?“

Annie spürte, dass er es ernst meinte. Sie ließ seine Jacke los und stolperte zurück. Dabei rutschte sie aus und fiel rücklings auf das Heu in der Futterrinne. Links und rechts hatten Kühe den Kopf durchs Gitter gestreckt. Sie stupsten Annie mit ihren feuchten Nasen an. Tönne lachte drauflos. Ein Bild für die Götter. Eine Kuh riss das Maul auf und packte mit ihrer riesigen Zunge eine Handvoll Heu – direkt neben Annies Gesicht. Das Kind kreischte. Offenbar der Schreck. So ein großes Maul war vielleicht zu viel des Guten, das konnte Tönne ja verstehen. Und Annie sollte sich ja auch nicht zu Tode ängstigen. Also packte er sie und zog sie aus der Futterrinne.

„Das sind Monster!“, rief sie.

Tönne wusste nicht, was er dazu sagen sollte. Man konnte wirklich nicht glauben, dass sie eine Oldenkott war.

„Ach, die Kinder heutzutage“, sagte er mit gequältem Lachen. Das war ihm ja beinahe peinlich gegenüber Ludger, wie sich Annie benahm.

Apropos Ludger. Beinahe hätte er vergessen, weshalb er überhaupt gekommen war.

„Hör mal, Ludger, ich wollte dich noch was fragen. Jetzt, wo ich Kassenwart bin. Du bist ja schon rumgegangen und hast die Jahresbeiträge für den Schützenverein kassiert. Ich hab gehört, Werner hat auch einen Teil übernommen?"

„Jau." Ludger nickte bedächtig.

„Verstehe. Na ja, jetzt bin ich ja Kassenwart. Seid ihr für dieses Jahr fertig mit dem Kassieren, oder muss ich da noch mal ran?"

„Nein, ist fertig."

Tönne wartete, doch es kam nicht mehr.

„Verstehe", sagte er. „Ihr seid fertig."

Jetzt war Ludger also wieder wie immer. Sobald es nicht mehr um die Landwirtschaft ging, musste man ihm jedes Wort aus der Nase ziehen. Ganze Sätze würde Tönne wohl nur bekommen, wenn er jetzt mit ihm übers Silieren sprechen würde. Aber über Werner Osthues ...

„Wo hat Werner denn kassiert?", fragte er. „Bei uns in der Nachbarschaft war er ja nicht."

„Nee. Bei euch war ich. Beziehungsweise bei Susanne."

„Ja, genau. Und wo hat Werner dann kassiert?"

„Im Dorf. Und am Moorbach."

Ziemlich vage. So viel wusste Tönne ja längst. Er brauchte es genauer. Und da war noch etwas anderes.

„War denn alles in Ordnung?", fragte er. „Oder gab es irgendwelche Probleme?"

„Nein."

„Sicher nicht?"

Ludger zog die Stirn in Falten und dachte nach.

„Nein", sagte er dann wieder.

Tönne seufzte. Wie sollte er irgendwas herauskriegen, bei diesen Einwortsätzen? Was er jetzt brauchte, war Tratsch. Gerüchte, Dorfklatsch, vage Mutmaßungen. Werner war aufgebracht gewesen, irgendwas musste beim Kassieren passiert sein. Sicher hatte er mit Ludger darüber gesprochen. Konnte der sich nicht mehr daran erinnern? Oder hatte er das längst wieder vergessen?

„Weißt du, Ludger, ich hab gehört, Werner hat sich über irgendwas furchtbar aufgeregt. Beim Kassieren. Hat er mit dir darüber gesprochen? Worum ging es da?“

Ludger blinzelte. „Nee. Weiß nicht.“

Stille folgte. Das war alles, was Ludger zu sagen hatte. Nee. Weiß nicht. Das brachte ja alles nichts. Tönne war umsonst gekommen.

„Weißt du denn wenigstens, wo genau im Dorf und am Moorbach er war? Das ist ja ein großes Gebiet.“

„Wir haben eine Liste“, sagte Ludger. „Wer wann wo war.“

Das war doch endlich mal was. Eine Liste.

„Und kann ich die sehen?“, fragte Tönne.

„Klar. Die ist im Haus.“

Ludger sah sich um, als müsse er sichergehen, dass er die Kühe allein lassen konnte.

„Komm“, sagte er dann.

Annie stand immer noch ängstlich und mit hochgezogenen Schultern da und sah beklommen zu den Kühen. Als ihr klar wurde, dass es nach draußen ins Freie ging, wirkte sie ziemlich erleichtert. Sie drehte sich um und steuerte auf den Ausgang zu.

Tönne machte die Sache immer noch zu schaffen. Eine Oldenkott, die Angst vor Kühen hatte. Das war doch unmöglich. Vielleicht musste man Annie einfach ein bisschen desensibilisieren. Eine Schocktherapie sozusagen, und dann würde sie erkennen, dass sie im Herzen ein Bauernkind war. Und glücklich Milch aus dem Euter trinken. Da war eine Luke im Fressgitter, durch die man in den Stall kommen konnte. Wenn er Annie packte und auf die andere Seite setzte, wäre sie mitten in der Herde. Der Stall war weiträumig genug, damit die Kühe ruhig blieben. Es war sicher ganz ungefährlich.

„Ludger, warte!“, rief er.

Dann packte er mit einer schnellen Bewegung das Kind. Es war schwerer geworden in den letzten zwei Jahren. Und er selbst älter. Aber für diese Art Überfall reichte es gerade noch. Jenseits der Luke lagen ein paar Kuhfladen, direkt neben den Bodenrillen. Er musste aufpassen, damit er Annie nicht mitten hineinsetzte. Eilig hob er sie hoch. Als Annie begriff, was passierte, war es zu spät. Er war schon an der Luke und reichte sie hindurch.

„Hab keine Angst, Annie. Ich bin ja bei dir."

Aber Annie krümmte sich und schwang den Körper panisch durch die Luft. Tönne wurde dadurch seitlich herumgerissen, wie bei einer Zentrifuge drehten sie sich im Kreis, er geriet ins Stolpern, was Annie wiederum zurück auf die Futtertenne manövrierte und ihn dann quer durch die Luke in den Stall sausen ließ. Es war zu spät, um gegen die Fliehkräfte zu arbeiten. Annie fand auf dem Betonboden Halt und rannte blitzschnell nach draußen, während Tönne rückwärts in die Herde fiel und mitten in einem Kuhfladen landete. Eine Kuh glotzte überrascht herüber, dann wandte sie sich wieder dem Heu zu und fraß gelangweilt weiter. Auch die anderen humpelten davon und ließen Tönne in der Scheiße sitzen.

Ludger trat an die Luke und sah verstört hindurch. Das war jetzt wohl noch peinlicher als Annies Angst vor Kühen.

Tönne klopfte auf die Bodenrillen, in denen die Kuhfladen längst hätten verschwinden müssen.

„Zweitausend Kubikmeter Gülle, sagst du?", meinte er. „Beeindruckend ist das."

Ludger kratzte sich am Kopf, als müsse er in Ruhe darüber nachdenken.

„Jau", sagte er dann.

14

Irgendwo im Haus rief Susanne seinen Namen. Zum x-ten Mal. Wie sollte er sich da auf die vermaledeiten Zahlen konzentrieren? Herrgott noch mal. Tönne stellte kurzerhand sein Hörgerät aus. Sofort herrschte Stille. Er atmete auf.

Vor ihm lagen die Kontoauszüge. Er hatte sich eine Lupe zur Hilfe geholt, um die kleinen Ziffern besser lesen zu können. Anhand der Liste aller Mitglieder musste er überprüfen, ob alle Jahresbeiträge bezahlt worden waren. Die Belege zu sortieren und zu prüfen, ob es zu allen Überweisungen einen Vereinsbeschluss gab, das hatte er vorerst aufgegeben. Da waren ihm die Mitgliedsbeiträge weitaus lieber. Aber auch da gab es ein schreckliches Durcheinander. Und dann überall diese kleinen Zahlen. Es war zum Haareraufen.

Die Tür flog auf, und Susanne stand vor ihm.

„Hier bist du! Warum reagierst du denn nicht?"

Jetzt konnte er sie wohl schlecht weiter ignorieren. Er war schließlich nicht taub. Noch nicht.

Unschuldig sah er auf. „Was sagst du?"

„Dann stell doch dein Hörgerät ein! Ich schrei mir hier die Seele aus dem Leib!" Sie stieß die Luft aus. „Martin bringt Döner vom Türken mit, wenn er von der Arbeit kommt. Willst du auch was?"

Döner. Als wenn Pumpernickel mit Leberwurst heutzutage nicht mehr gut genug wäre fürs Abendessen. Manchmal verstand Tönne die jungen Leute nicht. Essen vom Imbiss mitbringen. Schrecklich, diese Angewohnheiten. Zum Glück hatte er seit Agnes' Tod ein bisschen Küchenarbeit gelernt. Ein einfaches Abendessen konnte er sich problemlos zubereiten, da war er nicht mehr auf Susannes Hilfe angewiesen.

„Nein, nicht nötig. Ich mach mir selber was."

„Gut. Ach, sag mal, hast du heute einen Ausflug mit Annie gemacht?"

„Ja. Ich dachte, Annie und ihr Opa sollten mal was zusammen unternehmen. Nur wir zwei beiden."

„Die sollte aber ihr Zimmer aufräumen. Sieht's da immer noch so aus wie vorher?"

„Susanne, bitte. Wir sind erst los, *nachdem* sie das Zimmer aufgeräumt hat. Was denkst du?"

Sie fixierte ihn. Offensichtlich witterte sie die Lüge. Aber Tönne lächelte unschuldig. Wer konnte ihm schon nachweisen, dass *er* es war, der das Zimmer schnell aufgeräumt hatte?

Da tauchte Annie hinter ihrer Mutter in der Tür auf. Sein Lächeln gefror ein wenig. Er hoffte, dass das Kind sich nicht verplapperte.

„Das war ein toller Ausflug, was, Annie?", trompetete er lautstark. „Das müssen wir öfter machen, wir zwei!"

Annie sah verstört ins Wohnzimmer, dann drehte sie sich um und rannte eilig weg. Susanne sah ihr verwundert hinterher.

„Was war denn da los, Papa? Was hast du gemacht?"

„Gar nichts. Wir sind rumgefahren. Ich hab ihr Kühe gezeigt."

„Sie hat doch Angst vor Kühen."

„Denkst du?" Er hob die Augenbraue. „Tja, da bist du nicht mehr auf dem Laufenden. Sie hat keine Angst vor Kühen mehr. Schließlich ist sie eine Oldenkott! Ich bitte dich."

Susanne sah aus, als bereute sie, die beiden alleine gelassen zu haben. Jetzt war Tönne beleidigt. Als wenn er sich nicht um seine Enkelin kümmern könnte. Er hatte schließlich selbst eine Reihe Kinder großgezogen. Aber so waren die jungen Leute heute. Ihre Kinder wuchsen alle völlig überbehütet auf.

Ohne ein weiteres Wort verließ Susanne das Wohnzimmer, und Tönne wandte sich wieder dem Kassenbuch zu. Er spürte schon wieder seinen Rücken. Wenn er noch lange mit dieser Arbeit weitermachte, dann endete er als Invalide. Die Zahlen verschwammen vor seinen Augen, trotz Lupe.

Er gab auf. Warf die Lupe zur Seite und reckte sich. Das hatte ja doch alles keinen Sinn. Mit dieser Buchhaltung musste er sich etwas anderes einfallen lassen. Er schob die Unterlagen zur Seite und konzentrierte sich auf die Liste, die Ludger Niehoff ihm mitgegeben hatte. Darauf waren alle Vereinsmitglieder aufgeführt, die Werner abkassiert hatte. Wenn man Manfred Glauben schenken wollte, hatte ihn an dem einen Abend irgendetwas aufgebracht. Vielleicht hatte er sich mit jemandem auf dieser Liste gestritten. Oder er hatte zufällig etwas mitbekommen, was vor ihm geheim gehalten werden sollte.

Tönne glaubte nicht, dass es irgendwelche Leute aus Buddenbeck betraf. Das Dorf war eine Welt für sich, genauso wie die Bauernschaften drumherum es waren. Da gab es weniger Gemeinsamkeiten, als man dachte. Jede Seite blieb lieber für sich. Sein Gefühl sagte ihm, dass die Lösung eher bei den Höfen am Moorbach zu finden war, die Werner besucht hatte.

Zu seiner Überraschung stolperte er zuallererst über einen sehr vertrauten Namen. Bernhard Ochtrup, der Erste Brudermeister vom Schützenverein. Sein Bauernhof lag mitten in dem Revier, das Werner abgegrast hatte. Interessant. Das konnte ein gutes Zeichen sein. Bernhard kannte seine nächsten Nachbarn natürlich gut. Er konnte Tönne sicher sagen, ob einer von ihnen mit Werner Streit gehabt hatte. Oder was dort sonst im Busch gewesen sein könnte.

Zufrieden sah Tönne auf. Gleich morgen früh wollte er Bernhard einen Besuch abstatten. Mühsam erhob er sich und machte sich auf den Weg in die Küche. Oben bei Susanne hatten sich offenbar alle über das Essen vom Türken hergemacht. Dönergeruch zog durchs Treppenhaus nach unten.

In der Diele kam ihm Martin entgegen. Er hatte den ganzen Plastikmüll vom Imbiss in eine Tüte gesteckt und sich auf den Weg zu den Mülltonnen gemacht.

„Seid ihr schon fertig mit dem Essen?“, fragte er.

Martin nickte. „Die Kinder lieben das türkische Essen“, sagte er mit versonnenem Lächeln. „Das ist immer was ganz Besonderes für sie.“

„Ah ja. Wie auch immer.“ Tönne bemühte sich, seine Abneigung zu überwinden. Sie lebten schließlich unter einem Dach, da musste man sich auch mal zusammenreißen. „Hör zu, Martin. Wir könnten ein Pilsken zusammen trinken. Wie wär's? Ein Feierabendbierchen ist nie verkehrt.“

„Du weißt doch, Tönne. Ich trinke keinen Alkohol.“

Ach, natürlich. Äußerlich ließ sich Tönne nichts anmerken, aber innerlich verdrehte er die Augen. Na, vielleicht war es auch besser so. Dann konnte er sich jetzt wieder in sein Wohnzimmer zurückziehen. Zumindest hatte er es versucht, und Susanne konnte ihm keinen Vorwurf machen.

„Aber ich komme gerne mit einem Tee dazu“, sagte Martin fröhlich. „Warum eigentlich nicht?“

Ehe Tönne reagieren konnte, marschierte Martin in sein Wohnzimmer. Wozu sollte das gut sein, sich auf einen Tee zusammenzusetzen?, ging es Tönne durch den Kopf.

„Aber trink du ruhig ein Bier, Tönne, wenn es dich nicht stört, dass ich nicht mittrinke.“

Natürlich störte ihn das. Er war doch kein Alkoholiker, der alleine dasaß und trank. Also würde Tönne auch einen verfluchten Tee trinken.

Martin entdeckte die Unterlagen auf dem Wohnzimmertisch.

„Ist das die Buchhaltung vom Schützenverein?“, fragte er.

„Ja. Ich muss prüfen, ob alle Mitglieder bezahlt haben. Dabei ist das schon lange klar. Aber das muss halt auch in den Büchern zu sehen sein. Nur in dem Chaos, das Werner hinterlassen hat, ist das quasi unmöglich zu überprüfen.“

Martin runzelte die Stirn.

„Soll ich mir das kurz ansehen?“

Tönne bedachte ihn mit einem kritischen Blick. Als wenn der Junge irgendetwas von Buchhaltung verstand.

„Es geht aber nicht darum, die Zahlen bunt auszumalen.“

„Wenn das ein Witz sein soll ...“

„Nein, schon gut. Sieh’s dir ruhig an.“

Tönne drehte sich um und ging in die Küche. Tee. Wann hatte er zum letzten Mal Tee getrunken? Das war, als er mit einer Magen-Darm-Grippe im Bett gelegen hatte. Martin wusste schon, wie er einem den Abend vermiesen konnte. Widerwillig setzte er Wasser auf und holte die Teebeutel aus dem Schrank. Was würde wohl als Nächstes passieren? Wollte Martin mit ihm über seine Gefühle sprechen? Strickzeug rausholen? Oder barfuß im Mondlicht tanzen?

Als er mit dem verfluchten Tee ins Wohnzimmer zurückkehrte, hockte Martin immer noch über den Unterlagen.

„Lass es einfach liegen“, sagte Tönne. „Mach dir keine Vorwürfe. Da steigt keiner durch.“

Martin sah auf. „Da fehlt einer.“

„Was meinst du damit?“

„Ein Mitglied hat seinen Jahresbeitrag nicht bezahlt. Jedenfalls fehlt ein Beitrag.“

Jetzt war Tönne perplex. Das konnte unmöglich Martins Ernst sein. Bei den vielen Zetteln und Zahlen konnte doch kein Mensch sagen, was sich dahinter verbarg. Außerdem hatte Ludger gesagt, dass bei allen kassiert worden sei.

„Bist du sicher?“, fragte er.

„Ganz sicher. Wenn du alle eingezahlten Beträge addierst, fehlt genau ein Jahresbeitrag.“

„Aber ...“ Tönne ließ das Tablett sinken.

„Ludger Niehoff hat lauter einzelne Beiträge aufs Konto eingezahlt, vermutlich von den Leuten, von denen er das Geld eingetrieben hat. Außerdem gibt es einen großen Betrag, der von Werner Osthues kommt. Woanders tauchen keine Mitgliedsbeiträge auf. Na ja, und einer fehlt eben.“

Tönne, der gar nichts mehr begriff, fragte: „Und weißt du auch, wer da fehlt?"

„Nein, natürlich nicht. Aber das kann man bestimmt rauskriegen. Die Mitgliedsnummern stehen ja dabei. Wenn du wissen willst, wer fehlt, gleichst du das am besten mit der Mitgliederliste ab."

Er stand auf, nahm seinen Tee und steuerte einen Sessel an. Das Thema war für ihn also durch. Tönne fiel es nicht leicht, seinen Schwiegersohn um etwas zu bitten. Aber es ging nicht anders.

Er lächelte gequält. „Könntest du das vielleicht machen? Die fehlende Nummer raussuchen?"

„Na klar. Mach ich doch gerne. Ich guck mir das morgen in Ruhe an. Falls dir das reicht. Wenn du willst, kann ich aber auch später noch mal runterkommen, wenn ich die Kinder ins Bett gebracht habe."

„Nein, nein. Morgen reicht."

Tönne sah seinen Schwiegersohn mit anderen Augen. Trotz des muffig riechenden Tees. Vielleicht urteilte er manchmal zu vorschnell. Seine Gedanken wanderten zu Werner Osthues. Ein fehlender Beitrag. Das war sicher kein Zufall.

„Jetzt erzähl mal, Tönne", ging Martin dazwischen. „Du warst mit Annie heute im Kuhstall? Sie hat mir noch gar nichts davon erzählt."

Tönne wusste nicht, was er dazu sagen sollte. Mit Martin sprach er besser nicht über Kindeserziehung. Das endete nur im Streit. Aber sein Schwiegersohn plapperte schon fröhlich weiter.

„Wir überlegen ja seit Wochen, wie wir sie pädagogisch sinnvoll an größere Tiere heranführen. Dass sie ihre Angst verliert und mit den Tieren positiv in Kontakt treten kann. Nebenbei soll das Ganze natürlich auch Erlebnischarakter für sie haben. Uns ist nur noch nichts Passendes eingefallen. Ich fand das nämlich sehr knifflig. Jetzt erzähl schon, was hast du dir für Annie ausgedacht? Wie war's auf dem Bauernhof?"

15

Der helle Kragen des frisch gebügelten Uniformhemds unterstrich das leichte Make-up, das sie aufgetragen hatte. Es sollte ganz unauffällig wirken, aber trotzdem seine Wirkung nicht verfehlen. Das gleiche galt für die Haare. Keiner sollte *sehen*, dass Gül sich viel Mühe gemacht hatte. Man sollte es einfach unbewusst zur Kenntnis nehmen und hingerissen sein.

Sie war zufrieden mit sich. Ein letzter Blick in den Spiegel, dann zog sie die Uniformjacke über. Die Frage, wofür sie das Ganze eigentlich machte, oder besser für wen, diese Frage verdrängte sie lieber. Es gefiel ihr einfach, gut auszusehen, sagte sie sich, und fertig. Dafür brauchte es keinen besonderen Grund.

Gerade als sie das Haus verlassen wollte, tauchte ihre Mutter hinter ihr auf. Sie hielt eine unförmige Tupperware-Dose in der Hand, die Gül noch nie gesehen hatte. Aber da der große Küchenschrank randvoll war mit allem, was Tupperware je auf den Markt gebracht hatte, war es kein Wunder, wenn Gül nicht immer auf dem neusten Stand war.

„Wofür machst du dich so schön?“, fragte ihre Mutter überrascht.

„Ich? Gar nicht. Ich geh nur zur Arbeit.“

Die Mutter fixierte sie misstrauisch. Gül glaubte schon, sie werde jetzt ins Kreuzverhör genommen werden, aber dann ließ ihre Mutter die Sache auf sich beruhen.

„Ich hab dir Köfte gemacht“, sagte sie und drängte ihr die Tupperware-Dose auf. „Und auf dem Balkon steht noch Grießkuchen zum Auskühlen. Den pack ich dir auch noch schnell ein. Warte kurz.“

„Nein, Mama, ich muss los“, sagte Gül, obwohl sie wusste, dass es keinen Sinn hatte zu protestieren. „Ich hab doch keine Zeit.“

„Unsinn. Du musst heute Nacht was essen. Und da draußen im Imbiss holst du dir nur den Tod. Salmonellen. Ich kann's immer noch nicht glauben. Willst du das, Gül? Willst du, dass deine Mutter ihr eigenes Kind zu Grabe tragen muss?" Sie warf theatralisch die Arme in die Luft. „Dann sag es mir! Sag es mir direkt ins Gesicht."

Gül rollte genervt mit den Augen. Was blieb ihr anderes übrig, als auf den blöden Grießkuchen zu warten? Ihre Mutter nickte voller Genugtuung und verschwand nach nebenan.

Durch die offene Wohnzimmertür sah sie ihren Vater, der auf dem Sofa saß und die Zeitung las. Während ihre Mutter die Balkontür öffnete, sagte sie ganz nebenbei: „Deine Tochter hat einen Verehrer."

Jetzt sah er erschrocken auf. Wie ein verletztes Waldtier. Als wäre Gül immer noch sechs Jahre alt.

„Das stimmt doch gar nicht", sagte Gül genervt.

Ihr Vater fand keine Worte. Da war nur dieser Blick.

„Es *stimmt* nicht!" insistierte Gül. „Das denkt sie sich aus."

Ihre Mutter eilte trällernd mit dem Kuchenblech in die Küche, als hätte sie mit der Sache gar nichts zu tun.

„Es macht nichts, dass der Kuchen noch nicht ganz kalt ist", sagte sie im Vorbeigehen. „Diese neuen Klima-Oase–Dosen, die ich habe, sind nämlich atmungsaktiv. Da wird nichts matschig, du wirst schon sehen."

Die Wörter Klima-Oase und atmungsaktiv sagte sie auf Deutsch, was Gül ein Lächeln entlockte. Aber sie hätte auch nicht aus dem Stehgreif sagen können, was atmungsaktiv auf Türkisch hieß. Ihr Blick wanderte zur Uhr.

„Mama, es wird wirklich Zeit. Ich kann mir doch auch einen Schokoriegel holen, wenn ich noch was Süßes möchte. Der hat bestimmt keine Salmonellen. Aber danke für die Köfte."

„Gar nichts wirst du tun! Immer diese Süßigkeiten. Eines Tages wirst du einen Herzinfarkt davon bekommen. Oder Schlimmeres. Von deinen Zähnen ganz zu schweigen."

Als wäre der Grießkuchen viel besser als ein Marsriegel. Aber Gül hätte den Kommentar einfach für sich behalten sollen. Ihre Mutter tat gern, als wären Süßigkeiten das reinste

Teufelszeug. Wahrscheinlich hatte sie einfach Angst, dass einem Familienmitglied etwas anderes schmecken könnte, als das, was sie in ihrer Küche gezaubert hatte. Dabei hatte Gül neulich in der geheimen Krimskramslade ihrer Mutter auf der Suche nach der Fernsehzeitung eine Schachtel Pralinen und eine Tüte mit englischem Weingummi gefunden, beides beinahe leer und sorgfältig versteckt unter einem Geschirrtuch. Von wegen, Süßigkeiten sind Teufelszeug. Das galt wohl nur für die restlichen Familienmitglieder.

„Wann wirst du uns den jungen Mann denn vorstellen?", fragte sie, als sie mit der atmungsaktiven Klima-Oase zurückkehrte.

„Jetzt lass doch die arme Gül!", kam es aus dem Wohnzimmer. „Sie kommt so schon zu spät."

Ihre Mutter gab ihr die Dose und bedachte sie mit einem wissenden Blick. Gül packte alles ein, verabschiedete sich eilig und verließ das Haus, bevor sie weiter über ihre Ernährung oder imaginierte Verehrer ausgefragt werden konnte.

Sie wohnten in einem Mietshaus in der Nähe des Kirchplatzes. Also war es nicht weit bis zur Wache. Trotzdem begann Gül zu laufen. Heinz Bertling hasste Unpünktlichkeit, und sie war schon jetzt ein paar Minuten zu spät.

Als sie endlich die Wache erreichte, prüfte sie im Spiegel neben dem Eingang schnell ihr Aussehen. Dann atmete sie durch, setzte ein Lächeln auf und betrat mit durchgestrecktem Rücken und wiegendem Gang die Wache.

„Hey, Gül!", sagte Michael. „Wird auch Zeit, dass du kommst. Gleich geht's los."

Ihr Kollege hatte die Beine auf den Schreibtisch gelegt und surfte gelangweilt im Internet herum. Er sah kerngesund aus, keine Spur von einer Salmonelleninfektion.

„Wo ist denn Miko?", fragte sie perplex.

„Der hat gerade Feierabend gemacht. Ich bin ja jetzt wieder da, also ist er in die Tagschicht gewechselt."

„Ach so. Verstehe."

Sie hörte die brennende Enttäuschung in ihrer Stimme und hasste sich dafür.

„Ist das ein Problem?“, fragte Michael.

„Nein. Gar nicht.“

Natürlich war das kein Problem! Sie war doch froh, dass dieser selbstverliebte Gockel nicht mehr mit ihr auf Streife fuhr. Endlich war sie ihn los, das wollte sie schon die ganze Zeit. Warum sollte das ein Problem sein?

„Schön, dass du wieder da bist, Michael. Ich freu mich wirklich. Hast du alles gut überstanden?“

„Ach, war keine große Sache“, sagte er und stopfte sich ein Stück Bifi in den Mund. „Nach einem Tag auf'm Klo war's so gut wie vorbei. Aber eins sag ich dir: In diesem Imbiss werde ich nie wieder was essen, ganz egal, was passiert. Und schon gar nicht Currywurst.“

Heinz Bertling kam ins Wachlokal spaziert. Michael nahm eilig die Beine vom Tisch und klickte den Internetbrowser weg. Dann tat er so, als würde er geschäftig Formulare sortieren. Heinz entdeckte Gül und lächelte.

„Lisb... ähm, Gül! Da bist du ja!“

Im nächsten Moment lief er rot an. Gül beschloss, großzügig darüber hinwegzusehen, und grüßte höflich.

„Harry, fahr schon mal den Wagen vor“, fuhr Heinz an Michael gewandt fort. „Eure Schicht hat längst angefangen.“

Michael erhob sich schwerfällig, nahm den Autoschlüssel vom Brett und ging hinaus.

„Gül, Anton Oldenkott hat heute wieder angerufen“, sagte Heinz, als sie allein waren. „Gerade eben, vor ein paar Minuten. Er wollte deine Handynummer.“

Gül konnte kaum glauben, dass er immer noch keine Ruhe gab. Nach allem, was passiert war.

„Ich hab ihm die Nummer natürlich *nicht* gegeben. Also nur, damit du Bescheid weißt.“ Er betrachtete Gül nachdenklich. „Ging es denn wirklich nur um Agnes? Allmählich kommt es mir ein bisschen komisch vor.“

Gül ärgerte sich. Sie hätte von Anfang an ehrlich sein sollen. Aber jetzt war es wohl ein bisschen zu spät dafür. Heinz würde ihr so schnell nicht verzeihen, dass sie ihn angelogen hatte.

Sie beschloss, lieber das Thema zu wechseln. Es gab schließlich noch etwas anderes, worüber sie mit Heinz sprechen wollte.

„Sag mal, wusstest du, dass der Neue hier im Schützenverein ist?“, fragte sie. „Dieser Miko.“

„Ja, natürlich. Ich bin ja auch Mitglied.“ Sein Gesicht hellte sich auf. „Du solltest auch da rein, Gül. Warum auch nicht? Frauen sind da erwünscht, wirklich.“

„Ja, das hab ich schon gehört.“

„Dann mach das doch! Wieso denn nicht?“

Sie wollte eigentlich über Miko reden und nicht über ihre Eignung als Vereinsmitglied bei den Schützen. Als Gül Miko letztens auf das Schützenfest im Nachbarort angesprochen hatte, war er seltsam einsilbig geworden. Als hätte er etwas zu verbergen. Sie hatte keinen richtigen Verdacht, es war mehr ein Gefühl. Oder einfach nur Neugierde. Sie wollte der Sache auf den Grund gehen. Zumal sie ja sowieso fand, dass mit Miko irgendwas nicht stimmte.

„Gül, ich besorg die Unterlagen für dich!“ Heinz war ganz begeistert von der Idee. „Wir melden dich gleich heute an. Was meinst du?“

„Nein, Heinz. Wirklich nicht.“

„Aber warum nicht? Das ist der beste Weg, ein Teil der Dorfgemeinschaft zu werden.“

Sie hatte keine Lust, darüber zu diskutieren. Also sagte sie einfach: „Na, du weißt schon. Wegen dem Alkohol, der da getrunken wird.“

Das ließ Heinz sofort verstummen. Verlegen zupfte er an seiner Uniformjacke herum. Jetzt bloß nichts Falsches sagen, sagte seine ganze Haltung. Gül hatte beinahe ein schlechtes Gewissen. Aber sie wusste nun mal, welchen

Knopf sie bei ihm drücken musste. Das Thema war beendet.

„Als Miko hier aufgetaucht ist“, fuhr sie fort, „da wusste ich, den habe ich irgendwo schon mal gesehen. Mir ist es nur nicht gleich eingefallen. Aber dann. Weißt du, wo ich ihn nämlich gesehen habe? Auf diesem Schützenfest neulich. Als wir zur Leiche gerufen wurden und alles abgesperrt haben.“

„Möglich. Viele gehen im Nachbardorf aufs Schützenfest. Da war er sicher nicht der Einzige von hier.“

„Er hat aber gar nicht erzählt, dass er da war“, gab sie zu bedenken.

„Warum soll er dir das auch erzählen? Er ist ja nicht verdächtig.“

„Na ja, ich mein nur. So was erwähnt man doch mal. Es war eine ziemlich große Sache. Und wir waren in der Nacht alle da. Danach gab’s ja lange kein anderes Thema.“

„Bestimmt hätte er es erzählt, wenn die Sprache darauf gekommen wäre“, meinte Heinz.

Doch genau das war der Punkt: Als Miko aus der Tankstelle gekommen war und sich wieder ans Steuer gesetzt hatte, da war Gül wie zufällig auf das Schützenfest zu sprechen gekommen. Und er war plötzlich ganz einsilbig geworden und hatte dann eilig das Thema gewechselt.

„Wo wohnt er eigentlich?“, fragte sie. „Irgendwo draußen auf dem Land?“

„Nein, hier in Buddenbeck, aber unten im Neubaugebiet.“

Nach ihrer Erfahrung gab es weniger Gemeinsamkeiten zwischen den Leuten im alten Dorfkern und den Leuten im Neubaugebiet drum herum, als man gemeinhin denken mochte. Wahrscheinlich hatten Werner Osthues und Miko gar nichts miteinander zu tun gehabt. Es war alles nur heiße Luft.

Draußen heulte plötzlich lautstark ein Martinshorn auf. Vor den Fenstern zuckte das Blaulicht. Michael war offenbar startklar.

„Dieser dumme Junge!“, rief Heinz wütend. „Er weiß genau, dass das verboten ist! Wo sind wir denn hier? Im Kindergarten?“

„Schon gut. Ich gehe gleich raus und beende das. Schönen Feierabend für dich, Heinz.“

„Sag ihm: Noch mal sowas – und es gibt eine Abmahnung. Langsam hab ich die Faxen dicke.“

Gül verschwand durch die Tür und stieg zu dem breit grinsenden Michael in den Wagen. Ein kleiner Junge, der mit einem Polizeiauto spielte.

„Jetzt stell schon die Fackel ab“, sagte sie. „Du weißt doch, wie der Alte so was findet.“

Sein Grinsen verschwand. Er grummelte etwas und schaltete das Blaulicht ab, dann fuhr er vom Hof. Eine Weile sagte keiner etwas. Güls Gedanken schlichen wieder zu Miko. Ob der jetzt im Fitnessstudio war? Und wieder seine blöde Show abzog? Wahrscheinlich.

Sie bemerkte, dass Michael sie von der Seite ansah.

„Ist irgendwas?“

„Nein, gar nichts.“

Doch kurz darauf starrte er wieder zu ihr herüber.

„Sag mal, hast du abgenommen?“, fragte er.

„Wie bitte? Ob ich *was*?“

Was war das denn für eine Frage? Gül warf ihm einen angewiderten Blick zu. Guck woanders hin!, hätte sie am liebsten geblafft.

„Oder warst du beim Friseur? Du siehst so anders aus. So ... *gut*. Wirklich, total gut.“

Dabei leuchteten seine Augen, wie sie es noch nie bei ihm gesehen hatte. Gül rückte ein bisschen ab. Michael sollte sie bitte weiterhin nur als Kollegin sehen, so wie bisher. Geschlechtsneutral. Damit waren sie viele Jahre gut gefahren.

„Ich seh aus wie immer. Und jetzt guck auf die Straße.“

Sie musste sich dringend das Make-up aus dem Gesicht

waschen. Hauptsache, Michaels Augen hörten auf zu leuchten. Das war ja furchtbar.

„Nein, du siehst wirklich anders aus. Irgendwie ...“

„Guck auf die Straße!“, fuhr sie ihn an.

Zum Glück machte sich da kratzend und rauschend das Funkgerät bemerkbar. Arbeit. Was für ein Glück. Draußen in der Bauernschaft brannte es. Ein Bauer hatte offenbar seine alten Autoreifen hinterm Schuppen angezündet und war von irgendwem angeschwärzt worden. Sie fuhren raus und kümmerten sich um die Sache. Kurz darauf gab es noch einen Autounfall auf der Straße nach Münster. Nur ein kleiner Sachschaden, der aber trotzdem viel Schreibarbeit bedeutete.

Als sie ein paar Stunden später wieder zur Ruhe kamen, hatte Michael Güls verändertes Aussehen offenbar längst wieder vergessen. Wie immer bekam er schrecklichen Hunger. Bei einer gemeinsamen Schicht mit Michael verbrachte man die meiste Zeit damit, übers Essen zu reden. Das konnte einem sonst schon mal auf die Nerven gehen, aber heute war Gül erleichtert darüber. Sollten seine Augen besser beim Thema Essen leuchten.

Jetzt, wo der Imbiss als Nahrungsquelle ausgefallen war, musste Ersatz her. Ein weites Feld für Diskussionen. Am Ende entschieden sie sich für die neue Pizzeria am Markt. Um sich bei der Polizei beliebt zu machen, ließ der Inhaber dort hausgemachte Spezialpizzen machen, ausnahmsweise in Kartons, obwohl sie sonst keine Pizzen zum Mitnehmen verkauften. Gül wollte eigentlich gar nichts, sie hatte ja noch die Köfte ihrer Mutter im Gepäck. Aber dann dufteten die Pizzen so herrlich und verführerisch, ganz im Gegensatz zu der kalten Tupperdose in ihrer Tasche, so dass sie doch weich wurde und bestellte.

Ein kurzes, sinnliches Vergnügen wäre es bestimmt. Später würde dann das schlechte Gewissen kommen und vor allem die Frage, wie sie die Köfte entsorgte, ohne dass ihre Mutter etwas davon mitbekam.

Michael fuhr auf den Parkplatz hinter der Kirche. Sie machten sich gerade über die heißen, köstlichen Pizzen her, als sich abermals das Funkgerät bemerkbar machte.

„Hey, Gül, seid ihr frei?“, meldete sich Brigitte Westering, die Heinz in der Spätschicht vertrat. „Ich hab einen Einsatz.“

Gül warf Michael einen Blick zu. Er verzog genervt das Gesicht. Typisch, da wollte man mal kurz eine Pause machen ... Aber es half ja nichts.

„Wir sind frei“, sagte sie. „Was gibt's denn?“

„Einen Einbruch bei Anton Oldenkott. Draußen in der Bauernschaft.“

Das war doch wohl nicht sein Ernst. Gül hätte am liebsten das Funkgerät durch die Windschutzscheibe geworfen. Da versuchte er, ihre Handynummer herauszukriegen, und als das nicht funktionierte, folgte der nächste fingierte Einbruch? Was dachte er sich nur? Dass Gül seine Tochter war, die er herumscheuchen konnte?

„Da war doch gerade erst ein Einbruch gewesen, oder?“, kam es von Brigitte. „Oder besser gesagt, da waren ein paar Kinder, die eine Scheibe eingeworfen haben.“

Ein paar Kinder. Güls Notlüge hatte sich also herumgesprochen.

„Ja, ich glaub schon“, sagte sie vage.

„Seht mal nach, ja? Vielleicht sind es ja wieder diese Kinder. Nehmt sie euch mal zur Brust.“

Natürlich. Kinder. Das war das Wahrscheinlichste.

„Machen wir“, sagte Michael mit vollem Mund. „Bis später, Gitte.“

Dann nahm er das Funkgerät und legte es zurück in die Halterung. Er war schon dabei, sich aufzurichten und die Pizza aus der Hand zu legen, als Gül dazwischenging.

„Nichts. Wir essen erst in Ruhe auf.“

Michael sah sie etwas verdattert an.

„Das ist nur Fake!“, sagte sie. „Da gibt es keinen Einbruch. Tönne will mit mir sprechen. Wegen seiner bescheuerten Buchhaltung, nehme ich an. Das ist ein Trick, damit ich zu ihm komme."

Michael kratzte sich am Kopf. „Aber trotzdem müssen wir da hin, oder? Wir können ja nicht einfach wegbleiben. Zur Not kriegt der halt eine Anzeige von uns. Aber hin müssen wir."

„Wir fahren ja auch hin. Aber erst essen wir in Ruhe auf. Soweit kommt's noch."

Das ließ sich Michael natürlich nicht zweimal sagen. Er nahm seinen Pizzakarton und mampfte fröhlich weiter. Gül allerdings war der Appetit vergangen. Sie würde Tönne gleich gehörig den Marsch blasen. Der brachte sie in eine unmögliche Situation. Wenn das so weiterging, würde Gül ihr kleines Geheimnis nicht mehr lange vor Heinz Bertling verbergen können. Dabei hatte sie Tönne doch unmissverständlich klar gemacht, was sie von seinen bescheuerten Ermittlungen hielt. Er sollte sie endlich damit in Ruhe lassen.

Nach dem Essen machten sie sich schließlich auf den Weg. Während Michael den Wagen in die Bauernschaft steuerte, starrte Gül genervt in die Nacht hinaus. Irgendwie war ein Kugelschreiber in ihre Hände gelangt, und sie spielte verbissen damit herum. Als die Mine brach, pfefferte sie ihn wütend ins Handschuhfach. Michael schien kurz die Luft anzuhalten, aber er sagte nichts.

Etwa zwanzig Minuten nach Eingang der Meldung erreichten sie den Bauernhof. Zu Güls Überraschung war alles hell erleuchtet. Seltsam um diese Uhrzeit. Michael fuhr um die alte Melkkammer herum, und das Wohnhaus rückte in ihr Blickfeld. Gül traute ihren Augen nicht. Ein großer Krankenwagen stand mitten auf dem Hof, daneben ein Notarztauto. Überall waren Menschen. Susanne war zu sehen, in Tränen aufgelöst. Daneben offenbar ihr Ehemann, der sie tröstend in den Arm nahm. Zwei Sanitäter brachten eilig eine Liege herbei. Ein Notarzt winkte sie ins Erdgeschoss des Wohnhauses, wo Tönnes Bereich war. Die

Nachbarn standen etwas abseits und blickten sorgenvoll herüber.

„Scheiße“, entfuhr es Michael. „Hier ist wirklich was passiert.“

Aber Gül hörte gar nicht zu. In plötzlicher Panik sprang sie aus dem Streifenwagen und rannte drauflos.

„Tönne!“, schrie sie und folgte den Sanitätern.

Die Haustür war aufgebrochen worden. Überall lagen Scherben herum. Die Einbrecher hatten sich offenbar nicht daran gestört, dass Tönne zu Hause gewesen war. Es hatte sie nicht davon abgehalten einzudringen. Drinnen herrschte ein ziemliches Chaos. Schubladen und Schranktüren waren aufgerissen, alles war wahllos herausgerissen worden. Geschirr war zerbrochen, Zimmerpflanzen umgeworfen. Von Tönne keine Spur.

„Tönne!“, rief sie wieder.

Da war er. Die Sanitäter legten ihn mit geübten Bewegungen auf die Trage. Sein Gesicht war voller Blut. Er wirkte ganz dünn und zerbrechlich. Gül hätte am liebsten losgeheult.

„Was ist mit ihm?“, rief sie aufgeregt. „Wie geht es ihm?“

„Bitte treten Sie zurück“, sagte der Notarzt. „Es geht ihm gut. Aber wir müssen ihn ins Krankenhaus bringen.“

Da schlug Tönne die Augenlider auf. Er sah in ihre Richtung. Gül wusste, sie sollte den Helfern nicht im Weg rumstehen, aber sie konnte nicht anders. Eilig rannte sie auf Tönne zu und nahm seine Hand. Sie war eiskalt, und die Haut schien dünn wie Papier.

„Tönne! Was ist passiert? Wer war das?“

Er umfasste ihre Hand. Es fühlte sich an, als wollte er sie nie wieder loslassen. Mühsam hob er den Kopf.

„Lisbeth“, hauchte er und schenkte ihr ein schwaches Lächeln. „Da bist du ja.“

Ein glücklicher Ausdruck trat in sein Gesicht. Dann begannen seinen Augenlider zu zittern, und als Nächstes fiel sein Kopf scheinbar leblos zurück auf die Liege.

16

Draußen war Nebel aufgezogen. Kühle und klamme Luft zog durch das gekippte Fenster ins Wohnzimmer. Eigentlich war es viel zu kalt für die Jahreszeit. Aber das störte Tönne nicht. Er mochte es kühl und frisch. Das klärte den Kopf und die Gedanken, fand er. Er lehnte in seinem Ohrensessel und ließ seinen Blick über die Wiesen und Felder jenseits des Fensters schweifen.

Seine Platzwunde war genäht worden, und außer ein paar blauen Flecken war nichts mehr übrig geblieben von dem Überfall. Alles halb so wild. In ein paar Tagen hätte er wieder auf den Feldern arbeiten können, wenn das jetzt nicht sowieso der Pächter machen würde. Trotzdem taten alle so, als wäre er dem Tod gerade noch mal von der Schippe gesprungen. Tönne konnte da nur den Kopf schütteln. Als wäre er ein alter Tattergreis, dem man mit einem einzigen Hieb die morschen Knochen zerschmettern könnte. Ganz so schlimm war es ja wohl noch nicht.

Später würde der Arzt noch mal vorbeikommen, das hatte Susanne durchgesetzt. Ein Hausbesuch. Tönne fand zwar, man ging Ärzten am besten generell aus dem Weg. Meistens machten die alles nur noch schlimmer. Wie oft hatte man gehört, dass Leute kerngesund zum Arzt gingen und dann als Schwerkranke wieder nach Hause kamen. Tönne selbst hatte sich lieber an die alte Weisheit gehalten: Wenn eine Krankheit von alleine kommt, dann wird sie auch von alleine wieder gehen. Ohne Arzt. Damit war er über sechzig Jahre gut gefahren. Aber Susanne machte sich wirklich große Sorgen um ihn. Und wie so oft war sie dann vernünftigen Argumenten nicht mehr zugänglich gewesen. Also hatte er sich bereit erklärt, den Arzt zu empfangen. Was tat man nicht alles für seine Kinder.

Dieser blöde Einbruch. Tönne ärgerte sich über sich selbst. Er hatte den Einbrecher nicht kommen hören. Sein Hörgerät war nicht richtig eingestellt gewesen. Als er bemerkt hatte, dass etwas nicht stimmte, war es schon zu spät gewesen. Da hatte ihm jemand von hinten eins übergezogen. Er hatte den Mann nicht mal gesehen. Seine Zeugenaussage war völlig nutzlos gewesen.

Die Kriminalpolizei aus Steinfurt war gekommen, um den Einbruch aufzunehmen. Da sollte mal einer durchblicken: Für einen Mordfall kamen sie aus Münster, für einen Einbruch aus Steinfurt, und für Ruhestörung und andere Kleinigkeiten waren die Buddenbecker selbst zuständig. Jedes Mal neue Gesichter. Die Männer aus Steinfurt faselten etwas von einer Einbruchserie in der Gegend und davon, dass der Einbrecher nicht eingestiegen wäre, wenn er gewusst hätte, dass Tönne noch auf gewesen war. Im Haus war ja alles dunkel gewesen. Tönne hatte nämlich von seinem Ohrensessel aus in den Sternenhimmel geschaut und nachgedacht. Das Mondlicht war so wunderschön, da hatte er die Tischlampe kurzerhand ausgeknipst. Nachdenken konnte man im Dunkeln ohnehin viel besser. Alles ein dummer Zufall, meinten die Leute aus Steinfurt. Man werde Spuren aufnehmen und hoffentlich bald den Täter finden. Aber zu viele Hoffnungen sollte Tönne sich besser nicht machen, schließlich war die Polizei schon seit Monaten erfolglos hinter diesem Einbrecher her.

Ein Serieneinbrecher – was für ein Unsinn! Das war kein Zufall, dieser Einbruch. Tönne war kein willkürliches Opfer. Und es ging auch nicht um das Geld und die Wertgegenstände, die der Einbrecher hatte mitgehen lassen. Die Bücher des Schützenvereins waren nämlich ebenfalls verschwunden. Und zwar alle miteinander. Darauf hatte es der Täter abgesehen, und auf nichts anderes. Der Rest sollte einfach nur seine wahren Absichten verschleiern.

Tönne hatte es aufgegeben, mit den Leuten von der Polizei zu sprechen. Sollten die ruhig Fingerabdrücke sammeln und die Scherben fotografieren. Um den Rest würde er sich ohnehin selbst kümmern. Tönne war nämlich stinksauer. Dieser Typ war einfach bei ihm eingedrungen. Der hatte keinen Respekt vor dem Privateigentum anderer Leute. Was nicht weiter verwunderlich war, denn er hatte schließlich auch keinen Respekt vor dem Leben anderer Leute. Denn dieser Einbrecher, davon war Tönne überzeugt, war der Mörder von Werner Osthues. Jetzt war es was Persönliches. Das würde Tönne ihm nicht durchgehen lassen. Auf keinen Fall.

Oben bei Susanne schrien die Kinder plötzlich wild herum. Irgendwer hatte das Nutellaglas leergemacht, das konnte sogar Tönne in seinem Wohnzimmer verstehen. Und zwar ohne Hörgerät! Unfassbar, was für ein Organ die Mädchen entwickelten. Aber Susanne war in dem Alter nicht anders gewesen. Eine Tür fiel ins Schloss, und die Wände zitterten. Dann drangen plötzlich laute Bässe durchs Haus. Die Große war also eingeschnappt und hatte ihre Musik aufgedreht. Jetzt schrie auch Susanne herum, und in dem Durcheinander hätte sie beinahe die Türklingel überhört.

Tönne sollte im Wohnzimmer bleiben und sich ausruhen, darauf hatte Susanne bestanden. Sie wollte ihm das Essen bringen und sich auch sonst um alles kümmern. Er fand zwar, dass er genauso gut zur Tür hätte gehen können. Aber das würde nur Ärger geben, also blieb er sitzen.

Susanne schimpfte oben wild herum, die Musik wurde ausgestellt, dann stampfte sie die Treppen herunter und öffnete die Tür. Sofort war es, als hätte sie Kreide gefressen. Jetzt konnte Tönne kein Wort mehr von dem verstehen, was sie sagte, sondern nur eine leise, freundliche Stimme. Er fummelte an seinem Hörgerät herum.

Doch da klopfte es schon an der Tür. Er drehte sich ruckartig im Sessel um. Sofort wurde ihm schwindelig. Hoppla, sein Kopf. Er war wohl doch noch nicht so ganz auf dem Damm.

„Ja, bitte!“, rief er.

Die Tür öffnete sich, und Susanne streckte den Kopf herein. „Papa? Besuch für dich.“

Sie trat beiseite, und Lisbeth tauchte auf. Stand etwas schüchtern da, in ihrer Uniform und mit Blumen in der Hand. Offenbar war sie auf dem Weg zu ihrer Spätschicht hier vorbeigekommen.

„Ich hoffe, ich störe nicht?“, fragte sie unsicher.

„Nein, nein. Komm herein, Lisbeth. Ich bitte dich.“

Tönne stand mühsam auf. Der Schwindel hatte sich wieder verzogen. Ein Glück. Er hoffte, dass er keinen allzu schwächlichen Eindruck machte.

Susanne nahm Lisbeth die Blumen ab, dann ging sie hinaus, um eine Vase zu holen, und schloss die Tür. Sie waren allein. Tönne ließ sich wieder in seinen Sessel sinken, und Lisbeth nahm auf der Couch Platz. Sie wirkte etwas verlegen.

„Wie geht's dir?“, fragte sie. „Der Arzt hat gesagt, es ist nichts Ernstes. Aber ... ich wollte mich lieber selbst überzeugen.“

„Mir geht's gut, Lisbeth. Du musst dir keine Sorgen machen.“

Sie blickte sich im Wohnzimmer um. Vom Einbruch waren keine Spuren mehr zu sehen, obwohl das Ganze erst einen Tag zurücklag.

„Ihr habt alles aufgeräumt“, stellte sie fest.

„Ja, Susanne hat sich gleich dran gemacht. Sie wollte, dass alles wieder normal ist, wenn ich aus dem Krankenhaus komme.“

Lisbeth schien etwas auf der Seele zu liegen. Sie blickte unglücklich drein, und schließlich brach es aus ihr hervor: „Ich wünschte, ich wäre eher da gewesen. Vielleicht hätte ich den Einbrecher noch zu fassen gekriegt. Das tut mir so leid.“

„Ach was, Lisbeth, hör auf damit. Als Susanne die Polizei gerufen hat, war der Typ längst über alle Berge.“

Sie nickte, schien aber nicht wirklich überzeugt. Das arme Mädchen hatte tatsächlich ein schlechtes Gewissen. Tönne wurde es ganz weich ums Herz.

Sie sah auf und blickte ihm fest in die Augen.

„Das war kein Zufall, oder?“, fragte sie.

Tönne schüttelte den Kopf. „Die Bücher sind weg. Die ganze Buchhaltung vom Schützenverein. Er hat alles mitgehen lassen.“

Lisbeth schien das nicht zu wundern.

„Irgendwo in der Buchhaltung muss es etwas gegeben haben, was ich nicht wissen sollte. Etwas, das Werner wahrscheinlich gewusst hat. Trotz des ganzen Chaos. Vielleicht war ihm das ja zum Verhängnis geworden.“

Sie dachte darüber nach. Tönne sah es in ihren Augen, trotzdem fragte er: „Dann glaubst du mir jetzt, Lisbeth?“

Sie ließ sich Zeit mit der Antwort.

„Ich denke schon“, sagte sie schließlich.

Dann fiel sie wieder in Schweigen. Tönne betrachtete sie beinahe zärtlich.

„Du warst immer eine von Agnes’ Lieblingen“, sagte er. „Sie hat natürlich immer behauptet, sie hätte so was nicht. Für sie wären alle Kinder gleich. Aber das war Quatsch. Und ob sie ihre Lieblinge hatte! Sie mochte Kinder, die klug waren und das Herz am rechten Fleck hatten. ‚Tönne‘, hat sie immer gesagt, ‚das ist eine Kombination, die gibt’s leider viel zu selten.‘“

Lisbeth lächelte. Aber ihre Augen wirkten dabei ein bisschen traurig. Tönne konnte sie gut verstehen. Ihm fehlte Agnes auch ganz schrecklich.

„Wieso bist du eigentlich bei der Polizei gelandet, Lisbeth?“, fragte er. „Du hättest doch wirklich *jede* Arbeit machen können.“

„Was wäre denn sonst infrage gekommen? Sollte ich Friseurin werden? Oder Kassiererin? Nein, danke. Dieser Job ist wenigstens abwechslungsreich.“

„Aber warum hast du nicht Abitur gemacht? Das hättest du doch geschafft.“

„Ich wollte damals einfach arbeiten gehen. Und nicht weiter zur Schule müssen. Außerdem war mein Notenspiegel gar nicht sooo gut. Ich weiß nicht, ob das eine gute Idee gewesen wäre."

„Agnes hat gesagt, in dir steckt was. Und wenn sie so etwas sagt, dann stimmt das auch. Du hättest alles machen können, davon bin ich überzeugt."

Lisbeth zupfte mit den Fingern an einem losen Faden herum, der aus ihrer Uniformjacke hing. Sie vermied es aufzusehen.

„Deine Frau ... Sie war eine gute Lehrerin", presste sie hervor.

Tönne lehnte sich in seinem Sessel zurück. Für einen Moment ließ auch er seine Trauer zu. Nur für ein paar Sekunden.

„Ja", sagte er. „Das war sie."

Dann atmete er durch und riss sich zusammen.

„Wie geht's jetzt weiter, Lisbeth? Was sollen wir machen?"

„Wir müssen mit den Kollegen von der Kripo sprechen. Das hilft alles nichts. Es geht nur so."

War das etwa ihr Ernst? Nach allem, was passiert war? Er hatte wirklich gedacht, das Thema hätten sie nun endlich hinter sich gelassen.

„Das bringt doch nichts! Die hören nicht zu, Lisbeth!"

„Trotzdem müssen wir es so machen. Wir können das nicht auf eigene Faust durchziehen."

„Natürlich können wir das. Das ist der einzige Weg! Wir *müssen* es sogar auf eigene Faust machen."

„Nein. Das einzige, was wir tun können, ist Augen und Ohren offen zu halten. Aber *ohne* uns einzumischen. Wenn wir zufällig etwas erfahren, dann gehen wir damit zur Kripo. Aber wir werden dabei nicht selbst aktiv."

„Aber ... mehr mache ich doch auch gar nicht, oder? Ich halte Augen und Ohren offen."

„Nein, Tönne. Ich meine, ohne dass jemand merkt, was du im Sinn hast. Ohne den Leuten auf die Füße zu treten.

Wir dürfen uns nicht verdächtig verhalten. Wir legen uns mit keinem an."

„Wie soll man dann was herausfinden? Wenn man keinem auf die Füße tritt? Soll der Mörder von alleine zu uns kommen? Guten Tag, ich bin der Mörder. Und dann gehen wir zur Kripo? Das ist doch lächerlich."

„Das ist alles, was wir machen können. Tut mir leid, aber wir können nicht die zuständigen Stellen umgehen. So ist es nun mal."

„Lisbeth, du weißt doch selbst ..."

„Nein", unterbrach sie ihn. „Keine Ermittlungen! Sieh dich doch an! Dann siehst du, wie gefährlich das ist. Beim nächsten Mal kommst du nicht so glimpflich davon. Wer weiß, was dann passiert. Wir mischen uns nicht länger ein."

Sie meinte es ernst, das hatte nun auch Tönne begriffen. Da war nichts zu wollen. Die konnte aber auch stur sein, die Lisbeth. Verdammt noch mal. Davon hatte Agnes allerdings nie was erzählt.

„Und Mechthild?", fragte er herausfordernd.

Lisbeth antwortete nicht.

„Soll die etwa jetzt im Gefängnis schmoren?"

Aber er merkte schon, auch damit stimmte er sie nicht um.

„Ich muss jetzt gehen, Tönne", sagte sie. „Meine Schicht fängt gleich an."

Tönne war enttäuscht, das konnte er nicht verbergen. Doch das wollte er auch gar nicht. Lisbeth sollte ruhig sehen, was los war. Was für eine riesige Enttäuschung sie war. Aber sie rückte dennoch keinen Zentimeter von ihrer Haltung ab.

„Versprich mir, dass du nichts Unüberlegtes tust, Tönne."

Er antwortete nicht, und ihre Stimme wurde eindringlicher.

„Versprich mir das!"

„Also gut. Versprochen."

Er würde bestimmt nichts Unüberlegtes tun. Alles, was er tat, war sogar ziemlich genau überlegt. Er war ja kein Dummkopf.

Lisbeth verabschiedete sich und ließ ihn allein zurück. Er saß lange da und sah hinaus in die neblige Landschaft. Den Arztbesuch ließ er kurz darauf über sich ergehen, ohne von dem Mann im Kittel weiter Notiz zu nehmen. Seine Gedanken kreisten um den fehlenden Mitgliedsbeitrag, den Martin entdeckt hatte. War es das, was vor ihm geheim gehalten werden sollte? Waren deshalb die Bücher gestohlen worden? Er musste mit Bernhard Ochtrup sprechen, dem Ersten Brudermeister. In dessen Bauernschaft war Werner Osthues zum Kassieren unterwegs gewesen. Bernhard wusste vielleicht, mit wem Werner in Streit geraten sein könnte, so dass er abgezogen war, ohne den Beitrag zu kassieren. Irgendwo da war vielleicht das Geheimnis zu finden. Und der Mörder von Werner Osthues.

Aber bevor er zu Bernhard hinausfuhr, musste er noch etwas anderes erledigen. Etwas, das ihm unter Umständen helfen würde, Bernhard die richtigen Fragen zu stellen. Er führte ein kurzes Telefonat, dann wusste er, wohin er gehen musste. Die Frage war nur, wie er sich am besten ungesehen aus dem Haus schlich. Susanne würde sicher toben, wenn sie Wind davon bekam, dass er das Haus verlassen wollte. Das musste er also sehr geschickt angehen.

Draußen vor der Tür war ein Poltern zu hören. Als hätte sie mal wieder eine Vorahnung, tauchte Susanne plötzlich in der Tür auf und sah neugierig herein.

„Ruhst du dich auch aus, Papa?“, fragte sie. „Der Arzt sagt, du sollst es heute und morgen noch ruhig angehen lassen.“

„Ja, ja. Ich ruhe mich aus. Ist er endlich weg?“

„Ich habe ihn eben zur Tür gebracht.“

Sie zögerte. Dann tauchte wieder Misstrauen in ihrem Gesicht auf. Sie schnupperte, als wenn sie damit rechnete,

Alkohol oder Zigarrenrauch in der Luft zu wittern. Aber da war natürlich nichts.

„Wenn du möchtest, koche ich dir einen Tee."

Tee. Jetzt fing sie auch schon damit an.

„Nein, danke. Ich möchte einfach ein Nickerchen machen. Und danach gucke ich vielleicht ein bisschen fern."

„Also gut. Dann lasse ich dich mal alleine. Wenn was ist, weißt du ja, wo du uns findest."

Und endlich verschwand sie. Tönne stellte sein Hörgerät auf die höchste Stufe. Er hörte, wie sie die Treppen nach oben nahm. Nun wartete er darauf, dass sie die Tür zu ihrem Wohnbereich schloss. Aber das passierte nicht. Offenbar wollte sie alles mitkriegen, was unten passierte. Verflucht. Wenn er jetzt das Wohnzimmer verließ, dann würde sie das sofort hören.

Er sah sich um. Draußen hatte die Dämmerung eingesetzt. Die aufziehende Dunkelheit bot sicher etwas Schutz. Und Susanne stand bestimmt nicht oben am Fenster, um den Garten im Blick zu behalten. So würde es gehen.

Er ging zum Fenster und zog es auf. Kühle Luft wehte herein. Die Fensterbank war in Kniehöhe, eigentlich ein leichtes Spiel. Wären da nicht seine alten Knochen. Früher war er ein regelrechter Klettermeister gewesen. Auf dem Heuboden, in den Bäumen, alles war ein großer Spaß gewesen. Heute schaffte er es kaum, auf die Fensterbank zu klettern. Schon gar nicht mit seinem angeschlagenen Kopf. Und ein sportliches Bild gab er dabei sicher auch nicht ab. Es war zum Verzweifeln.

Unter lautem Stöhnen zog er sich am Fensterrahmen hoch, bis er endlich oben stand. Eine ziemlich wackelige Angelegenheit war das. Er klammerte sich an den Fensterrahmen und balancierte auf die andere Seite. Himmelherrgott. Das Alter konnte wirklich grausam sein. Wie sollte er denn jetzt wieder runterkommen? Zitternd ging er in die Knie, um zum Sprung anzusetzen. Dann kehrte wie aus dem Nichts der Schwindel zurück. Sein Kopf. Für einem Moment wurde ihm schwarz vor Augen, dann fand er sich vor dem Fenster in der Buchsbaumhecke liegend wieder. Du liebe Güte, was war passiert? Er bewegte sich vorsichtig, doch er schien sich nichts getan zu haben. Er war sehr weich gefallen. Mühsam stand er auf und hielt sich den Rücken. Egal. Es hatte funktioniert. Er war frei. Und im Haus blieb alles still.

Ohne lange zu zögern, zog er das Fenster zu und machte sich auf den Weg. Sein Wagen stand auf dem Hof, keiner würde etwas bemerken. Humpelnd tauchte er in die Schatten der Dämmerung ein. Er triumphierte: Jetzt würde ihn keiner mehr aufhalten können.

17

Der Streifenwagen stand auf dem Marktplatz. Gül und Michael saßen schweigend nebeneinander und sahen unwillig hinaus. Am Brunnen hatte sich Frau Bertram niedergelassen, mit ihren obligatorischen vollgestopften Aldi-Tüten und den drei Mänteln, die sie zu jeder Jahreszeit übereinander trug. Heute hatte sie offenbar ihre Wäsche dabei, denn sie saß am Brunnenrand, sang vor sich hin und zog Stofffetzen durchs Wasser. Die sie dann anschließend auf dem Marktplatz zum Trocknen verteilte. Auch Waschmittel hatte sie mitgebracht, das im Wasser vor sich hinschäumte. Diesmal zum Glück nur einen Messbecher. Beim letzten Mal hatte sie eine ganze Packung in den Brunnen gekippt, und kurze Zeit später war der Marktplatz unter einer riesigen Schaumwolke abgetaucht. Es hätte also schlimmer kommen können. Trotzdem zögerten die beiden es hinaus, den ruhigen und sicheren Streifenwagen zu verlassen und sich Frau Bertram zu stellen.

Sie lebte in einer Sozialwohnung und wurde vom Amt betreut. Aber natürlich keine vierundzwanzig Stunden am

Tag, und so waren immer wieder mal Gül und ihre Kollegen an der Reihe, sich zu kümmern. Immer dann, wenn Anwohner die Polizei riefen und sich beschwerten. Dabei sang Frau Bertram doch nur und wusch ihre Wäsche, fand Gül. So schlimm war das doch eigentlich gar nicht. Aber Beschwerde war Beschwerde.

Michael durchbrach die Stille im Streifenwagen. Er löste seinen Blick vom Brunnen und wandte sich in Güls Richtung.

„Redest du mit ihr?", fragte er.

Das war mal wieder typisch. Für so was war sie zuständig. Gül schnaubte.

„Warum redest du nicht mit ihr? Ausnahmsweise mal."

„Na ja, du weißt schon. Sie ... sie ist eine Frau."

„Das ist keine Krankheit, glaub mir. Deshalb soll ich das also machen?"

„Nein. Ich mein, ihr Frauen, also ihr kommt doch untereinander viel besser klar, das sagt ihr doch auch immer selber. Meine Freundin zum Beispiel. Die will gar nicht mehr, dass ich mit ihr shoppen geh. Sie meint, mit mir kann man dann nicht richtig reden."

„Aber dieser Penner letzte Woche, der aus dem Edeka geworfen werden musste, der war ja wohl keine Frau, oder? Und um den musste ich mich auch kümmern."

„Ach, Gül, jetzt hör schon auf. Du kannst so was halt besser. Du weißt schon: reden und so. Dafür sind Frauen einfach besser geeignet."

Na klar. Dafür waren Frauen besser geeignet. Für alles, was den Jungs unangenehm war. Diese Feiglinge. Frauen konnten besser Todesnachrichten überbringen, sie konnten besser komplexe Berichte schreiben – und mit Gestörten reden, das konnten sie sowieso. Wenn es aber darum ging, Verbrecher zu jagen, dann waren plötzlich die Männer am Zug. Dann sollte Gül bitteschön Platz machen.

Ihr war klar, dass Michael es nicht schaffen würde, Frau Bertram zum Gehen zu bewegen. Weil er es gar nicht schaffen *wollte*. Er würde sich nicht mal Mühe geben. Dafür gab es doch Frauen bei der Polizei.

Also blieb ihr nichts anderes übrig, als durchzuatmen, auszusteigen und vorsichtig auf Frau Bertram zuzugehen. Sonst würde die Situation nur eskalieren.

Die kleine, dünne Dame hockte am Brunnen und zog unbeirrt ihre Wäsche durchs Wasser. Sie wirkte eigentlich ganz zufrieden mit sich und der Welt. Gar nicht so sehr auf Krawall gebürstet wie sonst. Vielleicht wäre es heute ja ganz einfach mit ihr.

„Hallo, Frau Bertram", sagte Gül freundlich. „Kennen Sie mich noch?"

Die Frau warf ihr einen kurzen Blick zu.

„Sie sind die Türkin", sagte sie und machte sich wieder an die Wäsche. „Mein Nachbar sagt, ihr nehmt uns die Arbeitsplätze weg. Ihr solltet alle nach Hause gehen."

Gül atmete tief durch.

„Sie müssen woanders waschen, Frau Bertram, hören Sie?", meinte sie zuckersüß. „Hier geht das nicht. Das ist ein öffentlicher Platz."

Im Augenwinkel nahm sie eine Bewegung wahr. Am anderen Ende des Marktplatzes spazierte ein Mann entlang, ohne vom Geschehen am Brunnen Notiz zu nehmen. Gül erkannte ihn sofort. Es war Tönne Oldenkott. Was machte der denn hier? Saß der nicht zu Hause, um sich von dem Überfall zu erholen? Tönne steuerte einen Laden an und verschwand im Innern, ohne sich noch mal umzublicken. Es war Brinkmüller, das Fachgeschäft für Karnevals- und Schützenuniformen, von dem Gül schon gehört hatte. Wieso hatte der Laden überhaupt noch geöffnet? Es war doch längst nach acht, und alle anderen Läden am Markt waren geschlossen. Seltsam.

„Ich muss waschen", presste Frau Bertram bedrohlich hervor. Ihre Stimme wurde lauter. „Ich muss waschen! Ich muss ... ich ... *muss* …!"

„Immer mit der Ruhe, Frau Bertram, alles ist gut."

Gül durfte sich nicht ablenken lassen. Sie näherte sich langsam und mit beschwichtigenden Handbewegungen. Sie musste jetzt verhindern, dass Frau Bertram einen ihrer Anfälle bekam. Sonst wären sie hier erst einmal eine Zeitlang beschäftigt. Aber die Frau begann bereits zu hyperventilieren. Ihre Augen quollen hervor, und die Adern am Hals wurden sichtbar.

„Ich bin ein freier Mensch!“, stieß sie hervor, ohne Gül in die Augen zu sehen. „Das ist eine freie Stadt. Ich habe das Recht, hier zu sein. Ich bin ein mündiger Bürger. Das ist ein öffentlicher Platz. Ich darf hier sein. Ich *darf* hier sein!“

Also gut, es war zu spät. Gül ließ sie einfach ein bisschen herumzetern. Wenn sie kein Öl ins Feuer goss, dann würde Frau Bertram sich hoffentlich nicht weiter in ihre Empörung hineinsteigern.

Und tatsächlich schien Güls freundliche Anwesenheit beruhigend auf sie zu wirken. Sie wurde leiser, schließlich verstummte sie und wandte sich wieder ihrer Wäsche zu.

„Das stimmt alles“, sagte Gül sanft. „Alles, was Sie sagen, ist richtig, Frau Bertram. Trotzdem möchte ich, dass Sie die Wäsche hier nicht weiter waschen.“

Wütend schlug Frau Bertram die nasse Wäsche in den Brunnen. Im nächsten Moment ergoss sich eiskaltes Wasser über Güls Kopf. Sie schloss die Augen. Tief durchatmen. Wasser und Schaum tropfte ihr aus den Haaren, als sie sich freundlich lächelnd wieder an Frau Bertram wandte.

„Wissen Sie, Frau Bertram, die Leute hier wollen schlafen“, sagte sie. Es war zwar noch reichlich früh, aber Frau Bertram würde das sicher nicht merken. „Dafür brauchen sie Ruhe, und da ist so ein Waschtag am Brunnen einfach zu laut. Verstehen Sie? Wollen Sie nicht lieber zu Hause weiterwaschen?“

„Schlafen?“, fragte Frau Bertram.

„Ja“, sagte Gül behutsam, während ihr das Wasser in den Nacken lief. „Sie wollen schlafen. Hier wohnen auch kleine Kinder dabei. Denen ist das zu laut.“

Die Frau kam allmählich wieder zur Ruhe. Sie warf zwar noch ein paar nasse Stoffstücke über den Platz, aber das waren nur Rückzugsgefechte. Gleich wäre es vorbei.

„Kleine Kinder ...", murmelte sie.

„Dann gehen Sie nach Hause?"

„Ja", sagte sie. „Ich gehe."

Gül sah, wie Tönne Oldenkott den Uniformladen wieder verließ, gefolgt von einem Mann, den sie nicht kannte. Sie umrundeten das Gebäude und gingen in Richtung Parkplatz davon. Gül wunderte sich sehr. Tönne hatte ihr doch gerade noch versprochen, nichts auf eigene Faust zu unternehmen. Sie hätte wirklich zu gern gewusst, was er da schon wieder im Schilde führte.

Aber sie kam nicht dazu, weiter darüber nachzudenken. Einen Moment hatte sie nicht aufgepasst, und schon war es passiert: Michael stürmte auf sie zu. Er hatte nicht erkannt, dass Gül die Lage längst im Griff hatte, und verlor offenbar gerade die Geduld. Es war zu spät, ihn aufzuhalten. Breitbeinig wie ein selbstherrlicher texanischer Sheriff baute er sich vor Frau Bertram auf.

„Was ist hier los?", polterte er. „Brauchen Sie einen Platzverweis oder was?"

Gül sackte innerlich zusammen. Bitte nicht. Frau Bertrams Gesicht erstarrte. Der Wahn in ihren Augen kehrte zurück.

Michaels Stimme wurde bedrohlich. „Ich habe Sie gefragt, ob sie einen Platzverweis brauchen? Sind Sie schwerhörig?"

„Michael ...", setzte Gül an.

Aber da war es schon zu spät. Frau Bertram fing an zu brüllen. Warf wild mit nasser Wäsche um sich und kriegte sich gar nicht mehr ein. Sie sprang auf Michael zu und trommelte mit ihren kleinen Fäusten auf ihn ein. Er versuchte, ihre Hände auf dem Rücken zu fixieren. Dieser Idiot. Jetzt würden sie sich die nächsten Stunden um die Frau kümmern müssen, statt sie einfach nach Hause gehen zu lassen.

Da befreite sich Frau Bertram plötzlich aus Michaels Griff und schlug Gül mit ungeahnter Kraft in die Seite. Sie stolperte gegen den kniehohen Brunnenrand, trat auf eines der glitschigen Kleidungsstücke, kam ins Rutschen und verlor das Gleichgewicht. Sie purzelte über die Kante und befand sich im nächsten Augenblick mitten im eiskalten Wasser. Sie strampelte, ruderte, schnappte nach Luft. Die nasse Kleidung zog sie nach unten. Dann bekam sie den Brunnenrand zu fassen, zog sich hinaus und rollte wie ein nasser Sack über die Kante auf den Boden.

Frau Bertram starrte sie erschrocken an. Michael hatte ihr eilig Handfesseln angelegt, so dass sie außer Gefecht gesetzt war. Er musterte seine patschnasse Kollegin und fing plötzlich an zu kichern. „Oh, mein Gott, Gül! Ich lach mich tot. Das sah wirklich zum Schießen aus.“

Lach du nur, dachte Gül und stapfte wütend an ihm vorbei zum Streifenwagen. Frau Bertram glotzte ihr verwundert hinterher. Jetzt plötzlich war sie lammfromm. Als wäre alles in Ordnung mit ihr. Gül öffnete den Kofferraum, streifte die klatschnasse Uniformjacke ab und zog eine Decke hervor, die eigentlich für Unfallopfer gedacht war. Das lief ja mal wieder großartig.

Frau Bertram ließ sich ohne Widerstand auf die Rückbank verfrachten. Immer wieder sah sie sich erstaunt nach Gül um, die sich gerade in die Decke einwickelte. Michael nahm das Funkgerät und erzählte der Zentrale etwas von einem „tätlichen Angriff auf Polizeibeamte“ und von “Zwangseinweisung in die Psychiatrie“. Was für ein Schwachsinn. Frau Bertram wäre einfach ohne Protest nach Hause gegangen, wenn er sich nicht so aufgespielt hätte.

„Nein, mir geht’s gut“, sagte er. „Aber die Frau hat Gül erwischt ... Nein, keine Sorge, sie ist nur etwas nass geworden ... Nein, ich hab die Frau gepackt, bevor sie Schlimmeres machen konnte. Gül geht's gut. Ich hab mich um die Sache gekümmert."

Natürlich. Michael, mein Held. Er hat mich gerettet.

Verärgert zog sie die Decke enger um die Schultern.

Michael sah auf und zeigte auf ihre Haare, die noch immer voller Schaum waren. Als wenn sie das nicht wüsste. Aus Trotz ließ sie die Schaumkrone, wo sie war. Michael sollte sich schnell die nötigen Anweisungen holen, damit sie von hier verschwinden konnten und Gül sich auf der Wache umziehen konnte.

In der Dämmerung flackerten die Laternen auf. Auch im Uniformgeschäft brannte Licht. Was war denn da nur los? Hatten die Sonderverkauf oder so? Musste da vielleicht das Ordnungsamt informiert werden? Gül sah genauer hin. Es waren Kunden im Geschäft. Gar nicht so wenige. Aber mehr konnte sie nicht erkennen.

Plötzlich öffnete sich die Ladentür. Ein Mann trat auf die Straße. Gül hielt die Luft an. Es war Miko. Was zum Teufel ...? Sie trat in den Schatten unter einen Baum und hoffte, dass er nicht zu ihr herübersah.

Doch Miko war mit etwas anderem beschäftigt. Er schlich in den Hauseingang neben dem Ladenlokal und wartete dort. Kurz darauf trat ein weiterer Mann aus dem Geschäft. Ein hagerer Typ mit rotfleckigem Gesicht und schlechter Haltung. Den Klamotten nach zu urteilen ein Landwirt. Mitte dreißig, schätzte Gül. Etwas linkisch steuerte er den Parkplatz an.

Da trat Miko vor und drückte ihn unsanft in den Hauseingang. Was war denn da los? Miko bedrohte ihn, das war ganz eindeutig. Er baute sich vor dem Landwirt auf und schlug ihm seine Mütze vom Kopf. Er war größer als der arme Kerl und beinahe doppelt so breit. Der Mann hatte keine Chance gegen ihn.

Sie sprachen miteinander. Was hätte sie darum gegeben, jetzt lauschen zu können. Eine Weile passierte nichts, dann stieß Miko den Mann von sich und stapfte entschlossen davon. Der Landwirt strich sich die Jacke glatt und hob seine Mütze auf. Er wirkte ziemlich durcheinander. Gül konnte nicht glauben, was sie sah.

„Wir sollen sie nach Hause bringen.“ Michael war hinter ihr aufgetaucht. „Der Betreuungsdienst will gleich jemanden schicken. Die glauben uns wohl nicht. Wenn du mich fragst, muss die Alte eingewiesen werden.“

Er bemerkte, dass Gül mit den Gedanken woanders war, und folgte ihrem Blick.

„Was ist da drüben los?“, fragte sie.

„Bei Brinkmüller? Weißt du das nicht?“ Er kratzte sich am Kopf. „Die haben heute Sonderverkauf. Für unseren Schützenverein. Weil doch am Wochenende hier Schützenfest in Buddenbeck ist. Wem noch eine Uniform fehlt, der kann heute nach der Arbeit vorbeikommen.“

„Extra für den Schützenverein?“

„Das sind eine Menge Leute. Das hat der Vorstand mit Brinkmüller so vereinbart. Bestimmt, damit die Jungs danach einen saufen gehen können. Man braucht ja einen Anlass.“

Der hagere Typ stand immer noch vor dem Laden herum. Etwas verwirrt sah er zum Haus, hinter dem Miko gerade eben verschwunden war. Dann setzte auch er sich langsam in Bewegung.

„Weißt du, wer das ist?“, fragte Gül und deutete hinüber.

„Ludger Niehoff“, meinte Michael. „Der Kassierer vom Schützenverein. Wieso fragst du?“

„Er hat sich da gerade mit jemandem angelegt“, sagte Gül. Mikos Namen wollte sie lieber verschweigen. „Ich dachte schon, es gibt eine Schlägerei.“

„Tja. Das kommt schon mal vor.“

„Gibt es denn Ärger im Verein? Ich meine ...“ Wie drückte sie das am besten aus, ohne verdächtig zu klingen. „Wenn so ein großes Fest gefeiert wird, dann gibt’s im Vorfeld doch immer Streit, oder?“

„Ich hab keine Ahnung, Gül. Der Schützenverein, das ist eine eingeschworene Gemeinschaft. Wenn du wissen willst, was da los ist“, meinte er und begann zu grinsen, „dann musst du schon selber Mitglied werden.“

Gül beschloss, es dabei zu belassen. Mehr würde sie von Michael nicht erfahren.

„Natürlich“, meinte sie. „Ich und Mitglied. Und dann marschiere ich in Uniform beim Schützenfest auf.“

„Das wäre jedenfalls sehr lustig. Du mitten unter diesen ganzen Traditionstypen. Ein super Bild würde das abgeben. Wenn du dich beeilst, kannst du dieses Wochenende schon dabei sein. Das ist ja nur einmal im Jahr, so ein Schützenfest.“

Inzwischen spielte Gül tatsächlich mit dem Gedanken, in den Verein einzutreten. Sie musste ja nicht ewig drinbleiben. Nur solange, bis sie herausgefunden hatte, was Miko da trieb.

„Können wir los?“, fragte sie.

„Na, klar. Wir setzen kurz Frau Bertram ab, und dann fahren wir in die Wache, wo du dich umziehen kannst.“

Die nassen Klamotten wollte sie so schnell wie möglich loswerden. Sie musste ein furchtbares Bild abgeben, klatschnass mit Schaum im Haar und in eine Decke gewickelt. Ein Glück, das Miko sie nicht so gesehen hatte.

Sie hielt inne. Eigentlich war es ihr natürlich völlig egal, was er über sie gedacht hätte. Der Typ war nicht ganz sauber. Sie würde schon rauskriegen, was da los war. Auf jeden Fall interessierte es sie nicht, ob Miko sie attraktiv fand oder nicht. Das war ihr wirklich völlig egal.

„Dann lass uns los, Michael“, sagte sie. „Bevor mich hier noch jemand so sieht. Ist ja total peinlich, die Sache mit dem Brunnen.“

Sie drehte sich um – und zuckte zusammen. Grelles Licht flammte auf. Dann war Gül für ein paar Sekunden wie blind. Sie blinzelte. Da stand Stefan Berkebrook mit seiner Kamera. Die Augen leuchteten, er schien sehr zufrieden mit sich.

„Genauso bleiben, Frau Yilmaz“, sagte er.
Und bevor sie reagieren konnte, schoss er ein weiteres Bild.

18

Kurz zuvor hatte Tönne seinen Wagen auf dem Parkplatz an der Kirche abgestellt. Er war auf dem Weg zu Brinkmüller, dem Uniformgeschäft, um Manfred Brüning zu treffen, den Freund von Mechthild Osthues. Jedenfalls hatte Manfreds Mutter gesagt, dass er da zu finden sei. Und Tönne musste so schnell wie möglich mit ihm sprechen, das duldete keinen Aufschub. Er musste wissen, was Manfred im Gefängnis erfahren hatte. Erst danach wollte er mit Bernhard Ochtrup über die Bauern am Moorbach sprechen, bei denen Werner an jenem Abend kassiert hatte.

Als Tönne vor dem Geschäft stand, dachte er an das, was Lisbeth gesagt hatte. Er sollte sich möglichst unauffällig verhalten, damit keiner Verdacht schöpfte. Der Mörder sollte lieber nicht merken, dass Tönne ihm auf den Fersen war. Das würde ihm einen Vorsprung verschaffen. Auch wenn sie sonst keine Hilfe sein wollte, wenigstens da hatte sie ihm einen guten Rat gegeben.

Tönne würde sich im Geschäft also völlig unverdächtig verhalten. Das war eine seiner leichtesten Übungen. Einfach reingehen und so tun, als würde er sich nur ein bisschen umsehen.

Als er die Tür aufstieß, ertönte eine laute Bimmel. Alle im Laden sahen sich um und wollten wissen, wer der Neuankömmling war. Soviel zum Thema unauffällig. Ein halbes Dutzend Leute, fast alles bekannte Gesichter. Franz Stratmann, der General aus dem Vorstand, der offenbar selbst in seiner Freizeit in Uniform herumlief. Dann ein paar junge Schützen, alle weit unter dreißig, die Tönne freundlich grüßten. Natürlich kannten sie ihn, obwohl Tönne nur schwerlich sagen konnte, wer wohin gehörte. Der mit den feuerroten Haaren war ein Bücker, soviel war sicher. Und das junge Mädchen daneben sah genauso aus wie Margret Westerschulte vor fünfundzwanzig Jahren, wahrscheinlich war das ihre Tochter. Aber da hörte es schon auf.

Sein Nachbar Alwin Osterholt tauchte neben ihm auf. Mit einer nagelneuen Uniformjacke überm Arm. Dass er die brauchte, war kein Wunder, dachte Tönne bei sich. So wie der in der letzten Zeit auseinandergegangen war.

„Tönne!“, rief Alwin erstaunt. „Was machst du denn hier? Schicken dich deine Kinder?“

„Nein, ich wollte mich nur mal umsehen.“

Alwin runzelte die Stirn. „Umsehen?“

„Na, vielleicht besorge ich mir mal eine Uniform.“

„Wozu das denn? Willst du beim Schützenfest mit aufmarschieren?“

„Warum denn nicht? Ich bin schließlich Mitglied.“

„Na ja. Du bist seit vierzig Jahren Mitglied und hast noch nie eine Uniform getragen.“

Franz Stratmann tauchte auf. Die Abzeichen auf seiner Brust klimperten. Er sah Tönne misstrauisch an.

„*Du* und eine Uniform?“, fragte er.

Auch Alwin runzelte die Stirn. Hier stimmt doch was nicht, schien sein Blick zu sagen.

„Ich will ja nur mal gucken“, meinte Tönne. „Das ist doch wohl mein gutes Recht, oder?“

Die Männer glaubten ihm nicht. Sie rochen, dass etwas nicht ganz koscher war. Das Unauffälligsein musste er wohl noch üben, dachte Tönne beschämt. Er sah sich demonstrativ im Laden um, ging zu den weißen Uniformhosen und ließ die Männer einfach stehen.

Der Vorhang einer der Umkleidekabinen im hinteren Teil des Ladens wurde zur Seite gezogen, und Manfred Brüning trat in einer neuen leuchtendweißen Hose heraus. Auf

Socken ging er zum Spiegel, erst dann entdeckte er Tönne. Seine Augen weiteten sich. Zum Glück vermied er es, ihn lautstark zu begrüßen oder irgendwas zu sagen, was die Aufmerksamkeit weiter auf sie gezogen hätte. Er kam auf ihn zugeschlendert und nickte ihm unauffällig zu. Dann tat er, als suchte er bei den Hosen am Ständer nach einer anderen Größe. Er hatte offenbar begriffen, dass die anderen nichts von ihrer konspirativen Unterhaltung mitbekommen sollten.

„Tönne!“, sagte er leise. „Mit dir hätte ich hier nicht gerechnet.“

„Ich bin auch nicht zufällig hier. Ich wollte dich sprechen. Bei dir zu Hause hieß es, du bist hier.“

Manfred rückte etwas näher an Tönne heran. Keiner beachtete sie mehr.

„Hast du heute mit Mechthild gesprochen?“, fragte Tönne mit gesenkter Stimme.

„Ja. Sie war total glücklich darüber, dass du ihr glaubst. Das tut sonst ja kaum einer. War echt ein Trost für sie.“

Ach, das gute Mädchen, dachte Tönne. Er wünschte, er hätte sie selbst im Gefängnis besuchen dürfen. Aber das ging natürlich nicht.

„Nicht mal der Anwalt, den sie engagiert hat, glaubt, dass sie unschuldig ist“, sagte Manfred. „Er meint, das ist nicht wichtig fürs Verfahren. Aber Mechthild macht das total verrückt. Ich meine, der eigene Anwalt! Und ich fühle mich auch nicht wohl dabei. Was denkst du, Tönne? Sollen wir den besser auswechseln?“

„Ich weiß nicht, Manfred. Das Beste wäre wohl, wenn es erst gar kein Verfahren gibt.“

„Schöner Traum. Ich darf gar nicht daran denken. Wir wollten doch auf Weltreise gehen. Und dann muss Mechthild ins Gefängnis. Das ist doch ein Alptraum.“

„Hast du Mechthild gefragt, wer ein Motiv haben könnte, ihren Vater zu ermorden? Hatte sie irgendwelche Ideen?“

„Nein, nicht wirklich. Sie sagt zwar, Werner hatte mit einer Menge Leute Ärger. Du kanntest ihn ja. So war er eben. Dass aber irgendwer ihn deshalb ermordet, das kann sich Mechthild nicht so richtig vorstellen. Nicht wegen der Sachen, um die es da ging. Es waren ja meistens Lappalien, wegen der sich Werner angelegt hat. Sie ist da genauso ratlos wie ich."

Ein Verkäufer tauchte neben ihnen auf. Ein junger Mann, den Tönne auch vage vom Sehen kannte. Manfred tat, als wüsste er ganz genau, was er suchte, und durchstöberte die Hosen, um den Verkäufer loszuwerden. Aber der Mann hatte es ohnehin auf Tönne abgesehen.

„Herr Oldenkott", begrüßte er ihn. „Sie habe ich ja noch nie bei Brinkmüller gesehen! Sie gehören zur St. Sebastianus Schützenbruderschaft, richtig? Die Uniformjacken sind vorne, da finden wir bestimmt eine in Ihrer Größe. Aber wenn sie sich erst nach einer Hose umsehen möchten ..."

„Ich weiß noch gar nicht, ob ich was kaufe", sagte Tönne. „Ich wollte mich nur mal umgucken."

„Dann passt Ihnen Ihre alte Uniform noch?"

Alwin Osterholt hatte den letzten Satz offenbar gehört. Er lachte auf. „Tönne und Uniform? Das wüsste ich!"

Der junge Verkäufer nahm das als Ansporn.

„Sehen Sie sich ruhig um", sagte er aufgeregt. „Ich sehe mal, ob ich vorne was in Ihrer Größe habe. Dann komme ich gleich wieder."

Damit verschwand er eilig hinterm Verkaufstresen. Alwin unterhielt sich wieder mit Franz Stratmann und achtete nicht weiter auf Tönne. Wenn er keine Uniform kaufen wollte, musste er zusehen, dass er schnell hier rauskam.

„Was ist mit dem Abend, an dem Werner kassieren war und sich so geärgert hat?", fragte er. „Wusste Mechthild irgendwas darüber?"

„Nein, er hat wohl nur gesagt, jetzt muss er am nächsten Tag noch mal los. Einen Beitrag einziehen. Er hat sich mit jemandem gestritten, und von ihm hat er wohl nicht mehr den Mitgliedsbeitrag kassiert."

Na also. Dann war es tatsächlich so gewesen. Dieser fehlende Mitgliedsbeitrag war der Schlüssel. Nicht umsonst war bei Tönne eingebrochen worden. Der Einbrecher wollte nicht, dass Tönne herausfand, welche Zahlung noch ausstand.

„Mechthild hat Werner natürlich gefragt, mit wem er sich gestritten hat. Aber er hat nur geschnaubt und sie stehen lassen. Als wäre sie ihm lästig."

Ja, das hörte sich nach Werner an. Dieser Dummkopf. Hätte er doch nur mit Mechthild gesprochen. Dann säße sie jetzt wahrscheinlich nicht im Gefängnis.

„Ich hab hier was für dich", sagte er und zog unauffällig eine Kopie aus seiner Jackentasche. „Das ist eine Liste mit allen Mitgliedern, bei denen Werner an dem fraglichen Abend kassieren war. Mechthild soll sie sich in Ruhe ansehen. Vielleicht fällt ihr doch noch was ein, wenn sie die Namen sieht."

Manfred nahm die Liste und stopfte sie sich unter den Pullover.

Bei den Kabinen wurde wieder ein Vorhang zur Seite gezogen. Heraus trat ein junger, kräftiger Mann in nagelneuer Uniform. Schmuck sah er aus, keine Frage. Tönne konnte sich gut vorstellen, dass er Schlag bei den Frauen hatte. Es fiel ihm zwar generell schwer, die jungen Leute auseinanderzuhalten, aber bei diesem Mann war er sich ziemlich sicher, ihn noch nie zuvor gesehen zu haben. Daran würde er sich bestimmt erinnern.

„Wer ist das denn?", fragte er Manfred leise.

„Du meinst Mikolaj? Der wohnt im Neubaugebiet. Arbeitet bei der Polizei."

„Ach ja? Und muss ich den kennen?"

„Nein, er ist erst seit zwei Jahren im Verein. Aber ist'n besten Kerl, was man so hört. Alle mögen ihn."

Tönne schüttelte den Kopf. Er wurde langsam ein Fremder in seinem eigenen Schützenverein. Aber das brachte das Alter wohl mit sich. Man hielt mit den Veränderungen nicht mit.

Dieser Mikolaj betrachtete sich zufrieden im Spiegel. Er sah so aus, als hätte er nur Augen für sich und seine Uniform.

„Wann kannst Mechthild die Liste zeigen?“, fragte Tönne.

„Morgen. Dann besuche ich sie wieder.“

„Gut. Sag Bescheid, wenn du was weißt. Wir sehen uns spätestens am Wochenende auf dem Schützenfest.“

Tönne wandte sich ab, um den Laden zu verlassen. Dabei lief er dem Verkäufer direkt in die Arme, der ihm fröhlich eine dieser grünen Uniformjacken präsentierte, die in seinem Schützenverein getragen wurden.

„Die passt bestimmt wie angegossen. Probieren Sie die Jacke doch mal an.“

Die Türklingel ertönte, und Ludger Niehoff trat ein. Der hagere Landwirt betrachtete Tönne überrascht und nickte ihm dann zögerlich zu. Auch der noch, dachte Tönne. Es war wirklich Zeit zu verschwinden.

„Ich hab's mir anders überlegt“, sagte er zum Verkäufer. „Ich brauche keine Uniform.“

„Nur mal anprobieren, dann können Sie immer noch Nein sagen.“

„Aber warum soll ich was anprobieren, wenn ich eh weiß, dass ich es nicht kaufen will?“

„Nun machen Sie schon. Bitte! Nur wegen der Größe. Das gute Stück steht Ihnen bestimmt hervorragend.“

Tönne gab sich geschlagen. Je eher er dem Verkäufer seinen Willen ließ, desto früher konnte er den Laden verlassen. Er trug seine übliche Kleidung: Cordhosen, Flanellhemd, Schirmmütze. Nicht gerade das Passende, um eine Uniformjacke anzuprobieren. Zumal es das erste Mal in seinem Leben war, dass er in so einen Fummel stieg. Aber es half alles nichts. Er nahm also die Jacke und schlüpfte hinein.

Was für ein grässliches Gefühl. Der Stoff, die Aufnäher, alles wirkte so militaristisch. Das passte einfach nicht zu ihm. Sollten die anderen machen, was sie wollten. Aber er wollte nur noch raus aus der Jacke.

In diesem Moment flog wieder die Tür auf. Es war Bernhard Ochtrup, der Erste Brudermeister. Er blieb mitten im Laden stehen und starrte ihn an.

„Tönne?“, rief er ungläubig. „Du in Uniform? Ich glaub, ich guck nicht richtig. Was ist denn nur mit dir los, Tönne?“

Alle anderen im Laden stellten ihre Unterhaltungen ein und sahen ebenfalls zu ihm herüber, als fragten sie sich plötzlich, was Tönne hier eigentlich im Schilde führte. ER versuchte, die Blicke zu ignorieren, zupfte die Jacke zurecht und wandte sich an den Verkäufer.

„Was meinen Sie, steht mir die Uniform?“, spielte er das Spiel mit.

„Ganz fantastisch!“, rief der Verkäufer freudig. „Wirklich! Sie steht Ihnen ganz fantastisch.“

Tönne nickte und betrachtete sich im Spiegel. Ob er die Jacke kaufen würde oder nicht, das wusste er auf die Schnelle nicht. Aber eines hatte er hier gelernt. Das mit dem Unauffälligsein, das musste er wirklich noch mal üben.

19

Es war bereits dunkel, als Tönne seinen Hof erreichte. Oben bei Susanne brannte überall Licht. Offenbar waren alle zu Hause. Er hatte bei sich neben dem Fernseher zwar die kleine Lampe brennen lassen, aber sicher hatte das wenig geholfen. Susanne hatte sein Verschwinden bestimmt trotzdem bemerkt. Er konnte sich also schon mal auf ein Donnerwetter gefasst machen.

Dabei ging es seinem Kopf inzwischen wieder ganz gut. Der kleine Ausflug war gut für ihn gewesen, ganz egal, was der Arzt sagte. Er fühlte sich viel besser als heute Nachmittag. Aber mit solchen Argumenten brauchte man Susanne natürlich nicht zu kommen.

Er schlich sich ins Haus. Sollte er kurz nach oben gehen und Susanne sagen, dass er wieder da war? Sicher würde sie das auch von alleine merken. Er sah auf die Uhr. Um heute zu Bernhard Ochtrup zu gehen, dafür war es wohl zu spät. Er wollte das gleich morgen früh als Erstes machen. Von Manfred hatte er in der Sache ja nicht viel Neues erfahren. Morgen wollte er endlich in Ruhe über die Bauern am Moorbach sprechen und darüber, wer ein Motiv haben könnte, Werner zu ermorden.

Hinter der Milchglastür zu seinem Wohnzimmer bewegte sich etwas. Jemand schlich da herum. Schon wieder ein Einbrecher? Jetzt wurde es Tönne aber zu viel. Na, der konnte sich auf was gefasst machen! Er riss die Tür auf und stürmte hinein. Doch es war kein Einbrecher. Es war Sophie. Sie machte sich gerade über sein Süßigkeitenversteck im Wohnzimmerschrank her. Als sie ihn entdeckte, schrak sie zusammen. Sie war auf frischer Tat ertappt worden.

„Frolleinchen!“, entfuhr es ihm. „Du weißt genau, dass du das nicht darfst. Musst du gar nicht mehr vorher fragen?“

Sophie setzte sofort ihr reuevolles, schuldbewusstes Gesicht auf. Fehlten nur noch die Tränen. Bewundernswert. Das konnte sie wirklich wie auf Knopfdruck.

„Ich wollte dich ja fragen, Opa“, jammerte sie. „Wirklich. Aber ich hab dich nirgendwo gefunden.“

Hieß das, Susanne war noch gar nicht aufgefallen, dass er weg gewesen war? Keiner hatte was davon bemerkt?

„Wo ist denn deine Mutter?“, fragte er.

„Oben. Die guckt Fernsehen.“

„Wollte sie gar nicht sehen, wie’s mir geht?“

„Nein. Aber ...“ Jetzt klang sie ganz zerknirscht. „Ich sollte dir Tee machen. Vor einer Stunde oder so. Aber dann hat Lara angerufen, und ich hab das ganz vergessen. Tut mir total leid, Opa."

„Ist doch nicht so schlimm, Sophie", gab er sich großzügig. „Aber das nächste Mal musst du fragen, statt dir einfach Süßigkeiten zu nehmen. Und sag deiner Mutter nichts davon", schob er hinterher, weil ihm einfiel, dass Susanne den Kindern verboten hatte, nach dem Abendessen noch Süßes zu essen.

Sophie nutzte die Gelegenheit und schaufelte sich die Süßigkeiten mit vollen Händen in die Taschen. Dann gab sie Tönne einen Kuss auf die Wange und verschwand, bevor er es sich anders überlegen konnte.

Tönne ließ sich in seinen Sessel sinken. Erst da merkte er, wie erschöpft er war. Vielleicht hatte er sich doch etwas zu viel zugemutet. Der Schwindel kehrte zurück. Nur für einen Moment, dann war es wieder vorbei. Trotzdem war er froh, jetzt sitzen zu können. Und seine Ruhe zu haben.

Es klopfte an der Tür, und Martin trat ein.

„Hallo, Tönne. Bist du wieder wach?"

So viel zum Thema Ruhe. Er tat, als hätte Martin ihn geweckt. Sollte der ruhig ein schlechtes Gewissen haben.

„Ja. Jetzt bin ich wach", sagte er weinerlich.

„Oje, Entschuldigung. Soll ich später wiederkommen?"

Tönne seufzte theatralisch. Dann reckte er sich.

„Nein, schon gut. Komm ruhig herein. Das Nickerchen hat mir gut getan. Ist Susanne oben? Kommt sie noch mal, um nach mir zu sehen?"

„Bestimmt kommt sie gleich noch mal. Ich bin nur hier, weil ..." Er zog einen Umschlag hervor. „Die Kontoauszüge sind hier abgegeben worden. Du weißt schon, die vom Schützenverein. So ein netter Typ von der Volksbank war da, der sagt, er kennt dich. Ein ehemaliger Schüler von Agnes, glaub ich. Das hat sich ja rasend schnell rumgesprochen, das mit dem Einbruch. Er wollte dir einfach einen Gefallen tun und hat Kopien von den Kontoauszügen gemacht und vorbeigebracht. Du hast ja keine mehr."

Tönne betrachtete ratlos den Umschlag.

„Ja, und was soll ich damit?"

„Na ja. Du bist der Kassenwart."

„Das weiß ich schon selber. Aber ..."

Tönne hatte gedacht, er wäre die Buchhaltung jetzt los, ein für allemal. Das war doch der einzige Vorteil von diesem verfluchten Einbruch gewesen, dass er jetzt mit dem ganzen Zeug nichts mehr zu tun hatte.

„Ich kann gar nichts mehr damit anfangen", meinte er. „Es gibt ja keine Belege. Und auch sonst nichts."

„Aber du musst doch trotzdem irgendwie den Jahresabschluss machen. Fürs Finanzamt."

Natürlich. Das hatte er gar nicht bedacht. Wahrscheinlich würde das jetzt noch schwieriger werden als zuvor. Am Ende war man doch immer der Dumme. Tönne stieß ein Brummen aus.

„Dann gib schon her, die blöden Auszüge."

Martin zögerte. Da bemerkte Tönne, dass der Umschlag bereits aufgerissen war. Er blickte seinen Schwiegersohn verwundert an.

„Ich hab sie mir mal angesehen", sagte der entschuldigend. „Ich hoffe, du hast nichts dagegen. Ich hab nur mal nachgesehen, ob ich was damit anfangen kann. Weil du ja wissen wolltest, wer seinen Mitgliedsbeitrag nicht bezahlt hat."

„Und? Weißt du's jetzt?"

„Nein, leider nicht. Auf den Auszügen stehen keine Mitgliedsnummern. Aber ..." Er ließ sich auf das Sofa neben Tönne sinken. „... mir ist da etwas anderes aufgefallen."

„Ach ja? Was denn?"

„Ich weiß nicht. Ein paar Sachen kommen mir komisch vor. Habt ihr zum Beispiel jemanden, der für Jugendarbeit bezahlt wird?"

„Jugendarbeit? Nein, nicht dass ich wüsste. Der Manfred ist Fahnenschlagobmann, aber mehr Jugendarbeit gibt es doch gar nicht. Ist Manfred denn bezahlt worden?"

„Es gibt doch diese steuerfreie Übungsleiterpauschale. Jedenfalls sind sechshundert Euro ausbezahlt worden. Aber an keinen Manfred. Und das ist auch nicht das einzige. Habt ihr zum Beispiel einen Schlafzimmerschrank gekauft?“

„Nicht dass ich wüsste“, sagte Tönne verwundert. „Wo sollte der auch stehen? Und wir brauchen so was gar nicht.“

„Es gibt noch ein paar andere Posten, die mir komisch vorkommen. Wir können das ja mal in Ruhe durchgehen.“

„Aber wenn das vom Konto überwiesen worden ist, dann gibt es doch einen Empfänger?“, meinte Tönne. Und war sehr zufrieden mit sich, dass er so viel Scharfsinn bei Themen der Buchhaltung zeigte. „Wer hat denn zum Beispiel das Geld für die Jugendarbeit gekriegt?“

„Das ist ja das, was mich stutzig gemacht hat. Alle diese seltsamen Punkte gehen auf ein und dasselbe Konto. Scheinbar hat einer das Geld für den Verein immer ausgelegt, und der Verein hat es ihm dann gegen Beleg überwiesen.“

„Jetzt sag schon: Wer ist das?“

Martin faltete die Auszüge auseinander und hielt sie Tönne vors Gesicht. Als wenn der ohne Lesebrille was erkennen könnte.

„Ein Peter Meier“, sagte Martin.

Den Namen hatte Tönne noch nie gehört. Peter Meier. Eigentlich ein ziemlich gewöhnlicher Name, aber bei ihnen im Dorf gab es keinen, der so hieß, da war Tönne sich ziemlich sicher. Hier hießen die Leute Kötter oder Schulte.

„Kennst du diesen Typen?“, fragte Martin.

„Nein. Den gibt es auch nicht.“

„Du meinst, das ist ein Fake-Konto?“

Da war sich Tönne ziemlich sicher. Offenbar war er hier über den eigentlichen Skandal gestolpert. Nach der ersten Vorstandssitzung, die er besucht hatte, war er davon überzeugt gewesen, dass der Vorstand und die Buchhaltung beim Aufklären dieses Mordes unwichtig seien. Aber jetzt sah das natürlich ganz anders aus.

„Wer hat denn alles eine Kontovollmacht bei euch?“, wollte Martin wissen.

Das war die große Frage. Es kamen nur drei in Betracht. Tönne selber als Kassenwart, dann Ludger Niehoff, der Kassierer, der wohl kaum viel mehr als seine Kühe im Kopf haben dürfte und schon deshalb nicht als Mörder infrage kam. Der Dritte im Bunde war Bernhard Ochtrup, der Vorsitzende und Erste Brudermeister des Vereins.

Und das machte die Sache erst richtig interessant.

20

Der neue Dienstplan war da. Für Gül waren damit die Nachtschichten vorerst zu Ende. Jetzt hieß es wieder: Früh raus und tagsüber arbeiten. Was sie gar nicht so schlecht fand. Die Nachtarbeit ging ihr nämlich ziemlich an die Nerven. Gutgelaunt spazierte sie in die Küche, wo ihre Eltern bereits frühstückten. Sie fühlte sich zwar noch ein bisschen so, als hätte sie Jetlag, aber das störte sie nicht.

„Guten Morgen“, trällerte sie und setzte sich dazu. „Jetzt kann ich wieder mit euch zusammen frühstücken!“

Das Frühstück ihrer Eltern fiel nämlich in der Regel ziemlich großzügig aus, was Gül sehr zu schätzen wusste. Es gab Obst und Datteln, gebratene Tomaten, eine große Pfanne Menemen, Gurken und Paprika, die wundervollen Dips und Pasten, die ihre Mutter selber machte, und neben dem Fladenbrot hatte auch Münsterländer Pumpernickel seinen festen Platz auf dem Tisch.

Was das Schwarzbrot anging, konnte ihre Mutter sehr kleinlich werden. Sie legte großen Wert darauf, dass es im Münsterland hergestellt war. Einmal hatte sie Pumpernickel in einem Dortmunder Supermarkt gekauft, um es Güls Bruder Hakan mitzubringen. Später war sie entsetzt gewesen, wie fad es schmeckte. Im Rest der Republik gab es keinen ordentlichen Pumpernickel, lautete ihr Urteil. Wenn sie Hakan in Dortmund besuchte, brachte sie deshalb immer einen Korb voller Leckereien mit, in dem Münsterländer Pumpernickel nicht fehlen durfte. Manchmal war auch Herrencreme dabei, eine weitere heimliche Vorliebe. Und einmal hatte Gül sogar Westfälischen Schinken in dem Korb gesehen, von dem Buddenbecker Metzger. Dabei behauptete ihre Mutter immer, dass ihr Schweinefleisch gar nicht schmecke, ganz egal was der Glaube dazu sagte. Hakans Frau Sabine betrachtete diese Gaben immer mit gerunzelter Stirn und hatte hintenrum begonnen, sie ironisch "Westpakete" zu nennen. Aber davon durfte ihre Mutter natürlich nichts wissen.

Gül stand nicht so auf Pumpernickel. Sie brach sich etwas Fladenbrot ab und nahm die Pasten näher in Augenschein.

„Guten Morgen, Gül", kam es frostig von ihrem Vater.

Sie sah auf. Was war denn mit seinem Tonfall?

„Möchtest du vielleicht Tee?", fragte ihre Mutter mit falscher Freundlichkeit. Beide sahen demonstrativ auf den Tisch.

„Ist irgendwas?", fragte sie.

„Ich weiß nicht. Ist irgendwas, Mehmet?" Aber sie ließ ihren Mann gar nicht zu Wort kommen, sondern schoss sich auf Gül ein. „Möchtest *du* uns vielleicht sagen, ob irgendwas ist?"

Gül hielt es für besser, jetzt keine vorschnellen Antworten zu geben. Sie hatte irgendwas angestellt, die Frage war nur, was. Hatte ihre Mutter mitgekriegt, dass sie neulich die Köfte weggeworfen hatte? Dann sollte sie jetzt besser über einen Fluchtplan nachdenken.

Aber da zog ihre Mutter schon die Lokalzeitung hervor. Anklagend deutete sie auf das kleine Foto unten in der Ecke. Stefan Berkebrook hatte Gül am Brunnen fotografiert. Sie sah aus wie ein begossener Pudel. Na, großartig. Diese bescheuerte Geschichte hatte es tatsächlich in die Zeitung geschafft.

„Ich denke, du hast im Innendienst gearbeitet“, sagte ihre Mutter. „Und dann sehen wir so was?“

Jetzt begriff Gül, was los war. Sie musste sich ganz schnell eine gute Lüge einfallen lassen. Sonst wäre hier gleich die Hölle los.

„Ich war nur zufällig da“, sagte sie scheinheilig.

„Du warst zufällig am Markt, als da zufällig gerade ein Verbrechen stattfand? Wo du eigentlich im Innendienst sein solltest. Ein bisschen viel Zufall, findest du nicht?“

„Also, bitte. Das war doch kein *Verbrechen*. Das war nur ...“

„Lenk nicht vom Thema ab, Gül.“

Gül dachte fiebrig nach. Dann fiel ihr die Lösung ein.

„Also gut. Ich muss es euch ja sowieso sagen. Ich war bei Brinkmüller. Ihr wisst schon, in diesem Uniformladen.“

Gül war stolz auf sich. Immer nah bei der Wahrheit bleiben, das war das Beste, wenn man log. Dann verstrickte man sich nicht so schnell in der eigenen Geschichte.

Ihre Eltern betrachteten sie ratlos.

„Willst du Karnevalsprinz werden?“, fragte ihr Vater.

„Das Geschäft hat doch abends zu! Denkst du, du kannst uns auf den Arm nehmen, Gül?“

„Die hatten an dem Abend länger auf. Weil nächste Woche hier doch Schützenfest ist. Da konnten alle nach Feierabend kommen, denen noch was für die Uniform fehlt.“

„Aber ... Ich fürchte, ich verstehe nicht.“

„Ich brauchte noch eine Uniform für mich.“

Jetzt wirkten die beiden völlig verwirrt.

„Ich will da Mitglied werden, Mama. Im Schützenverein.“

Das machte es nicht besser. Gül seufzte.

„Die Idee ist gar nicht von mir“, sagte sie. „Sie kommt von meinem Chef. Von Heinz Bertling. Er meint, dass man als Polizist sein Dorf kennen muss. Man soll ein Teil der Gemeinschaft sein. Deswegen mache ich das. Um dazuzugehören.“

Noch so eine Lüge, die sich hübsch um einen wahren Kern drapieren ließ. Der eigentliche Grund, weshalb sie in den Schützenverein wollte, war natürlich ein anderer. Sie wollte herausfinden, was Miko im Schilde führte. Sie wollte Teil dieser eingeschworenen Gemeinschaft werden, von der Michael gesprochen hatte, um einen Blick hinter die Kulissen zu werfen.

„Es ist wegen diesem Mann, Mehmet!“, rief ihre Mutter. „Den sie uns verheimlicht! Ich hab gleich so was geahnt.“

„Es gibt keinen Mann“, sagte Gül genervt.

„Dann ist es also ein Hans“, rief ihre Mutter. „Hörst du, Mehmet? Gül bringt uns einen deutschen Hans nach Hause. Unser letztes Kind heiratet auch noch einen Deutschen, so wie alle anderen. Einen aus dem Schützenverein. Stell dir das vor.“

„Ich heirate doch gar nicht!“

„Und ich dachte immer, wenigstens unsere Gül bringt einen Türken nach Hause. Dass wenigstens eines der Kinder einen Muslim heiratet.“

Ihr Vater betrachtete sie mit wunden Augen. Aber seine Stimme war voller Zuneigung.

„Hör nicht auf deine Mutter. Du sollst heiraten, wenn du willst. Wenn es also dieser Junge aus dem Schützenverein ist, dann ...“

„Ich heirate nicht!“, schrie Gül. „Hört mir doch mal zu!“

Ihre Eltern wirkten erschrocken. Dass Gül herumschrie, kam nicht oft vor.

„Einer meiner Kollegen ist im Schützenverein. Und der kennt wirklich jeden hier. Und das, obwohl er von außerhalb kommt“, sagte sie. Das stimmte zwar nicht ganz, denn Miko kam ja aus dem Neubaugebiet, aber in diesem Fall war sie großzügig. „Er weiß mehr über Buddenbeck als ich. Deshalb will ich da mitmachen. Das ist wichtig für meine Arbeit. Und jetzt ist der beste Zeitpunkt. Am Wochenende ist Schützenfest, da kann ich schon dabei sein. In ein paar Tagen geht's richtig los."

Ihre Eltern tauschten Blicke. Es wirkte nicht so, als nähmen sie Gül die Geschichte ab. Trotzdem hatten sie offenbar beschlossen, vorerst mitzuspielen. Wahrscheinlich glaubten sie, dass sie diesen Hans noch früh genug kennenlernen würden.

„Aber dürfen in die Schützenvereine nicht nur Männer aufgenommen werden?", fragte ihr Vater.

„Neuerdings auch Frauen. Sie haben die Satzung geändert."

Sein Tonfall wurde düster. „Dann bist du da allein unter Männern?", fragte er.

„Ach, Gül, musst du denn immer rebellieren?", jammerte ihre Mutter. „Warum kannst du nicht sein wie andere Mädchen? Machst du das, um uns zu ärgern? Um uns ins Grab zu bringen? Ist es deshalb?"

„Sind das alles nur Männer?", insistierte ihr Vater, ohne auf seine Frau zu achten.

„Nein, gar nicht, Papa. Die ganzen Ehefrauen sind automatisch auch im Verein. Es gibt genauso viele Frauen wie Männer. Das ganze Dorf macht da mit."

Das schien ihn zu beruhigen. Er war ja immer stolz darauf, sehr modern zu sein. Aber manchmal wurde es ihm eben doch zu viel.

„Und du schießt dann auch?", fragte ihre Mutter.

Schießen. Das war natürlich etwas, das sie gut konnte.

„Mal sehen, Mama. Ich werde nicht den Vogel abschießen, wenn das deine Sorge ist. Das eine oder andere Mal werde ich bestimmt auch schießen, ja. Aber da ist alles abgesichert. Keine Angst, da passiert nichts. Und die schießen ja auch nur mit Luftgewehren."

„Aber ihr macht auch Wettschießen, oder?", meinte ihr Vater, dem plötzlich etwas klar zu werden schien.

„Ja, Papa. Natürlich. Aber ich halt mich da raus."

„Vielleicht musst du dich ja gar nicht heraushalten“, sagte ihr Vater zögerlich.

Gül war einen Moment lang irritiert. Aber dann verstand sie. Natürlich wussten ihre Eltern, dass sie mit Abstand die beste Schützin in ihrem Ausbildungsjahrgang gewesen war.

„Das sind alles Amateure“, sagte sie. „Das kann ich nicht machen. Das wäre unfair.“

„Zeig den Leuten ruhig, was in dir steckt“, meinte er, jetzt sichtlich zufrieden. „Sollen sie ruhig sehen, dass wir Türken mindestens genauso gut sind. Nicht wahr, Hatice?“

Auch ihre Mutter hatte begriffen, worum es ging.

„Man darf seine Talente nicht vergeuden“, meinte sie versonnen lächelnd. „Da hat dein Vater recht.“

Gül wollte das lieber nicht kommentieren. Hauptsache, das Thema war vom Tisch und es gab keinen Ärger mehr. Sie nahm die Teekanne und goss sich ein.

„Dann muss ich mich jetzt beeilen. Schließlich will ich vor der Arbeit noch einen Abstecher machen.“

„Wo willst du denn hin?“, fragte ihre Mutter.

„Mich beim Vorstand vom Schützenverein melden“, sagte sie. „Am besten mache ich das bei Tönne Oldenkott.“

Und bei der Vorstellung, was Tönne für ein Gesicht machen würde, wenn sie ihm offenbarte, was sie vorhatte, konnte nun auch sie sich ein Lächeln nicht ganz verkneifen.

21

Der Schießstand vom Schützenverein war in der *Grünen Linde* untergebracht, in einem fensterlosen Raum direkt über der Kegelbahn. Wenn unten gekegelt wurde, konnte man im Schießstand die Kugeln rollen und die Leute jubeln hören, und umgekehrt war es wohl genauso. Gül war in den letzten Jahren jeden Tag am Gasthaus vorbeigefahren, ohne eine Ahnung davon gehabt zu haben, was sich hier verbarg.

Mitten im Dorf gab es einen richtigen Schießstand, mit Waffenschrank und Schießscheiben und allem drum und dran. Natürlich nur für Amateure, aber trotzdem verblüffend.

Manfred Brüning hatte vorm Eingang auf Gül gewartet, um sie mit allem vertraut zu machen. Der Freund von Mechthild war in die Sache eingeweiht. Tönne hatte ihn gebeten, Gül in die Gemeinschaft der Schützen einzuführen. Jetzt, wo Gül Vereinsmitglied war, sollte Manfred offiziell so etwas wie ein Pate sein. Und nebenher konnte er unauffällig Fragen beantworten, falls Gül etwas über die Leute und ihre Beziehungen untereinander wissen wollte.

Tönne war natürlich begeistert gewesen, als Gül ihm offenbart hatte, dem Verein beitreten zu wollen. Endlich schaltete sie sich ernsthaft in die Ermittlungen ein. Das war in seinen Augen längst überfällig gewesen. Gül tat jetzt genau das, was sie seiner Meinung nach von Anfang an hätte tun sollen.

Was Gül natürlich das Gefühl gab, hier einen großen Fehler zu begehen. Bestimmt war es totaler Wahnsinn, was sie da tat. Auch hatte sie Tönne lieber nicht erzählt, dass es ihr bei der Sache hauptsächlich um Miko ging. Erst dessen komisches Verhalten war Grund für ihren Stimmungswandel gewesen. Tag und Nacht spukte er ihr inzwischen im Kopf herum. Es war wie ein Zwang. Da war zwar eine Stimme, die sagte, dass es vielleicht nicht nur an seinem verdächtigen Verhalten lag, dass sie ständig an ihn dachte, aber diese Stimme wollte sie lieber nicht zu Wort kommen lassen. Vielleicht war Miko ja der Täter. Sie konnte sich unmöglich eingestehen, dass sie sich von einem Mörder angezogen fühlte. Nicht auszudenken.

Der Schießstand wurde von nackten Neonröhren erhellt. Gemütlich war es hier nicht gerade. Die Wände waren dunkel gestrichen, und es drang kein Tageslicht herein. Im vorderen Bereich waren Stehtische und Bierbänke. Ein Kasten Bier stand auch schon bereit. Gül konnte es nicht fassen.

Die Schützen tranken tatsächlich Alkohol während des Trainings. Oder Zielwasser, wie sie es nannten. Sie verstand nicht, wie sich Schießen und Alkohol in irgendeiner Weise verbinden ließen. Denn die Schützen hatten durchaus Ambitionen. Es gab Wettkämpfe mit anderen Vereinen – angefangen auf Lokalebene bis zu einem bundesweiten Vereinstreffen. Aber wie wollten sie jemals irgendwas gewinnen, wenn sie schon vor dem ersten Schuss angeduselt waren?

„Zurzeit schießen sie auch nur auf Kreisebene", gestand Manfred ein. „Die sind da ungefähr so gut im Geschäft wie unser Fußballverein."

„Du meinst FC Schwarz-Weiß Buddenbeck?", fragte Gül und lachte. „Haben die nicht am Wochenende acht zu null gegen die Seniorenmannschaft der Freiwilligen Feuerwehr verloren?"

„Na ja." Er lächelte. „Es war eben ein hartes Spiel. Jedenfalls sind die Schützen nicht viel erfolgreicher."

„Kein Wunder", sagte Gül. „Ich mein, guck sie dir an. Wenn man fürs Schießen eben kurz die Bierflasche zur Seite stellen muss ... Was soll das schon werden?"

Ein knappes Dutzend Schützen war zum Training gekommen. Fast nur Männer. Sie standen um die Stehtische herum, tranken Bier, rauchten Zigaretten und unterhielten sich lautstark. Dabei hatte das Schießen noch gar nicht richtig angefangen. Gül beschlich der Verdacht, dass dieses Vereinsschießen nicht viel mehr war als ein weiterer Anlass, sich zu betrinken.

Aber vielleicht lag es auch nur daran, dass es das letzte Schießen vorm Schützenfest war. Das hoffte Gül wenigstens. Mit den Gedanken schienen nämlich alle schon beim Fest zu sein. Die Gespräche drehten sich nur um die Vorbereitung. Es ging darum, wer beim Aufbau helfen würde, was von der Cover-Band zu halten war und welche Preise für die Tombola eingesammelt worden waren. Um Kreispokalturniere und ähnliches würde es wohl erst wieder beim nächsten Schießtraining gehen.

Gül und Manfred standen ein bisschen abseits. Die anderen achteten kaum auf sie. Trotzdem senkte Manfred seine Stimme, als er weitersprach.

„Du glaubst also auch nicht, dass Mechthild ihren Vater ermordet hat?“, fragte er.

Sie wollte ihn nicht anlügen. „Ich weiß es nicht, Manfred. Ich denke, dass hier irgendwas nicht stimmt. Mehr kann ich dazu nicht sagen.“

„Danke, Gül. Das reicht uns schon. Mechthild bedeutet das viel. Die meisten hier haben sie längst verurteilt.“

Gül betrachtete ihn. Er wirkte ziemlich abgekämpft. Was kein Wunder war nach allem, was passiert war. Wie würde es ihr wohl gehen, wenn ihr Freund unschuldig im Gefängnis säße und fast alle im Dorf auf Abstand gingen? Und wenn es kaum eine Chance auf einen Freispruch gäbe?

„Ich kenne Mechthild kaum“, sagte sie. „Aber trotzdem kann ich mir nur schwer vorstellen, dass sie in der Lage ist, einen Mord zu begehen. Das ist meine ehrliche Meinung.“

Er nickte dankbar. „Wir wollen uns verloben“, sagte er wie zu sich selbst.

„Du und Mechthild?“, fragte Gül überrascht.

„Ja.“ Er stieß ein freudloses Lachen aus. „Meine Eltern drehen durch. Sie wollen, dass ich warte, bis alles vorbei ist. Damit ich es noch abblasen kann, falls Mechthild wirklich verurteilt wird. Aber ich finde ... Ich finde, man muss auch in schlechten Zeiten zusammenhalten. Gerade in schlechten Zeiten.“

Gül schmolz innerlich dahin. Sie hätte ihn am liebsten in den Arm genommen. Es gab sie also noch, die wahre Liebe.

„Was werden die Leute dazu sagen?“, fragte sie. „Wenn ihr euch verlobt?“

„Keine Ahnung. Ist mir auch egal. Ich werde mir in Münster eine Wohnung suchen. Da kennt mich keiner.“

Gül wollte etwas erwidern, aber da wurde ihr Name gerufen. Die Schützen waren inzwischen zum Schießstand gegangen und sahen gut gelaunt zu ihr herüber.

„Du hast das doch gelernt, Gül, oder?“, meinte einer. „Das Schießen. Dann zeig mal, was du drauf hast.“

„Aber bestimmt nur mit Pistolen. Kannst du denn auch ein Gewehr halten? Oder ist das zu schwer?“

Gül wollte laut auflachen, aber dann begriff sie: Die Frage war ernst gemeint. Die Typen nahmen sie überhaupt nicht ernst. Sie glaubten nicht, dass sie mühelos ein Gewehr halten würde. Dabei konnte sie es sicher mit jedem hier locker aufnehmen.

Sie feuerten sie gutgelaunt an.

„Komm schon, Gül! Komm her!“

„Jetzt wollen wir auch sehen, ob du was drauf hast.“

Offenbar wollten sie sehen, wie sie sich blamierte.

„Wir wollen sehen, ob wir Angst vor dir haben müssen.“

„Wenn ihr das nächste Mal die Sparkasse ausräumt, oder was?“, meinte sie trocken und ging entschlossen zum Schießstand.

Sie nahm das Gewehr entgegen. Es lag gut in der Hand. Eine Haenel, Kaliber 4,5. Sie legte an und nahm die Schießscheibe ins Visier. Das wäre sicher kein Problem.

Die Jungs betrachteten sie grinsend. Gül war erstaunt. Auch wenn sie nicht wissen konnten, dass sie eine der besten Schützinnen bei der Polizei war, so mussten sie doch in jedem Fall wissen, dass sie dort Schießtraining bekam. Hatten sie wirklich geglaubt, sie würde sich hier anstellen wie eine dieser typischen manikürten, gelifteten Blondinen?

Sie fixierte die Pappscheibe. Die Versuchung war natürlich groß. Aber man musste es ja nicht übertreiben. Sie zielte auf die mittleren Ringe, es musste ja keine Zehn sein. Ein sauberer Schuss auf die Sieben würde sicher ausreichen.

Gül zielte und schoss. Kurz und entschlossen. Danach war erst mal Ruhe. Die Jungs begriffen offenbar, dass der Rückstoß sie nicht umgeworfen hatte. Dann sahen sie ungläubig auf die Schießscheibe. Einer der jüngeren Schützen rannte nach hinten, um sie in Augenschein zu nehmen.

„Sieben!“, rief er aufgeregt. „Fast eine Acht. Ist ganz nah dran!“

Die Stimmung veränderte sich sofort. Plötzlich herrschte großes Hallo. Es wurde gejohlt und gepfiffen. Und die Blicke, gerade noch abschätzig, waren jetzt voller Bewunderung.

„Gleich beim ersten Schuss! Nicht schlecht!“

„Du bist nicht verkehrt, Gül! Das war super!“

„Passt auf, Leute: Wir werden Kreismeister! Mit Gül. Wir holen den Pokal! “

„Jawoll! Wir holen den Pott!“

„Oder Gül schießt am Wochenende den Vogel ab!“

Gül schoss noch vier weitere Male. Noch mal die Sieben, dann die Neun, dann zweimal die Acht. Danach zog sie sich wieder an Manfreds Tisch zurück. Und ließ die anderen weiter von der Kreismeisterschaft träumen.

„Nicht schlecht“, kommentierte Manfred.

„Das ist Teil meiner Ausbildung. Was denkt ihr denn alle?“

„Du hast schon recht. Aber lassen wir das. Also: Wie kann ich dir helfen?“

Gül sah sich um. Etwas still in der Ecke hockte dieser Typ, mit dem sich Miko auf dem Marktplatz angelegt hatte. Der hagere Mann mit dem Pickelgesicht. Irgendwie schien der immer im Abseits zu stehen, egal wo sie ihn sah.

„Wer ist noch mal der Kerl da vorne?“, fragte sie. „Ich hab das schon wieder vergessen.“

„Das ist Ludger Niehoff. Der ist Kassierer und im erweiterten Vorstand.“

„Ach, stimmt. Und was ist das für ein Typ? Scheint nicht sehr beliebt zu sein, so wie er da alleine rumsitzt.“

„Ach, das hat damit nichts zu tun. Er redet einfach nicht viel. Ist ein bisschen gestört, wenn du mich fragst. Aber er gehört nun mal dazu. Das sehen alle so. Außerhalb des Vereins hat er ja keinen.“

„Hatte er was mit Werner Osthues zu schaffen?"

„Ich wusste nicht was. Die waren natürlich beide im Vorstand. Aber das war es auch schon. Ludger redet ja nicht viel, wie gesagt, und Werner war nicht der Typ, der sich mit Bedürftigen auseinandersetzt. Oder ohne Grund nett zu jemandem ist."

Gül hatte trotzdem das Gefühl, dass dieser Ludger etwas mit der Sache zu tun hatte.

„Gibt es irgendwelche anderen Verbindungen?", fragte sie. „Familiär? Oder was deren Landbesitz angeht? Irgendwas?"

„Da muss ich passen."

Gül wollte sich nicht so schnell geschlagen geben. Doch bevor sie weiterfragen konnte, flog die Tür neben ihr auf, und ein verspäteter Schütze trat ein. Es war Miko, mit der Sporttasche unterm Arm. Er wurde von den anderen lautstark begrüßt, man schlug ihm auf die Schulter und zog ihm sein Base-Cap ins Gesicht. Er schien sehr beliebt zu sein.

„*Der* macht hier auch mit?", entfuhr es Gül.

„Miko? Na klar. Der ist doch auch bei der Polizei, oder? Ist das nicht ein Kollege von dir?"

Sie verbarg ihr Gesicht mit der Hand, damit Miko sie nicht sofort entdecken würde.

„Was weißt du sonst noch über ihn, Manfred?", fragte sie eilig. „Hatte *er* was mit Werner Osthues zu tun?"

„Ich glaub nicht. Man trinkt natürlich mal einen zusammen, das ist ja immer so. Aber sonst? Keine Ahnung."

„Pass auf, Manfred. Ich hab beobachtet, wie er diesen Ludger Niehoff bedroht hat. Kannst du dir da einen Reim drauf machen?"

„Das muss was mit dem Kassieren zu tun haben. Sonst haben die ja nichts miteinander zu tun." Er dachte nach. „Ach, da fällt mir ein, Miko wollte nach Werners Tod Kassenwart werden. Aber dann war Tönne schneller."

„Er wollte Kassenwart werden?", fragte Gül ungläubig.

„Ja, und das ist wirklich seltsam. Denn normalerweise will den Job keiner machen. Ich mein, wer hat denn Lust auf so was?“

„Und weiß man, weshalb er das machen wollte?“

„Er sagt, weil er helfen wollte. Aber das ist Schwachsinn, wenn du mich fragst. Normalerweise kriegt das Amt immer irgendein armer Trottel, der sich nicht wehren kann. Oder halt Leute wie Werner, Leute, die ein bisschen speziell sind. Die meisten engagieren sich lieber woanders im Verein. Es gibt ja genug Möglichkeiten.“

In diesem Moment drehte sich Miko um. Und entdeckte sie. Wieder dieses Lächeln, das Gül schwach werden ließ. Aber sie wollte sich nicht zum Narren halten lassen. Sie würde einen klaren Kopf bewahren.

„Da bist du ja“, sagte er, als wären sie hier verabredet. „Ich habe gehört, dass du jetzt auch dabei bist. Das wollte ich mir nicht entgehen lassen.“

„Gül kann schießen“, sagte einer der anderen Jungs in einem Tonfall, als wäre er Zeuge der jungfräulichen Empfängnis geworden. „Nicht ein Schuss unter Sieben, die meisten höher. Die schießt fast so gut wie du, Miko.“

Miko runzelte die Stirn, als glaubte er nicht, was er hörte. Der also auch. Gül wurde langsam sauer.

„Wenn Gül zu uns in die Mannschaft kommt, dann wird das langsam was“, sagte ein anderer. „Die Gül, die lassen wir mit antreten, glaubt mir, unser Team wird immer besser.“

Miko tat, als hätte er das überhört. Er lächelte gönnerhaft und meinte: „Ich helfe dem Verein, endlich mal wieder einen Pokal zu bekommen, musst du wissen. Wir fangen an mit der Kreisliga. Aber dann geht’s weiter. Von uns wird man noch hören. Ich bilde meine Jungs hier aus, und mit mir im Team werden wir abräumen, da kannst du einen drauf lassen.“

Ach, da war ja wieder ihr großspuriger Kollege. Genau so, wie sie ihn kannte. Gut, dass sie sich nicht von seinem Lächeln in die Irre hatte führen lassen.

„Sieh an, große Worte“, meinte sie tonlos.

„Wirst schon sehen, wir machen das. Erinnere dich an das, was ich gesagt habe.“

„Und jetzt haben wir noch einen weiteren Trumpf“, meinte der Junge aufgeregt. „Und zwar Gül. Das wird immer besser.“

Aber Miko stimmte in die Begeisterung nicht ein.

„Gül kann bestimmt auch schießen“, kam es etwas gleichgültig. „Warum also nicht? Aber das Team stellen wir erst vor dem Wettkampf zusammen. Keine voreiligen Schlüsse.“

Güls Gesichtszüge verhärteten sich. Dieser Macho dachte also auch, Gül könnte ein Gewehr nicht von einem Besen unterscheiden. Eisige Kälte breitete sich im Raum aus.

„Du denkst also, du schießt besser als ich?“

„Ach, Gül. Bestimmt bist du genauso gut wie viele hier im Raum. Kein Wunder, du bist ja auch ausgebildet. Und für eine Frau schießt du sicher ganz passabel. Aber ... deswegen solltest du dich nicht überschätzen.“

Jetzt hätte man eine Stecknadel fallen hören. Jeder im Raum sah Gül an. Sie warteten auf ihre Reaktion. Gül ließ sich nicht verunsichern. Im Gegenteil, sie spürte eiserne Entschlossenheit.

„Ein Gewehr“, befahl sie.

Wortlos wurde ihr das Luftgewehr gereicht. Ohne weiter auf Miko zu achten, ging sie zum Schießstand.

„Drei Schuss ohne Absetzen“, verfügte sie. „Der Verlierer zahlt für alle die Getränke.“

Ein Raunen ging durch die Reihen. Dann sahen alle gespannt zu Miko. Der zögerte nicht lange. Er schien ja auch sehr siegesgewiss. Na, warte ab, dachte Gül grimmig.

„Ich fange an“, sagte er und nahm sein Gewehr.

Er schoss dreimal hintereinander. Gleich der erste Schuss in die Zehn. Dann ganz knapp vorbei, eine gute Neun. Und dann noch eine Neun. Gar nicht mal schlecht.

Er nahm die Waffe runter und grinste unverschämt.

„Tut mir leid, Gül. Das wird ein teurer Abend für dich.“

Ohne Kommentar trat sie an den Schießstand. Sie holte Luft, legte das Gewehr an. Und dann ging es ganz schnell. Schießen, nachladen. Schießen, nachladen. Schießen, nachladen. Drei Mal die zehn.

Es folgte Todesstille. Die Männer blickten ungläubig bis fassungslos. Gül legte das Gewehr beiseite. Dann ging der Jubel los. Es war, als hätte Deutschland vier zu null gegen Italien gespielt. Unten auf der Kegelbahn fragten sich die Leute bestimmt, was da oben im Schießstand los war.

Gül sah zu Miko. Zu ihrer Überraschung lächelte er zufrieden. Dabei hatte er doch gerade ziemlich viel Geld verloren. Er trat an sie heran.

„Ich wollte dich nur herausfordern", flüsterte er. „Ich wusste doch, dass du gefakt hast. Du hast absichtlich danebengeschossen. Denkst du, ich weiß nicht, wie gut du schießt? Das weiß jeder bei der Polizei."

Gül starrte ihn mit offenem Mund an. Die anderen Schützen umringten sie stürmisch, und Miko verschwand aus ihrem Blickfeld. Dann wurde sie von zwei Männern auf die Schultern gehoben und unter Jubel durch den Raum getragen. Sie blickte sich immer wieder nach Miko um. Doch der stand einfach nur da und lächelte selbstgefällig.

Gül wurde schwach. Er hatte sie ärgern wollen, okay. Aber im Grunde war das doch ganz süß. Und er hatte sich diese kleine Show eine Menge Geld kosten lassen.

Konnte so einer ein Mörder sein? Das war doch eigentlich völlig ausgeschlossen. Sie spürte plötzlich ihr schlechtes Gewissen. Dass sie ihn verdächtigt hatte, durfte er niemals erfahren. Sie würden bestimmt noch lange zusammenarbeiten. Oder zusammen – ach, egal. Jedenfalls musste das ihr Geheimnis bleiben.

Nachdem sie wieder abgesetzt wurde und das Training weiterging, kehrte sie zu Manfred zurück. Wenn sie aber geglaubt hatte, dass er ihr gratulieren und sie bewundern würde, dann irrte sie sich. Er schien das Schießen bereits vergessen zu haben. Stattdessen blickte er grüblerisch vor sich hin.

„Vielleicht hatte es wirklich was mit dem Kassieren zu tun“, sagte er. „Und mit dem fehlenden Mitgliederbeitrag.“

Tönne hatte ihr davon erzählt. Er glaubte, dass dieser fehlende Beitrag der Schlüssel zur Lösung des Falls war.

„Vielleicht weiß Ludger ja doch irgendwas darüber, was Werner an diesem Abend beim Kassieren passiert ist.“

„Und was könnte Miko damit zu tun haben?“

Manfred nahm seinen Rucksack und begann darin zu wühlen.

„Es gibt doch diese Liste“, sagte er. „Auf der alle Mitglieder stehen, bei denen Werner gewesen ist. Er war ja nicht nur bei den Bauern am Moorbach. Er war auch in Buddenbeck selbst.“

Er zog ein leicht zerknittertes Papier hervor und legte es vor ihnen auf den Stehtisch. Gül vergewisserte sich kurz, dass sie keiner beobachtete. Dann blickte sie ihm über die Schulter.

„Da ist es“, sagte Manfred. „Siehst du?“

Er deutete auf die Liste. Und tatsächlich, da stand es schwarz auf weiß. Werner Osthues war in jener Nacht auch bei Miko gewesen. Sein Name stand auf der Liste.

22

Nun war es soweit. Der Countdown lief. Morgen früh würde der große Tag sein. Die Vorbereitungen fürs diesjährige Buddenbecker Schützenfest gingen in die heiße Phase. Das Festzelt am Rande der Schützenwiese war schon errichtet, daneben wurden gerade Bierstände und Pommesbuden aufgebaut. Überall liefen Menschen herum, schleppten Kisten, Holzlatten, Werkzeuge.

Tönne betrachtete zufrieden das Geschehen. Er war jetzt auf dem richtigen Weg. Wenn alles gut ging, würde nämlich auch Mechthild beim diesjährigen Schützenfest wieder dabei sein. Wenn er bis dahin den Mörder stellte, müsste die Polizei ihre Fehler eingestehen. Dann würde sich alles noch rechtzeitig zum Guten wenden.

Er blickte sich im Gewühl um. Neben einem der Frontlader entdeckte er Alwin Osterholt, seinen Nachbarn. Tönne glaubte kaum, dass Alwin sich hier besonders nützlich machen konnte. Aber es war ja auch immer gut, wenn einer einen Blick auf die Arbeit der anderen hielt. So würde es Alwin zumindest sehen.

„Tönne!“, begrüßte Alwin ihn freudig. „Bist du gekommen, um bei den jungen Leuten mit anzupacken?“

„Mit meinem Kreuz? Da wär ich wohl keine große Hilfe.“

Das war natürlich Unsinn. Tönne war überzeugt, immer noch jede Arbeit hier machen zu können. Im Gegensatz zu Alwin. Aber das musste er ihm ja nicht auf die Nase binden. Außerdem war er ohnehin aus einem ganz anderen Grund hier.

„Sag mal, Alwin, wo sind denn die Frauen?“

„Die Frauen? Im Zelt. Die binden die Papierrosen.“ Alwin betrachtete ihn nachdenklich. „Was willst du denn da? Willst du dich jetzt bei den Frauen nützlich machen? Das ist doch nicht nötig, Tönne. Du kannst doch sicher auch hier helfen. Werkzeuge anreichen. Oder Autos beim Einparken ranwinken. Es gibt immer was zu tun. Da musst du nicht gleich anfangen, Rosen zu binden.“

„Ich suche Susanne“, meinte Tönne leicht vergrätzt. „Das ist alles.“

Alwin schien erleichtert. Dieser Trottel, dachte Tönne. Werkzeuge anreichen. Eine Unverschämtheit war das. Aber er wollte großzügig darüber hinweggehen. Im Grunde suchte er ja gar nicht Susanne. Die war bei der Arbeit, sie hatte keinen Urlaub bekommen. Aber auch das würde er Alwin nicht auf die Nase binden.

„Ich werd dann mal“, sagte er und ließ seinen Nachbarn einfach stehen.

Im Festzelt waren bereits die Tische und Stühle aufgebaut. Auch die Theke war so gut wie fertig. In der Mitte hatten die Frauen einen großen Stuhlkreis gebildet. Umgeben von Krepppapier, Draht, Zangen und großen Kartons banden sie Papierrosen. Die sollten später an die Birkenzweige gebunden werden, mit denen Eingänge und Zeltwände geschmückt würden. Wie jedes Jahr.

Die Stimmung im Zelt war gut. Es wurde gelacht und gekichert. Das lag sicher an dem Aufgesetzten, der die Runde machte. Und wohl auch an den Lästereien, mit denen die Frauen sich die Zeit vertrieben.

„Tönne!“, rief eine, als sie ihn entdeckten. „Schleichst du dich heimlich zu den Frauen?“

„Du glaubst wohl, du hast leichtes Spiel, jetzt wo wir angetrunken sind!“

Es wurde laut gekichert. Die meisten von ihnen waren bereits im Rentenalter und nicht gerade eine Augenweide. Solche Späße waren genau nach ihrem Geschmack.

Magda Vestrup, die schon über achtzig war, richtete sich mit ihrem wuchtigen Busen auf und grinste breit.

„Also, ich hätte nichts dagegen, mal wieder so einen jungen Mann im Bett zu haben“, verkündete sie, woraufhin von allen Seiten schrill gelacht wurde.

„Ich habe mein Hörgerät gar nicht an, Magda“, konterte Tönne. „Sonst hätte ich gedacht, du hättest mich gerade einen jungen Mann genannt.“

Er sah sich suchend um. Dann hatte er sie endlich gefunden. Lisbeth. Sie saß still am Rand und schien nicht halb so gut gelaunt zu sein wie der Rest der Bande. Jetzt, wo sie zum Verein gehörte, musste sie bei den Vorbereitungen zum Schützenfest mithelfen. Da wurde jede helfende Hand gebraucht. Auch, wenn sie sich bestimmt etwas Besseres vorstellen konnte. Aber wie hieß es so schön? Mitgefangen, mitgehangen.

„Ich muss euch mal kurz die Lisbeth entführen“, sagte Tönne. „Ich bring sie gleich zurück.“

Sie stand dankbar auf, legte das Krepppapier zur Seite und verließ den Stuhlkreis. Mit entschuldigendem Lächeln folgte sie Tönne nach draußen.

Magda Vestrup trompetete ihm ein: „Und das nächste Mal entführst du mich, Tönne!“ hinterher, wieder gefolgt von lautem Gekicher. Dann waren sie schon draußen vor dem Zelt. Lisbeth atmete auf.

„Mir hat keiner gesagt, dass diese Vereinssache mit so viel Arbeit verbunden ist“, beschwerte sie sich.

„Du darfst das nicht als Arbeit ansehen, Lisbeth. Es ist Spaß. Du verbringst Zeit in der Gemeinschaft.“

„Spaß! Ich wollte mit dem Frontlader in den Wald fahren und Birkenzweige holen. Aber dann hieß es plötzlich, das machen die Männer. Die Frauen sitzen im Zelt und binden Rosen. Also war nichts mehr mit in den Wald fahren. Na toll. Schöner Spaß.“

Tönne blickte sich um. Sie waren hier unbeobachtet.

„Sag mal, Lisbeth. Meinst du, du kannst kurz weg?“

„Natürlich. Nichts lieber als das.“

„Gibt das keinen Ärger? Weil du doch neu bist.“

„Ach, was. Das passt schon.“

„Dann komm“, sagte er und steuerte die Straße an.

„Wo geht’s denn hin?“, fragte sie.

Plötzlich ertönte direkt neben ihnen ein lautes Röhren. Lisbeth trat erschrocken zur Seite. Auf der Wiese waren bunte Planen ausgerollt worden, und ein paar Männer hatten die Enden der Bahnen an ein lautes Gebläse angeschlossen.

„Was wird das denn?“, fragte sie verwirrt.

„Die Hüpfburg“, meinte Tönne. „Eine der größten in Deutschland. Die Kinder lieben das.“

Sie nickte anerkennend. „Ihr lasst euch nicht lumpen, das muss ich euch lassen."

„*Wir* lassen uns nicht lumpen, Lisbeth. *Wir*. Du gehörst ja jetzt dazu."

Er steuerte sein Auto an, das er neben der Auffahrt zur Straße geparkt hatte, und blickte in den Himmel. Wolken türmten sich auf, schon seit gestern. Aber bisher war es trocken geblieben.

„Ob das Wetter sich wohl hält?", meinte er und schloss den Wagen auf. „Wollen wir's hoffen."

Lisbeth achtete gar nicht darauf. Sie betrachtete nur verwundert das Auto.

„Fahren wir etwa mit dem Wagen weg? Wo willst du denn hin? Und wie lange werden wir genau wegbleiben?"

Tönne war bereits im Begriff, sich hinters Steuer zu schwingen. Er wollte keine Zeit mehr verlieren.

„Jetzt komm schon, Lisbeth. Steig ein."

Sie fixierte ihn. „Sag mir erst, wo du hinwillst."

Tönne presste die Lippen aufeinander. Lisbeth war nicht auf den Kopf gefallen, das wurde ihm wieder einmal klar. Sie spürte genau, wenn jemand was im Schilde führte.

„Jetzt steig schon ein", sagte er knapp. „Ich will dich nicht verschleppen, wenn du das meinst."

Er ließ sich hinters Steuer fallen und zog die Tür ins Schloss. Es wäre ihm lieber, das Ziel ihrer Fahrt erst zu verkünden, wenn Lisbeth bereits im fahrenden Auto saß. Und nicht mehr aussteigen konnte.

Sie zögerte, dann öffnete sie die Beifahrertür und setzte sich. Na also, es funktionierte. Tönne ließ den Motor starten und rollte von der Festwiese. Sie sahen noch, wie die Türme der Hüpfburg sich langsam mit Luft füllten, während dahinter gerade die Vogelstange aufgestellt wurde, dann rückte die Wiese aus ihrem Blickfeld.

„Jetzt sag schon, Tönne. Wo geht's hin?"

„Wir fahren zum Mörder von Werner Osthues."

„Du machst dich über mich lustig."

„Nein. Ich brauche deine Hilfe. Ich will da nicht alleine hin. Und du bist Polizistin."

„Der Mörder von Werner Osthues?" Sie runzelte die Stirn. „Und wer soll das bitte sein?"

„Das will ich dir gerne sagen." Er nahm den Blick von der Straße, um ihr direkt ins Gesicht sehen zu können. „Es ist Bernhard Ochtrup. Der Erste Brudermeister."

23

„Bleib sofort stehen, Tönne!"

„Wir sind doch gleich da."

„So läuft das aber nicht!" Gül raufte sich die Haare. „Wenn das wirklich Bernhard war, dann können wir da nicht einfach auftauchen und ihn stellen."

„Warum denn nicht? Willst du etwa wieder diese Idioten von der Kripo einschalten?"

„Ja. Genau das will ich! Das ist nichts für Amateure, Tönne. Außerdem sind die zuständig. Wir müssen das schon mit denen machen."

„Zuständig, zuständig. Immer dieselbe Leier mit dir. An dir ist wirklich eine deutsche Beamtin verlorengegangen, Lisbeth."

„Komm mir nicht so, Tönne. Da habe ich jetzt echt keine Lust drauf. Außerdem: Ich *bin* eine deutsche Beamtin, ob dir das passt oder nicht. Aber das hier hat nichts zu tun mit dummen deutschen Regeln oder Verbotsschildern, sondern mit Vernunft. Verstehst du? Das ist Wahnsinn, was du da machen willst."

„Weil ich ein Amateur bin, wie du sagst? Deshalb habe ich dich doch dabei. Ohne Polizei würde ich das nicht machen."

„Ich bin privat hier, Tönne. Und wenn ich es nicht wäre, dann ..."

Gül stieß die Luft aus. Das brachte ja ohnehin nichts. Sie kramte ihr Handy hervor. Als Erstes würde sie Heinz Bertling anrufen und danach die Kollegen aus Münster. Doch als sie die Nummer ihres Chefs gewählt hatte, stellte sie fest, dass sie kein Netz hatte.

„Hier unten am Moorbach kriegst du nie eine Verbindung, keine Chance“, sagte Tönne. Lag da eine Spur von Triumph in seiner Stimme? Hatte er das etwa mit eingeplant?

„Da vorne ist ja auch schon der Hof von Bernhard.“

„Tönne, dreh sofort um. Ich mach da nicht mit. Vergiss es.“

„Ich brauch dich aber, Lisbeth. Bernhard soll doch sehen, dass die Polizei auf meiner Seite ist. Verstehst du das denn nicht?“

Gül war fassungslos. Tönne hatte sie in diese Situation gelockt. Ohne Handynetz und eingesperrt in seinem Auto. Aber nicht mit ihr. Sobald sie auf dem Hof waren, würde sie von dort Heinz Bertling anrufen. Sie würde ihm erklären, was passiert war. Und dann musste alles ganz schnell gehen.

Sie wollte nur hoffen, dass sie mit Bernhard Ochtrup klarkämen, bevor die Kollegen vor Ort waren – vorausgesetzt Ochtrup war wirklich der Täter. Und wenn alles vorbei war, würde sie sich Tönne vornehmen.

Er fuhr über die schmale Zufahrtsstraße zu Bernhard Ochtrups Hof. Vorbei an einer Reihe von Windrädern und einer großen Biogasanlage. Die Stallungen rückten ins Blickfeld, dann das alte Wohnhaus. Tönne hielt neben dem Tennentor. Gül sah sich um. Nirgendwo war jemand zu sehen. Es wirkte seltsam ausgestorben auf dem Hof. Auch Tönne schien das zu bemerken.

„Vielleicht ist überhaupt gar keiner da?“, meinte sie.

„Bernhard ist immer da. Er muss sich ja um den Betrieb kümmern.“

Gül stieg aus und warf die Tür hinter sich zu. Es war totenstill. Nicht einmal ein Vogel war zu hören. Auch Tönne stieg aus. Er wirkte beunruhigt. Mit einem Streifenwagen und ein paar Kollegen hätte Gül sich deutlich wohler gefühlt.

„Lisbeth“, hauchte Tönne. „Da vorne.“

Er deutete zum Stall. Davor stand ein Traktor quer auf dem Hof. Die Schaufel des Frontladers war gelöst worden und hing schlaff herab. Blut war an der Schaufel und auch auf dem Hofpflaster.

Noch ein Mord, schoss es Gül durch den Kopf. Erst Werner Osthues, dann der Einbruch bei Tönne und jetzt das. Und wieder einmal war sie unbewaffnet. Offenbar ging Tönne ähnliches durch den Kopf. Er sah sie fassungslos an.

„Mein Gott, Lisbeth“, entfuhr es ihm.

Mit klopfenden Herzen näherten sie sich dem Traktor. Ein lebloser Körper rückte ins Blickfeld. Gül hielt die Luft an. Das war nicht Bernhard Ochtrup. Es war ein totes Schwein. Eine krepierte Sau in ihrer eigenen Blutlache.

„Hallo, ihr zwei“, kam es gutgelaunt von hinten.

Gül hätte beinahe aufgeschrieen. Sie wirbelte herum. Bernhard Ochtrup stand unversehrt auf dem Hof, mit einer Mistforke in der Hand, und lächelte sie an. Er schien völlig unbekümmert.

„Das ist ja eine Überraschung“, sagte er. „Was führt euch zwei denn zu mir?“

Und als keiner der beiden antwortete: „Tut mir leid wegen der Sau. So was kommt schon mal vor. Für zart besaitete Gemüter ist das natürlich nichts. Aber du müsstest doch so was eigentlich kennen, Tönne.“

24

Tönne hatte sich schnell wieder gefasst.

„Was ist denn hier passiert?“, fragte er und deutete auf den Traktor.

„Ach, die blöde Schaufel hat sich gelöst. Irgendwas stimmt mit der Vorrichtung nicht. Ich wollte die Sau gerade zur Kadaverentsorgung bringen.“

Tönne nickte. Er musste ein Lächeln unterdrücken. Also doch kein Mord. Vielleicht ging ja die Fantasie langsam mit ihnen durch.

„Jetzt sagt schon, was macht ihr hier?“, fragte Bernhard Ochtrup. „Ihr müsstet doch eigentlich auf der Festwiese sein. Ist was passiert?“

„In gewisser Weise schon“, sagte Tönne. „Es ist eine ernste Sache. Ich bin wegen Peter Meier hier.“

„Wer zum Teufel ist Peter Meier?“, ging Lisbeth dazwischen.

Ihr Tonfall war polternd. Ziemlich polternd sogar. Vielleicht hätte Tönne sie vorher einweihen sollen, was es damit auf sich hatte. Aber dafür war es jetzt zu spät. Und an Bernhards Gesicht erkannte er, dass er ins Schwarze getroffen hatte. Dieser Bär von einem Mann wirkte plötzlich ganz klein und blass und schuldbewusst.

„Peter Meier ist ein Strohmann“, klärte Tönne sie auf, ohne Bernhard aus den Augen zu lassen. „Über ihn wurden Gelder veruntreut. Vereinsgelder.“

Er trat einen Schritt auf Bernhard zu. Nun hatte er ihn, das stand fest. Bernhard würde gestehen.

„Ich schätze, es ist *dein* Jahresbeitrag, der noch fehlt, Bernhard. Als Werner bei dir war, um den Beitrag abzukassieren, da hat es Streit gegeben. So war es doch, Bernhard? Werner war aufgebracht, weil er dahintergekommen war, was es mit diesem Peter Meier auf sich hatte.“

Bernhards Kinnlade fiel herab. Plötzlich wirkte er nicht mehr ertappt, sondern völlig überrascht.

„Du denkst, *ich* habe Werner ermordet? Ist es das, was du mir damit sagen willst? Mein Gott, Tönne. Du kennst mich seit über sechzig Jahren. Denkst du wirklich, ich könnte jemanden ermorden?"

Tönne wollte sich nicht erweichen lassen. Er musste eisern bleiben, wollte er die Wahrheit ans Licht bringen.

„Jeder ist dazu fähig, einen Mord zu begehen", sagte er kühl. „Die Frage ist nur, was alles passieren muss, um die Hemmschwelle zu senken. Der Eisenhut in deinem Garten blüht wunderschön, nicht wahr? Den gibt es nicht mehr oft in der Gegend."

Bernhard sah aus, als hätte Tönne ihm ins Gesicht geschlagen. Dieser wuchtige Mann, mit dem man sich sonst besser nicht anlegte, war schachmatt gesetzt. Tönne hielt inne.

Bernhard ließ seinen Blick über den Hof wandern, über die Windräder, die Biogasanlage. Auf eine Weise, als hätte dies alles keinen Sinn mehr, wenn man ihn für einen Mörder hielt.

„Kommt mit ins Haus", sagte er. „Ich erzähle euch alles, was ich weiß. Aber eins sollt ihr gleich wissen: Ich habe kein Geld veruntreut. Und einen Mord habe ich auch nicht begangen. Aber jetzt kommt."

Lisbeth sah unsicher von Bernhard zu Tönne. Sie hielt es offensichtlich für keine gute Idee, ihm ins Haus zu folgen. Aber Tönne sah das anders. Denn in einem hatte Bernhard recht: Sie kannten sich seit über sechzig Jahren. Er wusste genau – wenn Bernhard ihm etwas antun wollte, dann würde er sich laut brüllend auf ihn stürzen. Er würde ihn nicht in einen Hinterhalt locken. Nicht Bernhard. Außerdem wirkte er geknickt und angeschlagen. Es würde ihnen schon nichts passieren.

Er nickte Lisbeth zu, um ihr klar zu machen, dass alles in Ordnung war. Sie zögerte, dann nickte auch sie. Offenbar vertraute sie Tönne.

Bernhards Frau war nicht zu Hause. Sicher war sie irgendwo auf der Festwiese und half beim Aufbau. In der verwaisten Küche ließ Bernhard sich schwerfällig auf einen Stuhl sinken. Tönne nahm ebenfalls Platz. Nur Lisbeth blieb an der Anrichte stehen. Sie wollte es sich wohl nicht zu gemütlich machen.

„Tönne, mein alter Freund", sagte Bernhard. „So weit ist es also gekommen. Du hältst mich für einen Mörder. Aber ich darf dir wohl keinen Vorwurf machen." Er holte tief Luft. „Wenn ich dir erzähle, was war ... Kann ich mich auf dich verlassen? Dass du es für dich behältst?"

Tönne brauchte dazu im Grunde gar nichts zu sagen. Bernhard wusste auch so, dass er schweigen konnte. Zwar war Tönne gern auf dem neuesten Stand, und manche hielten ihn für neugierig. Aber er war kein Waschweib. Und das wusste Bernhard ganz genau.

„Natürlich kannst du dich auf mich verlassen, Bernhard", sagte er.

„Und was ist mit Lisbeth?"

„Ich lege meine Hand für sie ins Feuer", erwiderte Tönne feierlich.

„Ich war gar nicht auf dem Schützenfest", sagte Bernhard. „An dem Abend, als Werner starb."

Tönne verstand jetzt gar nichts mehr.

„Was sagst du da, Bernhard?"

„Natürlich waren Sie da", meinte Lisbeth. „Ich habe Ihre Personalien aufgenommen. Wissen Sie das nicht mehr?"

„Ich war nur ganz am Anfang da, um dem Königspaar die Aufwartung zu machen. Dann hab ich mich davongeschlichen. In dem Gewühl hat keiner was gemerkt. Als ich zurückkam, war die Polizei schon da. Ihr habt gerade alles abgesperrt. Ich hatte meine liebe Not, unbemerkt über den Zaun zu klettern, damit ihr meine Personalien aufnehmen konntet."

„Aber ... wo warst du in der Zwischenzeit?"

Er zögerte mit der Antwort. „Du weißt ja, dass es mit meiner Ehe nicht zum Besten steht, Tönne.“

„Du hast … eine andere? Bernhard! Hast du denn keine Ehre im Leib?“

Das entlockte Bernhard ein müdes Lächeln.

„Erinnerst du dich an Hildegard Kentrup?“, fragte er.

Das machte Tönne sprachlos. Natürlich erinnerte er sich. Damals, in den frühen Sechzigern, da wären sie beinahe ein Paar geworden. Bernhard und Hildegard hatten zusammen die Volksschule besucht. Sie hatte sich in Bernhard verguckt, und alle wussten das. Na ja, alle außer Bernhard, der den Eindruck hatte, von Hildegard auf Abstand gehalten zu werden. Was er nicht begriffen hatte war, dass auch Hildegard unsterblich verliebt gewesen und nur Angst vor ihren eigenen Gefühlen gehabt hatte. Und dieses Missverständnis hatte am Ende dafür gesorgt, dass beide jemand anderen geheiratet hatten. Es war wie in einem dieser Schmachtfetzen.

Tönne brauchte einen Moment, um das zu verdauen.

„Du triffst dich mit Hildegard? Dann gehst du also fremd?“

„Ich gehe nicht fremd!“, polterte er und wurde sofort wieder ruhig. „Na ja, nicht richtig, jedenfalls. Ich ... wir haben keinen ...“ Er wurde rot. Das war ja kaum zu glauben. Dieser gestandene Mann war plötzlich schüchtern. „Wir reden halt nur. Über die alten Zeiten. Über uns. Das ist alles. Es ist schön, mit ihr zusammen zu sein. Mehr will ich gar nicht. Und sie hat ja auch einen Mann. Und sie würde niemals ...“

„Schon gut, Bernhard. Ich verstehe.“

„Es sollte halt nicht auffallen. Und ich hab es ja auch geschafft, mich ins Zelt zu stehlen, als die Polizei da war.“

Tönne warf Lisbeth einen Seitenblick zu. Aber die wusste offenbar auch nicht so genau, was sie von der ganzen Sache halten sollte.

„Und was ist jetzt mit Peter Meier?“, fragte Tönne.

„Nun ja. Es ist *mein* Beitrag, der fehlt. Da hast du Recht, Tönne. Werner war hier zum Kassieren. Er hat gemerkt, was los war. Das war bis dahin nie ein Problem gewesen. Du hast ja seine Ordnung gesehen, da steigt keiner durch. Er selbst am allerwenigsten. Ich kann als Erster Brudermeister Rechnungen bezahlen, ich hab ja die Kontovollmacht. Alles keine große Sache. Eigentlich müsste ich das dann aber sofort mit dem Kassenwart abstimmen. Nur bei Werner brauchte man das nicht. Der hätte gar nicht gewusst, was ich von ihm wollte. Und es war auch nie aufgefallen. Vielleicht ... vielleicht hab ich es am Ende ein bisschen übertrieben."

„Warst du das, der bei mir eingebrochen ist?"

„Himmel, nein! Tönne, ich bitte dich! Das muss dieser Einbrecher gewesen sein, der derzeit in der Gegend unterwegs ist. So wie das die Polizei gesagt hat. Bitte. Das war Zufall."

Bei Tönne blieben gewisse Zweifel zurück. Das wäre schon ein gewaltiger Zufall gewesen.

„So dramatisch war die Sache ja auch nicht", fuhr Bernhard fort. „Es ist schließlich kein Geld veruntreut worden. Da ist nichts bezahlt worden, was nicht auch geleistet wurde."

Tönne runzelte die Stirn. „Und der Schlafzimmerschrank? Nur so als Beispiel. Wofür hat der Verein den denn gebraucht?"

„Mit dem Geld habe ich eigentlich Malerarbeiten und Reparaturen bezahlt. Ich hatte halt gerade den Beleg zur Hand, weil meine Frau einen neuen Schrank fürs Schlafzimmer gekauft hatte. So konnte ich das Ganze verrechnen. Ich sag doch, es geht nur um Gelder, die der Verein ohnehin hätte bezahlen müssen."

„Warum dann dieser Peter Meier? Wohin ist das Geld gegangen?"

Bernhard zögerte. „Also, das war so ...", setzte er an, dann stieß er einen Seufzer aus. „Sein Name sollte nicht in der Buchhaltung auftauchen. Deshalb."

„Wessen Name?“

„Tönne, bitte. Das kann ich nicht sagen.“

„Wieso denn nicht? Das bleibt unter uns, das haben wir dir doch versprochen.“

„Es ist ein junger Mann, für den ich verantwortlich bin. Er brauchte Geld, und deshalb habe ich ihn für den Verein arbeiten lassen. Es hätte nur böses Blut gegeben, wenn alle im Verein gewusst hätten, wie viel Geld das war.“

„Und wieso willst du den Namen für dich behalten?“

„Weil ich weiß, dass er nichts mit der Sache zu tun hat. Davon bin ich fest überzeugt. Frag mich nicht, weshalb. Aber du kannst mir da vertrauen. Bitte, Tönne. Du kannst mir vertrauen. Er hat mit der Sache nichts zu tun.“

Tönne war nicht wohl bei der Sache. Er konnte diese Spur doch unmöglich ignorieren. Bernhard rückte näher, damit Tönne gezwungen war, ihm in die Augen zu sehen.

„Bitte glaub mir, Tönne“, sagte er.

Er hatte das Gefühl, seinem alten Nachbarn bis auf den Grund der Seele blicken zu können. Und da war nichts als Aufrichtigkeit. Tönne konnte nicht anders, als ihm zu glauben. Sie brauchten die Identität des jungen Mannes nicht. Denn wer immer dieser Junge war, er hatte sicher nichts mit der Sache zu tun.

25

Das Festzelt leuchtete strahlend weiß in der frühen Morgensonne. Von den nächtlichen Regengüssen war kaum noch was zu sehen. Am Rande der Festwiese ratterte eine Wasserpumpe, um die letzten Spuren zu beseitigen. Der Platzregen hatte die Wiese knöcheltief mit Wasser volllaufen lassen, und jetzt war man bemüht, alles abzupumpen, damit das Schützenfest keine Schlammschlacht würde. Aber wer genau hinsah, konnte am Horizont schon wieder dunkle Wolkenwände erkennen, die langsam aufzogen. Wenn sie Pech hatten, konnte das alles ein ziemlicher Reinfall werden.

Aber ihm war heute ziemlich egal, was aus dem Schützenfest würde. Ob es ins Wasser fiel oder nicht. Es sollte ohnehin sein letztes Schützenfest in Buddenbeck sein. Sobald wie möglich würde er von hier verschwinden. Aus diesem verfluchten Kaff.

Der einzige, der ihm jetzt noch gefährlich werden konnte, war Tönne Oldenkott. Dieser alte Sturkopf wollte einfach keine Ruhe geben. Dabei hätte ihm der Einbruch eine Warnung sein müssen. Er wollte für Tönne hoffen, dass er die Sache auf sich beruhen ließ. Denn wenn nicht, dann würde er sich zur Wehr setzen müssen.

Auch was das betraf, hatte er schon eine Idee. Tönne wurde langsam alt und seine Knochen gebrechlich. Das konnte bei einem Sturz böse enden. Wenn der alte Sturkopf keinen Frieden gab, dann würde es auch für Tönne das letzte Schützenfest werden. Dann würde er diesen Tag nicht überleben. Ein tragisches Unglück, aber so spielte das Leben manchmal. Keiner würde Verdacht schöpfen.

Immer mehr Autos parkten am Rande der Festwiese. Vor dem Zelt standen die Schützen in weiß-grünen Uniformen und mit Jägerhüten auf dem Kopf. Ein alter Seat rumpelte auf die Wiese. Der Pfarrer traf ein und hievte seinen wuchtigen Körper mühsam aus dem Wagen. Der Festgottesdienst würde gleich losgehen und damit das Schützenfest.

Besser, er mischte sich jetzt unters Volk. Er zupfte seine Uniformjacke zurecht und nahm Haltung an. Dann machte er sich mit ruhigen Schritten auf den Weg zu den anderen.

26

Ein echter katholischer Gottesdienst! Gül konnte es nicht glauben. Das hätte sie sich nicht träumen lassen, mal zu so was eingeladen zu sein. Noch dazu in einer Schützenuniform. Sie war ja Münsterländerin, so fühlte sie sich wenigstens, aber in dieser Tracht kam sie sich trotzdem etwas merkwürdig vor. Es fühlte sich an, als hätte sie sich für dieses Fest verkleidet.

Ihre Mutter war ganz aus dem Häuschen gewesen, als sie die Tochter in dem Aufzug gesehen hatte. Gül hatte sich nicht vom Fleck bewegen dürfen, bevor ihre Mutter die Kamera geholt hatte. Sie konnte gar nicht aufhören, Fotos von ihr zu schießen.

„Mehmet, komm schnell her!", hatte sie gerufen. „Sieh sie dir nur an! Unsere deutsche Helga!"

Ihr Vater tauchte mit etwas skeptischem Blick in der Tür auf.

„Ich weiß schon, was du denkst", sagte Gül. „Aber glaub mir, ich komme mir auch ziemlich bescheuert vor in diesen Klamotten. Genauso gut könnte ich einen Sari tragen. Oder eins von diesen afrikanischen Gewändern, die man so hochrüscht. Ist schon schräg, oder?"

„Ach, Unsinn", kam es von ihrer Mutter. „Du siehst toll aus, Kind. Und jetzt stell dich zu deinem Vater, dann mach ich ein Bild von euch beiden. Das muss ich unbedingt deiner Tante Fatma in die Türkei schicken."

Doch dann kam ihre Mutter stattdessen näher und befummelte neugierig das Revers.

„Sind das gestickte Eichenblätter? Nein, wie hübsch. Und was ist das hier?", fragte sie und fasste ihr an den Hals.

„Das ist eine Damenkrawatte. Das … weg da, Mama! Das tragen die Frauen statt einer richtigen langen Krawatte. Das ist … jetzt nimm deine Finger weg, du bringst das alles durcheinander!"

„Ach, ich bewundere dich doch nur. Sei nicht so eine Mimose. Und jetzt lächelt mal, ihr beiden."

Sie trat zurück und schoss wie verrückt Bilder. Ihr Vater lächelte aber nicht, sondern machte ein ernstes, getragenes Gesicht.

„Mach uns alle Ehre, ja?", flüsterte er ihr zu.

„Keine Sorge. Ich schieß den Vogel schon nicht ab, wenn du das meinst."

Er runzelte die Stirn. „Aber ist es nicht das, worum es da geht? Dass der beste Schütze den Vogel abschießt?"

„Ganz ehrlich, Papa, ich weiß es nicht. Morgen kann ich dir mehr dazu sagen."

Nun trat Gül in das Festzelt, wo gleich der Gottesdienst stattfinden würde. Stuhlreihen waren aufgebaut, wie in einer Kirche. Vorne stand ein geschmückter Altar mit brennenden Kerzen, links und rechts davon hatten sich junge Leute mit den Vereinsfahnen aufgestellt. Gül sah sich um. Sie fühlte sich, als wäre sie hier undercover eingeschleust worden, um für den BND zu spionieren. Oder so etwas in der Art.

Von überall kamen die anderen Schützen in ihrer Tracht. Nach und nach füllten sich die Reihen. Gül wusste gar nicht, wo sie sich hinsetzen sollte. Am besten irgendwo in die letzte Reihe, dort würde sie am wenigsten auffallen.

Die hellen Zeltwände waren mit Birkenzweigen geschmückt, und überall leuchteten die Papierrosen, die sie gebunden hatten. Das sah richtig hübsch aus. Wie bei einer Hochzeit. Als sie ihren Blick schweifen ließ, entdeckte sie Miko. Er stand mit dem Rücken zu ihr am Tresen. Neben ihm Bernhard Ochtrup. Die beiden unterhielten sich flüsternd. Die schienen ja eine Menge zu besprechen zu haben. Es wirkte regelrecht konspirativ. Dann legte Bernhard Ochtrup seine Hand auf Mikos Schulter und ließ sie dort liegen, während er weiterredete.

„Ein junger Schütze, für den ich mich verantwortlich fühle." Das hatte Bernhard Ochtrup gesagt. Es war Miko.

Gül war sich ganz sicher. Die Indizien verdichteten sich immer weiter zu einem Bild. Sie musste nur noch herausfinden, was für ein Motiv Miko gehabt hatte, Werner zu töten. Dann könnte sie zuschlagen. Das würde genügen, um die Kripo einzuschalten.

Sie sah sich nach dem Kassierer um, diesem Ludger Niehoff. Miko hatte ihn bedroht. Vielleicht konnte er Gül weiterhelfen. Doch da verstummten bereits die Gespräche, und die letzten Schützen suchten sich eilig einen Platz. Es ging los.

„Lisbeth! Wie schön, dass du gekommen bist."

Tönne war hinter ihr aufgetaucht und blickte sie voller Zuneigung an. Offenbar hatte er nicht damit gerechnet, dass sie schon zum Gottesdienst auftauchen würde. Gül wusste ja, dass Tönne religiös war. Aber jetzt begriff sie, dass er ihr Auftauchen hier offenbar als große Respektbekundung auffasste. Sie wurde verlegen.

„Jetzt, wo ich dazugehöre, muss ich mir doch auch alles ansehen", meinte sie. „Das ist hoffentlich kein Problem. Darf ich eigentlich dabei sein? So als Muslimin?"

„Natürlich darfst du! Was denkst du denn? Es ist uns eine große Ehre."

Er meinte es tatsächlich so. Gül spürte, wie sie rot anlief. Sie räusperte sich.

„Wir sollten uns langsam einen Platz suchen", meinte sie und steuerte die hintere Stuhlreihe an. Alle anderen Plätze waren ohnehin schon belegt. Also setzte sie sich mit Tönne ganz an den Rand. Von hier hatten sie eine gute Sicht über alle Anwesenden im Raum.

Gül bemerkte, dass Tönne einer der ganz wenigen war, die keine Uniform trugen. Wie an jedem anderen Tag hatte er seine Cordhose und ein Flanellhemd an. Die übrigen Stuhlreihen leuchteten in den Farben Weiß und Grün. Hüte wurden abgenommen, Handschuhe beiseitegelegt, dann fing schließlich der Gottesdienst an.

Gül lehnte sich entspannt zurück, um sich in Ruhe das Spektakel anzusehen. Doch plötzlich war überall Bewegung. Wie auf Kommando standen alle auf. Dann folgte großer Lärm. Das Blasorchester der Freiwilligen Feuerwehr spielte auf. Gül zuckte zusammen. Gab es hier auch Musik? Sie stand eilig auf. Die Leute um sie herum schlugen ein Liederbuch auf, und dann fingen auch schon alle an zu singen. „Lobe den Herren, den mächtigen König der Ehren." Zu ihrer Überraschung sang auch Tönne mit und zwar lautstark und voller Inbrunst. Sie wusste nicht genau, wie sie sich verhalten sollte. Aber einfach dastehen und ein freundliches Gesicht machen, das konnte so falsch nicht sein.

Nach dem Lied begrüßte der Pfarrer die Gemeinde, und kurz darauf setzen sich alle wieder hin. Wie auf Kommando. Nur Gül war wieder ein bisschen zu spät. Woher wussten die Leute alle, wann man stehen und sitzen sollte?

Tönne warf ihr einen Seitenblick zu. Sie lächelte. Der Pfarrer holte offenbar zu einer längeren Ansprache aus. Gül beschloss, sich darauf zu konzentrieren. Es wäre sicher mal interessant zu hören, was ein katholischer Pfarrer zu sagen hatte. Aber seine Stimme war so einschläfernd, dass ihre Gedanken immer wieder abdrifteten, egal wie sehr sie sich bemühte zuzuhören.

Sie sah zu Miko hinüber. Er saß ganz vorne und grinste selbstzufrieden. Doch sie ließ sich nicht täuschen, sie würde schon herausfinden, was Miko verheimlichte. Und dann konnte sie ihn endlich demaskieren.

Ein paar Reihen dahinter saß Ludger Niehoff. Er wirkte seltsam isoliert, selbst hier, mitten in der Messe. Träge blickte er zum Pfarrer und kratzte sich einen Pickel am Hals auf. Gül beschloss, ihn sich gleich nach dem Gottesdienst vorzunehmen.

Da standen wieder alle gleichzeitig auf. Wie auf Zuruf. Gül schreckte ebenfalls hoch. Sie hatte begriffen, dass man hier schnell reagieren musste.

Bernhard Ochtrup ging nach vorne zu einem Pult neben dem Altar. Er räusperte sich umständlich und begann, aus einem aufgeschlagenen Buch vorzulesen. Wahrscheinlich war das die Bibel. Der Text hörte sich jedenfalls sehr altertümlich an.

Gül hätte damit gerechnet, dass Tönne jetzt mit seiner ganzen Konzentration bei der Messe wäre. Aber er beugte sich zu ihr vor und begann zu flüstern.

„Wir haben im Grunde nicht viel von ihm erfahren. Du weißt schon, von Bernhard."

„Das stimmt", flüsterte Gül zurück. „Vor allem müssen wir wissen, wem er das Geld gegeben hat. Ich glaube nämlich nicht, dass derjenige nichts mit dem Mord zu tun hat."

„Nein, das glaube ich inzwischen auch nicht mehr." Und nach einer Weile fügte er hinzu: „Ich denke aber, ich weiß schon, wer das ist."

„Ach ja?", fragte Gül erstaunt. „Wer denn?"

Sein Gesicht verwandelte sich in das einer Sphinx.

„Später, Lisbeth. Ich muss noch eine Sache in Erfahrung bringen. Ein Puzzleteil. Dann kann ich mehr sagen."

Was sollte das denn jetzt? Als wenn er sich ihr nicht auch ohne dieses Puzzleteil anvertrauen könnte. Sie standen doch kurz vorm Ziel. Da brauchte man ja nicht plötzlich auf geheimnisvoll machen.

Ohne Vorwarnung dröhnte wieder die Blaskapelle los. Die Liederbücher wurden eilig aufgeschlagen, und es wurde noch einmal gesungen. Irgendwas mit einem Meerstern, Gül verstand den Text nicht so genau. Ihr Blick wurde wieder von Miko angezogen. Er sang ebenfalls kräftig mit. Überhaupt, wie er dastand! Wie eine deutsche Eiche. Na warte, Bürschchen. Ich brauche nur noch das Motiv. Dann werde ich dich schon fällen, du blöde Eiche.

Als das Lied zu Ende war, setzten sich wieder alle. Der Gottesdienst ging weiter, aber Gül schaffte es einfach nicht, sich zu konzentrieren. Sie wurde langsam ungeduldig. Je eher sie mit Ludger Niehoff sprechen konnte, desto besser. Tönne hatte offenbar bemerkt, dass Gül immer wieder zu jemandem in der ersten Reihe hinübersah.

„Ist da was?“, flüsterte er. „Zu wem guckst du denn die ganze Zeit?“

„Zu keinem Bestimmten. Ich höre einfach zu, was der Pfarrer sagt.“

Tönne gab sich damit nicht zufrieden.

„Weißt du etwas, das du mir nicht gesagt hast?“

Sieh an, dachte Gül, sein Gespür ist gar nicht mal so schlecht. Aber sie konnte auch rätselhaft gucken, wenn es sein musste. Zuerst würde sie jedenfalls mit Ludger Niehoff sprechen.

„Später, Tönne“, sagte sie. „Ich muss noch eine Sache in Erfahrung bringen. Ein Puzzleteil. Dann kann ich mehr sagen.“

Jetzt guckte Tönne nicht mehr wie die Sphinx. Ganz im Gegenteil, er guckte ziemlich belämmert aus der Wäsche. Aber Gül ließ sich nicht aus dem Konzept bringen. Als die Blaskapelle wieder aufspielte, nahm sie eilig Tönnes Liederbuch, um einem weiteren Gespräch aus dem Weg zu gehen. Sie räusperte sich. Und bevor Tönne dazwischengehen konnte, stimmte sie etwas unsicher in die fremde Melodie ein und sang, so gut es eine Muslima eben konnte: „Das Heil der Welt, Herr Jesus Christ, wahrhaftig hier zugegen ist.“

27

Nach der Messe strömten die Menschen nach draußen auf die Festwiese. Der Himmel hatte sich inzwischen weiter zugezogen, und leichter Nieselregen setzte ein. Zum Glück waren die Bierstände auf der Wiese überdacht, sodass man wenigstens halbwegs im Trockenen stehen konnte. Die meisten Schützen tranken noch schnell ein Bierchen, bevor aufmarschiert wurde.

An den Parkplätzen machte sich derweil der Spielmannszug bereit und stimmte die Instrumente. Ein ziemliches Gequietsche war das, und Tönne hoffte, dass sie diesmal nicht ganz so schlecht spielen würden wie im letzten Jahr. Die Kutsche, die den alten König abholen sollte, stand ebenfalls bereit. Jetzt musste sich nur noch der Regen verziehen, dann konnte es losgehen. Tönne trat unters Vordach und sah prüfend in den Himmel. Es sah nicht aus, als würde es noch viel besser werden.

Lisbeth trat neben ihn ins Freie. Die Uniform stand ihr gut, das hatte er gleich zu Beginn gedacht. Viel besser als die Polizeiuniform. Es lag an den Farben. Grün und weiß sahen einfach gut an ihr aus. Und der Schützenhut mit der Feder wirkte richtig schmuck bei ihr. Auch wenn Tönne diese ganzen Uniformen ja eher lächerlich fand, so musste er zugeben, dass Lisbeth eine gute Figur darin machte.

Sie blickte sich suchend um. Als sie Ludger Niehoff an einem Bierstand entdeckte, setzte sie sich in Bewegung. Der war es also, mit dem sie sprechen wollte. Interessant.

„Wir sehen uns später, Tönne“, sagte sie.

„Jetzt warte doch. Was willst du denn von Ludger?“

„Nur fragen, wie’s weitergeht. Mit dem Aufmarschieren und so. Einer muss mir das erklären.“

Tönne runzelte die Stirn. Für wie blöd hielt sie ihn eigentlich? Glaubte sie, er würde das nicht durchschauen?

„Na gut“, meinte er. „Ich hab auch gar keine Zeit. Bis später.“

Aenne Vaalbrock, seine Kollegin aus dem Vereinsvorstand, kam mit einer Torte auf ihn zugelaufen. Im Festzelt gab es gleich Kaffee und Kuchen für die Frauen, und Aenne gehörte wie jedes Jahr zu denjenigen, die gerne fürs Kuchenbüfett buken.

„Aenne!“, rief er. „Aenne! Hierher!“

Sie entdeckte ihn und strahlte.

„Tönne! Grüß dich! Was für ein Wetter, oder?"

„Ach, das wird gleich noch besser. Das zieht wieder ab."

Er bemerkte im Augenwinkel, dass Lisbeth neugierig herübersah. Offenbar wollte sie wissen, was Tönne von Aenne wollte. Sie zögerte, blickte Ludger hinterher. Dann traf sie eine Entscheidung und kehrte zu Tönne zurück.

„Hallo, Gül. Du siehst toll aus in der Schützenuniform", sagte Aenne. „Wir haben uns so gefreut, als wir gehört haben, dass du in den Verein willst. Wir haben ja sonst keine ... Ich mein, ihr gehört doch auch irgendwie dazu. Du bist doch ..." Sie wurde verlegen. Wie drückte man so was am besten aus, ohne das Wort Türkin demonstrativ in den Mund zu nehmen? „Also, du weißt schon, was ich meine. Wir freuen uns jedenfalls."

„Danke, Frau Vaalbrock. Ich bin gerne hier."

„Das ist schön. Du musst nachher unbedingt meinen Kuchen probieren", sagte sie und hielt demonstrativ ihren Tortenbehälter hoch. „Rhabarberbaiser. Das Beste, was du heute hier kriegen kannst, wenn ich das mal ganz bescheiden sagen darf. Oder, Tönne?"

„Sicher, Aenne. Davon bin ich überzeugt." Er räusperte sich. „Sag mal, Aenne, ich muss dich was fragen. In meiner Funktion als Kassenwart. Ich müh mich ja immer noch mit dem Konto ab, nachdem sie bei mir eingebrochen haben."

„Ja, das war schrecklich. Wie kann ich dir helfen?"

„Du organisierst doch das Kinderschützenfest. Hast du dafür Geld vom Verein bekommen?"

„Nein, das läuft doch alles ehrenamtlich."

„Und wurde in letzter Zeit irgendwas angeschafft? Material oder Uniformen? Vielleicht gab's Handwerker, die bezahlt worden sind?"

„So genau weiß ich das gar nicht. Das mit den Finanzen hat ja immer Werner gemacht. Und Ludger hat den Großteil des Kassierens übernommen. Aber ich denk noch mal drüber nach. Vielleicht fällt mir was ein. Ich kann auch mal rumfragen, ob jemand was abgerechnet hat."

„Lass mal, ich kann Ludger auch selber fragen. Aber sag mal, wer macht eigentlich alles bei euch in der Vorbereitungsgruppe mit?"

„Ach, eine Menge Leute. Hauptsächlich Mütter. Aber auch ein paar Schützen. Neuerdings ist Mikolaj dabei. Die Kinder sind ganz vernarrt in ihn. Er macht das toll, wirklich. Bringt den Jungs das Schießen bei und so. Und dann so ein gutaussehender Mann. Also, Tönne, ich sag dir, wenn ich dreißig Jahre jünger wäre ..." Sie zwinkerte ihm zu.

Tönne meinte zu bemerken, dass Lisbeths Gesichtszüge entgleisten, und er glaubte nicht, dass es an Aennes anzüglicher Bemerkung lag. Doch er kam nicht mehr dazu, sie zu fragen, was dahintersteckte, denn auf der Wiese winkten ein paar Schützen und riefen ihren Namen.

„Jetzt komm schon, Gül", rief einer. „Beeil dich. Es geht los. Aufstellen."

Lisbeth sah aus, als wäre sie mit den Gedanken ganz woanders.

„Ich muss los", murmelte sie und stürzte davon.

Aenne sah ihr nachdenklich hinterher.

„Ist alles in Ordnung mit ihr?", fragte sie.

„Ich glaube schon. Das ist nur die Aufregung, denke ich. Sie ist das erste Mal dabei. Wie auch immer. Danke für die Auskunft, Aenne."

„Immer gerne. Ich frage noch mal nach, ob ein anderer was weiß. Dann sag ich dir Bescheid. Und vergiss nicht, Tönne, Rhabarberbaiser. Den *musst* du probieren."

„Das mache ich, Aenne. Versprochen."

Tönne sah sich nachdenklich um. Jetzt musste er nur noch eine Person finden und befragen. Dann hatte er Klarheit.

Auf der Wiese stellten sich gerade die Schützen in Reih und Glied auf. Der Nieselregen hatte aufgehört, wenigstens für den Moment, was die Stimmung ein bisschen hob. Zwar wehte noch ein kühler und feuchter Wind, aber immerhin standen sie nicht mehr im Regen herum.

Die Schützen trugen Holzwaffen oder Spazierstöcke statt Gewehre über der Schulter. An die Enden hatten sie Blumensträußchen gebunden, als Zeichen dafür, dass sie in Friedenszeiten lebten. Auch so eine alte Tradition. Franz Stratmann lief mit übertrieben wichtigtuerischem Gesicht die Reihen ab. Seine Uniform war über und über behängt mit Orden, Kordeln und Quasten. Auf dem Kopf trug er einen Hut mit riesigem Federbusch. Und trotzdem siehst du aus wie ein halber Hahn, fand Tönne.

Franz Stratmann prüfte, ob alle Schützen in der Reihe ordentlich angezogen waren, stramm standen und auch sonst keinen Anlass zu Tadel gaben. Wo er irgendwelche Mängel beobachtete, mussten Schützen vortreten und Strafen auf sich nehmen. Natürlich dauerte es nicht lange, da rief er auch Lisbeths Namen auf. Sie hatte kein mit Blumen geschmücktes Gewehr. Es hatte ihr offenbar keiner gesagt, dass das Pflicht war. Franz Stratmann verfügte, dass sie zur Strafe fünfzehn Liegestützen machen musste. Lisbeth sah sich um, als wäre sie nicht sicher, ob das sein Ernst wäre. Aber die anderen Schützen grinsten nur blöde, und sie begriff, dass so offenbar die Regeln waren. Tönne huschte ein Lächeln übers Gesicht. Lisbeth stand tatsächlich völlig fassungslos da. Aber es half nichts, sie musste runter und Liegestützen machen. Auf der regennassen Wiese.

„Opa! Opa! Hast du die Hüpfburg gesehen?“

Annie tauchte freudestrahlend neben ihm auf.

„Da kann man rutschen und klettern und alles! Und da sind Tiere drin! Ganz große Tiere.“

„Tiere? Das ist ja interessant.“

„Du musst unbedingt mitkommen! Und dann sollst du gucken, wie ich die große Rutsche nehme.“

Tönne sah sich um. Susanne und Martin schlenderten herbei. Sie waren also auch inzwischen eingetroffen.

„Wo ist denn Sophie?“, fragte er. „Ist die zu Hause? Hatte wohl keine Lust auf Schützenfest, oder?“

„Die ist auf der Hüpfburg“, meinte Susanne. „Aber mit voller Kraft. Ich hätte ja gedacht, die ist zu alt dafür. Aber die springt da rum, als wäre sie wieder neun. Da wird einem das Herz weich, sag ich dir.“

„Komm mit, Opa!“, quengelte Annie.

„Da gibt's auch Kühe“, meinte Martin. „Große aufgeblasene Plastikkühe. Und Annie ist sogar auf eine Kuh draufgeklettert. Nicht wahr, Annie?“

Jetzt wurde auch Tönne das Herz weich.

„Ist das wahr, Kind? Du bist auf die Kuh geklettert?“

Und als sie stolz nickte, meinte er: „Du machst deinen Opa wirklich glücklich.“ Er wuschelte ihr zufrieden durchs Haar. „Ich komme gleich zur Hüpfburg. Lauf schon mal vor. Wir wollen nur erst ein Bierchen trinken, deine Mama und ich.“

Annie rannte davon, und Tönne wandte sich mit feuchten Augen Susanne und Martin.

„Sie ist eben doch eine Oldenkott“, sagte er gerührt. „Sie hat keine Angst vor Kühen, das hab ich gleich gesagt. Also, für mich hört sich das an, als müssten wir darauf anstoßen.“ Und mit etwas gebremster Begeisterung fragte er: „Du trinkst doch heute auch einen, Martin?“

„Also gut. Heute mach ich mal eine Ausnahme.“

Das war ja auch das Mindeste. Schließlich war Schützenfest!

Susanne betrachtete das Treiben auf der Schützenwiese. Die neuen Mitglieder wurden nach vorne gerufen und bekamen einen Orden. Das Ganze mit viel Trara und dem typischen Gehabe.

„Sag mal, Papa, du bist doch vierzig Jahre im Verein“, sagte sie. „Da kriegst du bestimmt auch einen Orden verliehen, oder?“

Natürlich. Das war ein guter Hinweis. Er wollte sich lieber gleich aus dem Staub machen, bevor er aufgerufen wurde. Den Orden konnten sie ihm auch später geben. Er wollte ihn sich hier auf keinen Fall vor allen Leuten mit militärischen Ehren anstecken lassen. Von Franz Stratmann. Soweit kam es noch. Er hätte gar nicht gewusst, was für ein Gesicht er dabei machen sollte.

„Ich verschwinde mal schnell", sagte er. „Und hole uns ein Bierchen."

Als er sich umdrehte, hörte er Susanne zu Martin sagen: „Gül sieht gut aus in ihrer Uniform, oder? Aber trotzdem. Ich würd ja im Leben keine Uniform anziehen. Im Leben nicht. Oder, Martin? Diese Uniformierten, die machen sich doch zum Affen, wenn du mich fragst."

Na also. *Das* war sein Mädchen. Selten war er so stolz auf seine Tochter gewesen. Tönne trat ins Zelt, wo die Ehrenamtlichen inzwischen das Kuchenbüfett aufgebaut hatten. Die älteren Frauen aus Buddenbeck, die sich vor dem Regen ins Innere geflüchtet hatten, saßen nun mit Kaffee und Kuchen an den Tischen. Am Biertresen hatten sich ein paar ältere Bauern versammelt. Auch Ludger Niehoff hockte etwas abseits an der Theke und trank ein Bier. In seiner frisch gebügelten Uniform.

„Ludger!", rief Tönne. „Bist du gar nicht beim Aufmarschieren dabei?"

Ludger sah etwas träge auf. Offenbar hatte er schon einen sitzen. Dann blickte er mit glasigen Augen nach draußen zur Wiese. Plötzlich kam Leben in seinen Körper.

„Verflucht! Die haben ja schon angefangen!"

Er sprang auf und zog seine Uniform zurecht. Als er loslaufen wollte, hielt Tönne ihn zurück.

„Warte kurz, Ludger. Ich hab da eine Frage an dich. In meiner Funktion als Kassenwart. Haben wir Geld fürs Kinderschützenfest ausgegeben?"

„Nein. Keinen Euro. Wofür denn auch?"

Tönne nickte. Das war alles. Ludger hätte es sicher gewusst, wenn da was gewesen wäre. Tönnes Verdacht hatte sich bestätigt. Diese Spur würde ihn nicht zum Mörder führen.

„Dann beeil dich mal“, sagte er.

Ludger nickte fahrig und hastete davon. Wie viele Liegestützen er wohl in diesem Zustand schaffen würde?

Draußen hörte Tönne Franz Stratmann seinen Namen rufen.

„Anton Oldenkott! Bitte antreten!“

Die Leute blickten sich suchend um, und Tönne trat schnell einen Schritt zur Seite, damit sie ihn im Zelt nicht sehen konnten.

„Anton Oldenkott! Letzte Chance!“

Von wegen, letzte Chance. Er würde schön im Zelt bleiben. Seine Ohren waren nicht mehr die Besten. Er hatte Franz gar nicht gehört, würde er später behaupten. Was für eine Schande. Da sollte man schon einmal geehrt werden, und dann so was. Wirklich ärgerlich.

„Drei Bierchen“, sagte er zum Thekenpersonal. „Aber Sieben-Minuten-Biere, wenn’s geht. Lasst euch ruhig Zeit.“

Draußen ging das Programm weiter. Die Ehrungen waren vorüber, und der Spielmannszug marschierte auf. Besonders gut waren sie natürlich nicht, dafür aber ziemlich laut. Vielleicht lag es ja an der Entfernung, aber Tönne fand, sie spielten besser als letztes Jahr. Die Schützen setzten sich in Bewegung. Der Spielmannszug ging voran, die übrigen uniformierten Männer und Frauen marschierten hinterher.

„Jetzt seht euch das an“, sagte einer der Bauern. „Wenn wir so bei der Bundeswehr marschiert wären, dann hätten die uns nicht so schnell wieder nach Hause gelassen.“

Tönne blickte sich um. Durch den Seiteneingang konnte er die matschige Wiese erkennen. Saftig grünes Gras, ein Stall, eine Hecke und darüber der zerklüftete Wolkenhimmel.

Ein rostiger Passat fuhr vor. Jemand stieg aus und öffnete den Kofferraum. Ein gutes Dutzend Vereinsflaggen ragten heraus. Es war Manfred. Er bereitete also schon den Fahnenschlag vor. Das traf sich ja hervorragend. Tönne wandte sich an die Tresenleute.

„Ich bin kurz weg", sagte er. „Nur ein paar Minuten. Ich komme gleich wieder."

Dann steuerte er den Seitenausgang an und trat auf die Wiese. Eine gute Gelegenheit, mit Manfred allein zu sprechen. Tönne hatte wieder einmal Glück. Es lief wie am Schnürchen. Manfred sah auf und entdeckte ihn.

„Tönne! Wie geht's?" Er zog bedächtig die Fahnen aus dem Kofferraum. „Wollen wir hoffen, dass es noch ein bisschen länger trocken bleibt, oder?"

„Ja, hoffen wir's."

Er sah Manfred eine Weile bei der Arbeit zu.

„Ich hatte ja gedacht, dass Mechthild heute wieder mit uns feiern kann. Eigentlich hätten wir den Mörder längst der Polizei übergeben müssen."

Manfred hielt inne. Er betrachtete Tönne neugierig.

„Das wär natürlich toll gewesen. Vor allem für Mechthild. Aber wir tappen doch noch völlig im Dunkeln, was die Sache angeht. Oder etwa nicht?"

„Ehrlich gesagt, ich glaube nicht, dass ich noch im Dunkeln tappe. Nein, ganz im Gegenteil. Mir ist jetzt ziemlich klar, was passiert ist."

„Aber ... Heißt das, du weißt jetzt, wer den Mord begangen hat?"

„Ja, Manfred. Und ich kann es dir auch sagen." Er betrachtete ihn mit einem traurigen Lächeln. „Du warst es."

28

Nachdem der alte König abgeholt worden und die ganze Truppe zurück zur Schützenwiese marschiert war, konnte sich Gül endlich wieder um andere Dinge kümmern. Das Pflichtprogramm war vorerst beendet. Jetzt wurde der Holzvogel unter Applaus an der Stange hochgezogen, und das Schießen konnte beginnen. Ein großer Haufen Schützen umringte sofort den Schießstand, während ein mindestens ebenso großer Haufen den Bierstand umzingelte, der neben dem Schießstand aufgebaut war. Das war ja wieder typisch.

Gül sah sich nach Ludger Niehoff um. Irgendwo hier musste der sein.

Einer der jungen Schützen, die bei Güls Auftritt im Schießstand dabei gewesen waren, kam freudig auf sie zugelaufen. Er schien immer noch begeistert zu sein von ihrer Darbietung in der *Grünen Linde.*

„Gül! Du musst unbedingt schießen!“, rief er aufgeregt. „Zeig’s den anderen, komm schon. Bitte.“

„Bist du verrückt? Ich hol doch nicht den Vogel runter.“

„Das geht ja auch noch gar nicht.“ Er sah sie verwirrt an. „Deshalb sollst du ja *jetzt* schießen. Am Anfang schießen immer alle mit. Der Vogel sitzt noch bombenfest. Erst wenn der total zerschossen ist und der Rumpf gefährlich lose hängt, erst dann schießen nur noch die, die wirklich König werden wollen.“

„Aber das ist doch total sinnlos. Wozu soll ich dann jetzt schießen?“

„Verstehst du nicht?“ Er war wieder ganz begeistert. „Du könntest einen Flügel runterholen. Oder den Kopf. Das versuchen nämlich alle am Anfang. Und das schaffen nur die besten Schützen. Bitte, Gül. Schieß einfach noch mal wie in der *Grünen Linde*. Das wär sooo cool.“

„Einen Flügel runterholen ...“, sagte sie nachdenklich.

„Genau. Damit könntest du es allen hier zeigen.“

Der Gedanke gefiel ihr. Vielleicht wäre das sogar ganz lustig. Aber dann lief plötzlich Ludger Niehoff durchs Bild. Er huschte zu einer kleinen Baracke und verschwand dort durch eine Tür. Sicher war das ein Lager oder so. Das war ihre Chance, ihn alleine zu sprechen.

„Später vielleicht“, sagte sie eilig. „Ich bin gleich wieder da.“

Und dann lief sie Ludger hinterher. Die Tür war nicht verschlossen. Sie schlüpfte hindurch – und befand sich auf einer Toilette. Hier war das Herren-WC. Gül erstarrte vor Schreck.

Am Pissoir stand ein fremder Mann. Bevor er sie entdeckte, schlüpfte sie eilig in eine Kabine und zog die Tür zu. Erst mal durchatmen. Dann spähte sie vorsichtig durch den Spalt. Ludger stand am Waschbecken und wusch sich die Hände. Sie musste nur warten, bis der andere Mann verschwand, dann konnte sie hinaus und mit Ludger sprechen.

Aber statt des Mannes verschwand Ludger. Er hatte sich nur schnell die Hände waschen wollen. Und ehe Gül ihm folgen konnte, betrat ein anderer Mann das WC und schnitt ihr den Weg ab. Er stellte sich ebenfalls ans Pissoir, und im nächsten Moment strullten zwei Männer lautstark in die Rinne. Gül wär am liebsten im Boden versunken.

„Was ist das gut, wenn das immer so klappt!“, meinte der eine.

„Weißte Bescheid? Das mein ich doch.“

„Herrlich. Das ist das Beste, was es gibt.“

„Jau. So ist es.“

Gül runzelte die Stirn. So sprachen Männer auf dem Klo miteinander? Sie spähte noch einmal durch den Spalt. Keiner sah her. Sie machte sich bereit, nach draußen zu schleichen.

„Der macht sich ganz schön breit, findest du nicht?“

„Meinst du Miko?“

„Ja, natürlich. Wen sonst?“

Gül erstarrte in der Bewegung.

„Ich mein, dafür, dass der nicht von hier ist. Wie lange ist der jetzt in Buddenbeck? Zwei Jahre? Mannomann. Irgendwas hat der doch vor, oder? Sonst interessieren sich die Zugezogenen doch auch nicht für den Verein.“

„Meinst du? Ist doch schön, wenn er Interesse zeigt. Auch wenn er das ein bisschen übertreibt. Aber er ist halt Bulle, das ist so bei denen.“

„Nein. Da stimmt was nicht. Ich werde den im Auge behalten, so viel ist sicher."

Na also, dachte Gül. Offenbar fand sie nicht als Einzige, dass mit dem was nicht stimmte. Die Männer drückten die Spülung und fummelten an ihren Hosen rum. Jetzt wurde es höchste Zeit. Eilig schlüpfte sie hinaus und stahl sich ins Freie. Draußen atmete sie auf. Es hatte funktioniert, sie war nicht erwischt worden.

Da entdeckte sie ein kleines Mädchen, das neben der Tombola stand und zu ihr herüberstarrte. Gül lächelte ihr zu und winkte, aber das Gesicht blieb starr. Gül wurde verlegen. Schließlich räusperte sie sich und ging eilig davon. Als sie sich nochmals umdrehte, erkannte sie, dass sich das Mädchen nicht vom Fleck bewegt hatte und ihr weiterhin mit finsterem Blick hinterhersah.

Gül unterdrückte den Impuls, hinüberzugehen und dem Kind die Situation zu erklären. Das war doch lächerlich. Lieber wandte sie sich ab und betrat das Festzelt. Irgendwo hier musste Ludger doch sein. Diesmal würde sie ihn nicht entwischen lassen.

Doch der Erste, der ihr im Zelt über den Weg lief, war nicht Ludger, sondern Miko. Er war gerade auf dem Weg zum Tresen, als er sie kommen sah, offenbar um Nachschub für sich und seine Jungs zu holen. Sein Gesicht hellte sich auf.

„Gül, da bist du ja", rief er, als wären sie hier verabredet gewesen. „Ich hab dich schon überall gesucht. Wir müssen unbedingt zusammen einen trinken. Aufs Schützenfest anstoßen, oder so. Jetzt sind wir nämlich nicht nur im Job Kollegen, sondern auch hier."

Gül konnte es kaum glauben. Er schaltete sofort in den Flirtmodus. Tat ganz harmlos. Aber nicht mit ihr. Sie presste die Lippen aufeinander. Wenn sie nur schon mit Ludger gesprochen hätte, dann würde sie ihm jetzt seine ganzen Lügen um die Ohren hauen können. Aber so fehlten ihr die Beweise.

„Was ist denn los mit dir?“, fragte er.

Gül schaffte es nicht, sein falsches Spiel mitzumachen.

„Mir machst du nichts vor“, sagte sie frostig.

„Ich ... ich weiß nicht, was du meinst.“

Jetzt stand er da und blickte sie mit großen Augen an, als könnte er kein Wässerchen trüben. Gül sah sich um. Keiner war in der Nähe. Niemand konnte ihr Gespräch mit anhören.

„Ich weiß, dass du es warst“, zischte sie. „Du bist der Mörder. Und auch wenn ich es jetzt noch nicht beweisen kann. Ich werde dich kriegen, Miko. Früher oder später bist du dran. Das schwöre ich dir.“

Nun fiel ihm die Kinnlade herab.

„Du denkst ... *ich*?“ Er wurde laut. „ICH?“

Ein paar der Frauen drehten sich zu ihnen um. Gül wollte auf keinen Fall mehr Aufmerksamkeit als nötig erwecken. Aber sie wusste auch nicht, was sie tun sollte. Er starrte sie an, als wäre sie eine Fremde. Und in seinen Augen lag Schmerz. Und brennende Enttäuschung.

Gül konnte nicht glauben, was sie sah. Hatte sie etwa die Macht, ihn zu verletzen? Diesen selbstgefälligen überheblichen Typen? Das war doch gar nicht möglich. Außerdem hatte sie doch Recht mit dem, was sie sagte. Miko war der Täter, das stand außer Frage.

Aber etwas ließ sie nun doch zweifeln. Dieser verletzte Blick wirkte so echt. Konnte man so etwas vortäuschen? Irgendwie beschlich sie plötzlich das Gefühl, hier einen großen Fehler zu machen. Hatte sie sich vielleicht doch geirrt?

„Miko ... du willst doch nicht behaupten, dass ...“

„Nein“, schnitt er ihr das Wort ab. Seine Stimme war kühl. „Ich habe verstanden. Du hältst mich für einen Mörder. Mich, deinen Freund und Kollegen.“

Wie er das formulierte, klang es tatsächlich sehr hart. Aber Gül hatte Indizien. Sie dachte sich das Ganze ja nicht einfach aus.

„Mechthild ist unschuldig“, sagte sie. „Davon bin ich überzeugt. Irgendjemand muss Werner das Gift doch in die Flasche gefüllt haben. Du warst an dem fraglichen Abend auf dem Schützenfest. Ich habe gesehen, wie du Ludger neulich bedroht hast, vor dem Uniformladen. Wie du mit Bernhard Ochtrup konspirative Gespräche führst. Du wolltest Kassenwart werden, nach Werners Tod. Weshalb? Um etwas zu vertuschen? Außerdem wirst du jedes Mal ziemlich einsilbig, wenn ich dich auf die Tatnacht anspreche.“

Jetzt, wo sie es laut aussprach, hörte es sich nicht mehr ganz so überzeugend an, wie es ihr gerade noch vorgekommen war. Aber sie durfte sich von diesen großen Augen nicht zu sehr aus dem Konzept bringen lassen. Da hatte sie schon ganz andere Verbrecher gesehen. Die plötzlich allesamt keiner Fliege was zuleide tun konnten, nur weil die Polizei da war.

„Ich weiß, dass Mechthild unschuldig ist“, sagte er. „Das ist ja der Grund, weshalb ich heimlich angefangen habe, zu ermitteln.“

Nun war es Gül, der die Kinnlade herabfiel.

„Du hast – *was*?“

„Ich habe der ganzen Sache nicht getraut. Die Kollegen von der Kripo haben bestimmt ordentlich gearbeitet, keine Frage. Es wirkt ja auch alles ganz stimmig. Und die Beweise sind überzeugend. Aber wenn man hier lebt, dann ist das anders. Ich wusste, da stimmt was nicht. Ich wollte die Sache nicht einfach auf sich beruhen lassen.“

„Aber ... was hast du von Ludger gewollt? Am Marktplatz, als du ihn bedroht hast?“

„Ich dachte, er wusste, was Werner herausgefunden hatte. Schließlich hat Ludger den Großteil der Beiträge kassiert. Die machen das ja zusammen. Irgendwas muss passiert sein an dem einen Abend, an dem Werner kassiert hat. Und diese Sache musste etwas mit seinem Tod zu tun haben. Aber Ludger ist völlig unbedarft. Der weiß gar nichts. Ein netter Kerl, aber eben ein bisschen einfältig.“

Gül spürte, wie ihr das Blut in den Kopf schoss.

„Und ... was war mit Bernhard?“

„Ich hatte ihn eine Zeitlang verdächtigt. Aber jetzt glaube ich nicht mehr, dass er es war. Er war in der Nacht die meiste Zeit gar nicht auf dem Schützenfest. Er hat so etwas wie eine Freundin, habe ich herausgefunden. Als Täter kann man ihn wohl ausschließen.“

Miko war nicht der Mörder. Davon war sie jetzt überzeugt. Sie fühlte sich grässlich. Es war ja furchtbar, was sie ihm da unterstellt hatte.

„Da ist sie ja!“, brüllte jemand hinter ihnen. „Hey, Gül! Hier sind wir!“

Drei junge Schützen kamen auf sie zugelaufen. Der Junge von eben und seine Kumpels, die auch beim Schießen in der *Grünen Linde* gewesen waren. Wie sie aussahen, hatten alle drei schon einen im Tee.

„Du kommst sofort mit zum Schießstand!“, lallte einer. „Keiner glaubt uns, dass du die beste Schützin hier bist. Du musst es ihnen zeigen.“

„Sorry, Jungs. Aber ich hab jetzt echt keine Zeit. Das ist ein ganz schlechter Zeitpunkt.“

„Du bist hiermit festgenommen“, lallte der Zweite. „Keine Chance. Du hast das Recht ...“ Er kratzte sich am Kopf.

„Die Aussage zu verweigern“, ergänzte der Erste. „Komm schon, Gül. Wir tragen dich auf den Schultern.“

Sie sah zu Miko. Doch wenn sie glaubte, er würde sie von den Jungs erretten, dann täuschte sie sich. Er stand mit steinernem Gesicht da, die Hände in den Taschen. Sieh zu, wie du klarkommst, schien sein Blick zu sagen.

Als einer der Jungs sie an der Schulter fasste, um sie – wie sie sagten – festzunehmen, platzte ihr der Kragen.

„Verschwindet jetzt!“, fauchte sie. „Ich schieße nicht. Holt euren blöden Vogel alleine runter. Lasst mich in Ruhe mit dem Schwachsinn.“

Das saß. Sie blickten wie getretene Hunde. Ach herrje. Das hatte sie nicht gewollt. Aber es war schon zu spät. Mit hängenden Schultern zogen sie wieder ab.

„Gut gemacht“, kommentierte Miko. „Dabei finden sie dich einfach nur toll, weißt du. Sie lieben dich.“ Verbittert fügte er hinzu: „Weshalb auch immer.“

„Miko, bitte. Es ... tut mir so leid. Wirklich. Ich hätte dich nicht verdächtigen sollen. Aber ... Es tut mir leid.“

Sein Gesicht blieb grimmig. Etwas war kaputt gegangen. Gül fühlte sich schuldig.

„Aber wenn du es nicht warst“, sagte sie. „Wer war es dann?“

„Keine Ahnung“, sagte er bitter. „Aber bist du dir sicher, dass ich es nicht war? Vielleicht habe ich ja noch viel mehr Leichen im Keller, als du denkst. Könnte doch sein, oder?“

Sie schwieg betreten.

„Ich gehe jetzt. Noch ein schönes Schützenfest für dich. Wir sehen uns bei der Arbeit. Das lässt sich wohl nicht vermeiden.“

Er drehte sich um und stapfte davon. Gül sah ihm zerknirscht hinterher. Sie erinnerte sich an das, was Tönne gesagt hatte. Dass ihm nur noch ein letztes Puzzleteil fehlte. Er war ganz nah dran an der Lösung.

Ein ungutes Gefühl erfasste sie. Beunruhigt schaute sie sich um. Wo steckte eigentlich Tönne?

29

„Was sagst du da? Das ist doch totaler Wahnsinn!“

Manfred stand am offenen Kofferraum seines alten Passats und starrte ihn unverwandt an. Tönne schwieg, ohne Manfred aus den Augen zu lassen. Brauchte er noch eine letzte Bestätigung, so hatte er sie jetzt erhalten. Egal, was Manfred sagte, er konnte es in seinen Augen lesen. Manfred war schuldig.

„Weshalb, Tönne?“, fragte Manfred erregt. „Weshalb sollte ich so was tun?“

„Ich weiß nicht. Es war bestimmt nicht einfach für dich, mit Werner zu leben. Er konnte einem ja ziemlich auf die Nerven gehen. Aber wenn mich du schon fragst, dann würde ich sagen, du hast es hauptsächlich wegen des Erbes getan.“

„Das *Erbe*?“ Manfred lachte schrill. „Bist du jetzt völlig durchgedreht? Ich brauche das Geld nicht, Tönne. Das ist doch Unsinn. Ich habe gerade geerbt. Von meiner Tante. Das weiß doch jeder. Mechthild und ich wollten mit dem Geld auf Weltreise gehen, für lange Zeit. Warum sollte ich den Vater meiner Freundin wegen Geld umbringen? Das ist doch absurd.“

„Ja, das weiß jeder. Aber was ist denn mit dem Erbe?“ Tönne deutete auf den rostigen Passat. „Brauchst du nicht dringend ein neues Auto? Wäre das nicht eine der ersten Anschaffungen, wenn man erbt? Das Geld ist doch schon einige Zeit da. Wieso fährst du immer noch in der alten Schrottkarre herum?“

„Ist das dein Ernst? Ich soll ein Mörder sein, weil ich mir noch kein neues Auto gekauft habe? Ich bin ganz einfach nicht dazu gekommen!“

„Dann sag doch mal, Manfred: Wie viel hast du denn geerbt? Darf ich das wissen? Gibt es dazu etwas Schriftliches? Bestimmt kannst du das Missverständnis schnell aus der Welt räumen, wenn es stimmt, was du sagst.“

„Was ich auf dem Konto habe, geht dich ja nun wirklich nichts an. Ich lass mich auf diesen Unsinn gar nicht ein.“

„Ich denke nicht, dass du besonders viel Geld auf dem Konto hast. Ganz im Gegenteil. Ich schätze, du stehst ziemlich schlecht da. Du brauchst Geld. Hast du deshalb mit Bernhard Ochtrup vereinbart, Arbeiten für den Verein zu machen, die über ein falsches Konto abgerechnet werden?“

„Ich ... *Was*? Ich hab überhaupt nichts mit Bernhard ausgemacht!“

Aber was nach Empörung klingen sollte, klang nur noch nach Erschrecken. Tönne war also auf dem richtigen Weg.

„Peter Meier. Sagt dir der Name etwas? Auf sein Konto wurden die erstatteten Auslagen eingezahlt. So große Summen waren es gar nicht, jedenfalls nicht für jemanden, der keine Geldprobleme hat. Ich schätze, du musst ziemlich mit dem Rücken zur Wand stehen, wenn du auf solche Deals angewiesen bist."

„Ich hab echt keine Ahnung, wovon du sprichst, Tönne. Ich hab jetzt auch keine Zeit mehr für diesen Unsinn. Es gibt hier noch eine Menge vorzubereiten. Die Fahnenschlaggruppe kommt gleich."

„Genau die haben mich auf deine Fährte gebracht. Der Verein hat Geld für Jugendarbeit ausgegeben. Fürs Kinderschützenfest ist aber kein Geld geflossen. Da wird alles ehrenamtlich gemacht. Bleibt also nur der Fahnenschlag. Sonst gibt es keine Jugendarbeit bei uns. Das ist doch kein Zufall, oder? Dass diese Jugendarbeit in den Büchern auftaucht. Also was habt ihr vereinbart? Hast du eine Art Stundenlohn bekommen? Oder eher eine Pauschale für deine Arbeit? Nicht, dass es ehrenrührig wäre, dich dafür zu bezahlen. Aber dann sollte der Vorstand schon was davon wissen."

Manfred starrte ihn mit loderndem Blick an.

„Du bist doch wahnsinnig!", rief er und stieß Tönne mit beiden Armen von sich. Der stolperte zurück, verlor das Gleichgewicht und fiel ins nasse weiche Gras. Kein Problem, sollte man meinen. War ja nichts weiter passiert. Aber als Tönne wieder aufstehen wollte, schoss ein rasender Schmerz durch sein Bein. Wie es aussah, hatte er sich den Knöchel verstaucht. Das war wirklich zu blöd. Vor zwanzig Jahren wäre ihm so was nicht passiert.

Manfred drehte sich um und zog eine der Fahnen aus dem Kofferraum. Er stellte sich über Tönne ins Gras und betastete den Holzgriff, als überlegte er, wie gut sie als

Waffe taugen würde. Tönne blickte sich um. Sie waren allein. Wenn er laut um Hilfe rufen würde, dann würde ihn vielleicht einer hören. Aber sicher war das nicht. Der Spielmannszug dröhnte schrill über den Platz, und an den Bierständen wurde gelacht und gegrölt. Manfred würde sicher schnell zuschlagen, wenn Tönne losschreien würde. Er konnte also nicht damit rechnen, dass ihm rechtzeitig einer zur Hilfe kam.

„Was ist jetzt?“, fragte er Manfred herausfordernd. „Willst du mich etwa umbringen? So wie Werner?“

Manfreds Blick wurde eiskalt. Er umklammerte den Griff der Fahne mit beiden Händen.

„Du hättest besser Bernhard oder jemand anderen einweihen sollen“, sagte er. „Ich habe eben noch mit ihm gesprochen. Er sagte, du weißt von Peter Meier. Und ich solle doch mit dir sprechen. Er war ziemlich besorgt wegen dieser Sache. Aber dass du mich als Mörder verdächtigst, davon wusste er nichts. Alle halten mich für das, was ich ihnen vorspiele. Ich glaube nicht, dass irgendjemand außer dir auf solche Ideen kommen würde.“

Er schwang die Fahne über dem Kopf im Kreis. Das Tuch flatterte im kühlen Wind. Tönne musste ihn irgendwie ablenken.

„Aber was denkst du, was passiert, wenn es hier noch ein Mordopfer gibt?“, fragte Tönne. „Glaubst du wirklich, du kommst noch einmal davon? Diesmal wird die Polizei dir auf die Schliche kommen. Ganz sicher.“

„Tja. Es wird aber gar kein Mordopfer geben. Nur einen alten Mann, den jemand beim Zurücksetzen seines Frontladers übersehen hat. Ein tragischer Unfall. Einer der Bauern wird bestimmt gleich seine Maschine anwerfen. Wenn ich dich unter die Räder kommen lasse, wird nicht viel von dir übrig bleiben. Ich werde schon dafür sorgen, dass es nicht nach Mord aussehen wird. Keine Sorge, Tönne, mir wird schon nichts passieren.“

Die Fahne kreiste immer noch gleichmäßig über seinem Kopf. Das war eine Figur aus dem Fahnenschlag. Damit wollte Manfred wohl seine Überlegenheit demonstrieren. Tönne musste sich etwas einfallen lassen. Ihn irgendwie hinhalten.

„Dann gab es also gar kein Erbe?“, fragte er. „Und die Geschichte mit der Tante stimmt gar nicht?“

„Doch, schon. Aber dieses Erbe war nichts wert. Aktienpapiere, mit denen man sich den Hintern abwischen kann. Ein Haus voller Hypotheken. Gepfändete Pferde und Autos. Und schließlich einen Haufen Schulden bei der Bank. Das war mein tolles Erbe. Ich habe es nicht angetreten.“

„Aber du hattest schon deinen Job gekündigt. Weil ihr auf Weltreise gehen wolltet, du und Mechthild.“

„Genauso war es. Da wusste ich noch nicht, was los war. Die Sache mit dem Erbe hörte sich ja auch ganz toll an am Anfang. Dabei war es eine ziemliche Pleite.“

„Dann hattest du plötzlich Geldprobleme“, sagte Tönne. „Ohne Job und ohne Erbe.“ Er lächelte. „Mir ist eingefallen, was meine Frau mal über dich gesagt hat. Deine Lehrerin, du erinnerst dich? Er ist viel zu impulsiv, der Junge. Er denkt nicht über die Konsequenzen nach. Die meisten Leute hätten das Erbe zuerst abgewartet, bevor sie den Job gekündigt hätten.“

Manfred blickte grimmig drein. „Ich habe Werner gebeten, mir was zu leihen“, sagte er bitter. „Aber er hat mich nur ausgelacht. Keinen Pfennig würde ich von ihm bekommen. Du kanntest ihn ja, diesen Geizkragen. Er hat mich dastehen lassen wie einen Bettler in der Fußgängerzone.“

Er schwang die Fahne jetzt links und rechts kreisförmig um seinen Körper herum. Es war die zweite Figur beim Fahnenschlag, die Acht. Sauber ausgeführt, natürlich. Ohne den Schwung zu unterbrechen, machte er einen Schritt auf Tönne zu. Wenn er die Fahne jetzt auf seinen Kopf niedersausen ließe, wäre es wohl vorbei. Tönne war wehrlos. Er konnte ihm nicht entkommen. Nicht mit seinem verstauchten Knöchel.

„Er hat mich krank gemacht mit seiner schlechten Laune und seiner herrischen Art“, fuhr Manfred fort. „Dabei hat er Kohle ohne Ende. Er sitzt auf seinem Geld und seinem Besitz. Ohne dass irgendwer was davon hat. Ich meine, ich bin sein Schwiegersohn in spe. Da hätte er mir doch mal ein bisschen aushelfen können. Also habe ich mir gedacht: Wenn dieser alte Sturkopf erst mal weg ist, haben wir ohnehin ausgesorgt, Mechthild und ich. Und müssen uns seine blöde Art nicht mehr bieten lassen.“

„Mechthild hätte ausgesorgt, das ja. Aber warst du dir auch sicher, dass sie dich heiraten würde?“

„Natürlich. Oder zweifelst du etwa daran? Ich hab ihr im Gefängnis den Antrag gemacht. Sie hat geweint vor Glück.“

Manfred wechselte in eine neue Figur. Er legte die Fahne auf der Schulter ab, ließ sie mit dem Fahnentuch voran um den Nacken kreisen und fing sie vor dem Körper wieder auf.

„Wenn wir erst mal geheiratet haben, dann verkaufe ich den Hof“, sagte er. „Bei den riesigen Ländereien ist das mehr Geld, als ich ausgeben kann. Dann können wir tatsächlich auf Weltreise gehen. So, wie es immer geplant war. Das heißt, falls Mechthild nicht verurteilt wird. Der Anwalt hat was von Mangel an Beweisen erzählt. Wir können uns Hoffnungen auf einen Freispruch machen, sagt er.“

„Du willst Mechthild also mitnehmen?“

„Warum nicht? Wir verstehen uns ganz gut. Und eine Zeitlang müssen wir schon verheiratet bleiben, wenn ich das Geld nach der Scheidung behalten will.“

Nun ließ er die Fahne wieder über dem Kopf kreisen. Er spielte mit Tönne wie eine Katze mit einer Maus.

„Dann hast du den Sauerkirsch-Aufgesetzten vergiftet“, stellte Tönne fest, um Zeit zu gewinnen.

„Mit Eisenhut, genau. Der wächst hier überall. Das Extrakt hab ich in Werners Küche hergestellt. Was meinst du, weshalb sie Mechthild ins Gefängnis gesteckt haben?“

Manfred begann zu lächeln. Es war ein Raubtierlächeln.

„Sind damit deine Fragen beantwortet? Oder willst du noch ein bisschen plaudern?“

Das war es also. Als Nächstes würde er zuschlagen. Wenn nichts passierte, konnte Tönne mit seinem Leben abschließen. Verflucht.

Doch im nächsten Moment nahm er aus dem Augenwinkel eine Bewegung wahr. Hinter Manfred am Kombi. Es war Lisbeth. Sie schlich sich vorsichtig heran, ein Gewehr im Anschlag. Es war nur eine Attrappe, von der sie eilig den Blumenstrauß abgezupft hatte, aber das spielte keine Rolle. Auf den ersten Blick sah es wie eine gefährliche Waffe aus.

„Ja“, sagte Tönne, der sich ein Lächeln kaum verkneifen konnte. „Damit sind alle meine Fragen beantwortet.“

„Hände hoch“, sagte Lisbeth. „Nicht bewegen.“

Dann ging alles ganz schnell. Manfred, der die Fahne gerade über den Kopf schwang, ließ sie vor Schreck fallen und wirbelte herum. Er riss die Hände hoch, die Fahne schoss durch die Luft, wurde vom Wind herumgerissen, doch ehe Tönne ihre Flugbahn auch nur erahnen konnte, traf sie Lisbeth bereits am Hinterkopf, die daraufhin kopfüber auf die Wiese fiel und reglos liegen blieb. Manfred, der zuerst erschrocken und dann verwundert ausgesehen hatte, drehte sich langsam wieder zu dem hilflos im Gras liegenden Tönne um.

In seinem Gesicht leuchtete ein Haifischlächeln.

30

Gül war ein paar Sekunden lang schwarz vor Augen geworden. Ihr Kopf schmerzte höllisch. Sie wusste nicht genau, was passiert war, aber das spielte auch keine Rolle.

Manfred hatte eine zweite Fahne aus dem Kofferraum gezogen und sich vor Tönne aufgebaut. Er wollte ihm das Ding über den Kopf ziehen. Sie musste handeln.

Mühsam raffte sie sich auf und fischte das Fake-Gewehr aus dem nassen Gras. Mit einem bisschen Glück hatte Manfred noch nicht bemerkt, dass es nur eine billige Attrappe war. Doch gerade, als sie sich mit dem Gewehr in Stellung bringen wollte, wirbelte Manfred herum. Er schlug sofort zu, aber Gül sprang rechtzeitig zurück, wich ihm aus und legte die Waffe an.

„Das Spiel ist aus, Manfred. Hände hoch."

Doch Manfred dachte gar nicht daran. Er warf ihr die flatternde Fahne entgegen und hastete davon, über die Wiese und durch den Seiteneingang ins Festzelt.

Hätte sie doch nur eine echte Waffe gehabt. Dann hätte sie ihn ohne Probleme kampfunfähig machen können. Aber so blieb ihr nichts übrig, als das billige Holzding wegzuwerfen und die Verfolgung aufzunehmen.

„Das Spiel ist aus?", fragte Tönne ungläubig vom Rasen aus. „Sagt ihr so was wirklich bei der Polizei?"

„Geht's dir gut, Tönne? Bist du verletzt?"

„Mir geht's gut. Ich glaub nur, ich hab mir den Knöchel verstaucht."

„Gut. Ich komm später wieder. Versuch solange nicht aufzustehen."

Sie ließ Tönne zurück und rannte durch den Seiteneingang ins Zelt. Manfred versuchte sich gerade einen Weg durch Tische und Stühle zu bahnen, in Richtung des Haupteingangs. Blumenschmuck flog dabei durch die Luft, Geschirr zersprang, Stühle krachten auf den Boden. Die anwesenden kaffeetrinkenden älteren Frauen kreischten sofort los. Es war, als wäre ein Fuchs in den Hühnerstall eingedrungen. Das totale Chaos brach aus.

Manfred schlug einen Haken und rannte aufs Kuchenbüfett zu. Dahinter lag der Personaleingang. Manfred ging also lieber nicht erst das Risiko ein, durch den Haupteingang auf den Platz laufen, wo der Rest der Festgesellschaft war, sondern wollte sich auf diese Weise in Sicherheit bringen.

Gül schnappte sich im Vorbeilaufen Aenne Vaalbrock, die offenbar gerade dabei gewesen war, Kaffee nachzuschenken. Mit vor Schreck geweiteten Augen stand Aenne da und umklammerte zwei Kaffeekannen.

„Rufen Sie die Polizei, Frau Vaalbrock. Schnell."

Sie nickte, ohne sich von der Stelle zu rühren. Gül hatte keine Zeit, sich zu vergewissern, ob die Botschaft wirklich bei der Frau angekommen war. Sie musste hinter Manfred her.

Begleitet vom wilden Kreischen der älteren Frauen erreichte sie die Kuchentheke, über die Manfred gerade kletterte, um den Personaleingang zu erreichen. Gül bekam ihn an der Uniformjacke zu fassen. Sie versuchte ihn zurückzureißen, was nicht ganz funktionierte. Er verlor zwar das Gleichgewicht, fiel aber nicht von der Kuchentheke, sondern rutschte stattdessen der Länge nach in die aufgebauten Torten.

Es war wie eine Massenkarambolage auf der Autobahn. Kuchen wurden zerdrückt, Sahne spritzte, Kirschen und Aprikosen flogen umher, eine Wolke von Schokoladenstreuseln wirbelte auf. Die Rhabarberbaiser-Torte von Aenne Vaalbrock drehte sich wild um die eigene Achse und rutschte dann wie ein Kegel in die aufgereihten Kaffeekannen, die laut klirrend umstürzten und die Torte unter sich begruben. Eine große prachtvolle Schwarzwälder Kirschtorte schoss derweil ungebremst über den Thekenrand hinweg und verschwand im Abgrund. Kokosflocken schneiten auf das Chaos herab, Erdbeerfüllung tropfte wie klebriges Blut von der Theke. Es war ein einziges Massaker.

Gül spürte, wie ein paar Spritzer in ihrem Gesicht landeten, doch sie achtete nicht weiter darauf, sondern sprang vor und versuchte Manfred am Handgelenk zu packen. Leider war sein Arm so voller Buttercreme, dass er sich problemlos aus ihrem Griff befreien konnte. Er ließ sich auf der anderen Seite der Theke zu Boden fallen, sprang auf und hastete zum Personaleingang. Von oben bis unten mit Sahne und Tortenboden beschmiert sah er aus, als wäre er geteert und gefedert worden.

Gül blickte sich hektisch um. Sie brauchte eine Waffe. Es konnte doch nicht sein, dass man auf einem Schützenfest keine Waffe zu fassen bekam. Aber es half nichts, sie musste die Verfolgung ohne Gewehr aufnehmen. Mit einem großen Satz sprang sie über die verwüstete Kuchentheke und folgte Manfred ins Freie.

Draußen war alles still. Das Kreischen der alten Damen war nur noch gedämpft zu hören. Gül blickte sich um. Keine Spur von Manfred. Sie nahm ein Geräusch wahr, ein Rascheln oder Schaben. Es kam von dem großen Gebläse, mit dem die Hüpfburg aufgepumpt worden war. Gül sah sich auch hier nach etwas um, das sie als Waffe benutzen konnte. Aber nichts. Sie würde sich ganz auf ihr Kampftraining verlassen müssen. Hinter dem Gebläse begann die Rückwand der Hüpfburg. Im Innern sprangen und tobten Kinder gutgelaunt herum. Sie näherte sich vorsichtig. Dann sah sie Manfred. Er kletterte gerade zwischen zwei Plastiksäulen in die Hüpfburg hinein und war sofort wieder aus ihrem Blickfeld verschwunden.

Gül lief hinterher und schlüpfte ebenfalls in die dunkle und schwankende Plastikwelt. Auf allen Vieren tastete sie sich voran. Vor ihr wurde es heller. Es tauchten große Lufttiere auf und Kinder, die darauf herumkletterten. Die Hüpfburg war voller Leben. Ihr erste Gedanke war: Sie musste die Kinder hinausbringen. Bevor etwas passierte.

Vor ihr an der Wand waren Handabdrücke aus Sahne und Teig zu sehen. Dort war Manfred entlanggegangen. Sie folgte den Spuren. Offenbar war er über die mit Seilen verstärke Treppe hochgeklettert. Da oben war die große Rutsche, wenn sie sich nicht irrte.

Bevor sie hinterherkletterte, wandte sie sich an die Kinder, die überall herumsprangen.

„Alle Kinder raus!“, rief sie. „Sofort! Ihr müsst die Hüpfburg verlassen.“

Verwirrte und erschrockene Blicke. Aber keiner rührte sich. Das funktionierte offenbar nicht so richtig. Erwachsene hatten in der Hüpfburg ja auch eigentlich gar nichts zu suchen.

„Ihr müsst sofort von der Hüpfburg runter, verflucht! Aber schnell!“

Keine Chance. So einfach wollten sie sich offenbar nicht vertreiben lassen. Dann ein lautes Platschen. Eine Welle ging durch die Burg, die alle erfasste. Gül wirbelte herum. Es war Manfred. Er war offenbar aus einiger Höhe hinuntergefallen. Mit seinen Buttercreme-Händen konnte er an den Plastikwänden wohl nur schwer Halt finden. Er kämpfte sich hoch und sah Gül mit loderndem Hass an. Aus seinem verschmierten Jackett zog er ein Taschenmesser heraus. Er ging in Kampfstellung.

Jetzt fingen auch die Kinder an zu kreischen. Alle rannten los und versuchten die Hüpfburg zu verlassen. Der Boden unter ihr bäumte sich wild auf. Gül und Manfred wurden beide umgeworfen. Die Kinder erzeugten mehr Energie als ein Wellenbad. Gül fühlte sich hilflos den Gewalten ausgeliefert. Manfred bekam eines der Seile zu fassen, mit denen die Treppe verstärkt wurde. Er zog sich wieder hoch, sah noch einmal zu Gül und entschloss sich dann, die Flucht dem Kampf vorzuziehen.

Gül versuchte ebenfalls, wieder auf die Beine zu kommen. Sie fühlte sich wie in einem riesigen Wasserbett. Dann ließ das Schwanken ein wenig nach. Die Kinder waren fort, es wurde ruhig in der Hüpfburg. Gül arbeitete sich zu der Treppe vor. An den Seilen fand sie Halt, und nach oben ging es dann ganz schnell.

Manfred war bereits an der Rutsche. Nur ein paar Zentimeter von ihr entfernt. Er stand aufrecht da, das Taschenmesser in der Hand, und grinste Gül überheblich an. Dann stach er wild in die Wand neben sich und ließ sich mit dem Hintern auf die Rutsche plumpsen. Im nächsten Moment war er aus ihrem Blickfeld verschwunden.

Ein bedrohliches Zischen war zu hören. Luft strömte aus. Gül eilte hinter ihm her, aber da senkte sich die Decke bereits herab. Die Hüpfburg drohte einzusinken, der Boden unter ihr gab nach. Auf allen Vieren kämpfte sie sich in Richtung Rutsche. Es war, als wollte sie aus dem Schlund eines Ungeheuers fliehen, und die Rutsche war ihre letzte Rettung. Es sah nicht gut aus. Aber gerade, als die rote Plastikecke den Boden erreichte und es dunkel wurde um sie herum, schlüpfte Gül mit letzter Kraft hindurch. Ohne sich umzublicken, warf sie sich auf die Rutsche und sauste auf dem Bauch nach unten.

Ihre Haare flogen im Wind, sie konnte kaum etwas sehen, aber fürs Erste war sie entkommen. Die Rutschpartie dauerte nicht lange. Unten angekommen schlitterte sie über eine Plastikebene. Sie versuchte auf den Rücken zu kommen, um einen möglichen Angriff von Manfred abwehren zu können.

Aber Manfred war nirgendwo. Sie kam auf die Beine und sah sich um. Vor ihr war eine Vertiefung, aus der die Luft entwich. Manfred war hineingeschlittert und versuchte gerade herauszuklettern. Als er sich befreit hatte, war Gül über ihm. Doch ehe sie ihn packen konnte, versetzte er ihr einen Tritt in den Bauch. Sie war für eine Sekunde außer Gefecht gesetzt. Manfred nutzte den Moment, sprang auf und lief davon. Gül hielt sich den Magen. Verflucht, der war hartnäckig.

Wieder nahm sie die Verfolgung auf. Manfred hatte jetzt die Festwiese erreicht. Offenbar wollte er zu seinem Passat. Gül sprang ebenfalls von der Hüpfburg. Er hatte einen guten Vorsprung, aber sie war schnell. Vielleicht würde sie es schaffen.

„Gül!", rief eine Stimme. „Hier!"

Es war der Junge aus dem Schießverein. Er hatte ein Luftgewehr in der Hand. Endlich. Er warf es ihr zu. Gül fing die Waffe mit einer geschmeidigen Bewegung auf und legte an. Manfred hoppelte wie ein Hase auf seinen Wagen zu. Sie wurde ganz ruhig. Konzentrierte sich. Zielte auf seine Wade. Und schoss.

Manfred brach seitlich weg. Volltreffer.

„Super Schuss, Gül! Du hast ihn erwischt!"

Zufrieden legte sie die Waffe ab. Plötzlich waren Martinshörner zu hören. Streifenwagen schossen mit Blaulicht auf den Platz. Leute traten beiseite, die Musik hörte auf zu spielen. Manfred sah die Autos ebenfalls kommen. Er versuchte aufzustehen und wegzuhumpeln.

In diesem Moment tauchte Miko auf. Er blickte ungläubig zu Gül, dann zu Manfred. Offenbar erfasste er die Situation sofort, denn er packte Manfred am Kragen und zog ihn hoch. Und dann waren die beiden schon umringt von den Kollegen aus den Streifenwagen. Es war vorbei. Manfred war gefasst.

„Na also", sagte Gül. „Wer sagt es denn? Ich hab's geschafft."

In diesem Moment flammte ein Blitzlicht auf. Stefan Berkebrook vom Lokalblatt. Aber diesmal hatte er nicht Gül fotografiert, sondern Miko und den Mörder. Miko hielt Manfred entschlossen und unerbittlich und sah dabei aus wie ein sozialistischer Arbeiterheld auf einem DDR-Gemälde, während Manfred geschlagen und verzweifelt zu Boden blickte, schmutzig, verletzt und schuldig. Ein großartiges Motiv.

Sicherlich würde dieses Bild morgen auf die Seite eins kommen: Miko, der Held, der den Mörder gestellt hatte.

31

Der Bierstand neben der Vogelstange war umringt von Menschen. Ein Meer von grün-weißen Schützenuniformen und mittendrin Tönne mit seiner grauen Schirmmütze und dem Flanellhemd. Nach dem Polizeieinsatz und dem Durcheinander im Festzelt hatten sie das Vogelschießen für eine Weile unterbrochen. Um den Leuten die Möglichkeit zu geben, sich vom Schreck zu erholen und mit dem Aufräumen anzufangen. Erst eine gute Stunde, nachdem Manfred abgeführt worden war, hatten sie den Schießstand wieder eröffnet.

Obwohl es langsam spannend wurde an der Vogelstange und es nicht mehr lange dauern konnte, bis das Holzvieh runtergeholt werden würde, rückte das Schießen dennoch etwas in den Hintergrund. Die meisten Schützen standen unterm Vordach am Bierstand und versuchten zu begreifen, dass einer aus ihren Reihen den Kassenwart umgebracht hatte. Der Fall wurde immer wieder von allen Seiten beleuchtet, doch die Fassungslosigkeit blieb. Und jeder fragte sich, ob er selbst etwas hätte merken müssen.

Am schlimmsten erging es Bernhard Ochtrup. Er wirkte wie ein angeschlagener Boxer, wie er mit hängenden Schultern in sein Bier starrte und wieder und wieder den Kopf schüttelte. Mit den mächtigen Pranken hielt er sich am Tresen fest, als würde ihm die Kraft fehlen, auf seinen eigenen Beinen zu stehen.

„Er war doch so ein guter Junge“, meinte er. „Ein guter Junge. Das war er doch, oder? Alle dachten das. Ich hätte niemals geglaubt, dass ausgerechnet er ... Nein, einfach unmöglich.“

„Er hat uns alle getäuscht“, meinte Tönne tröstend, dem ein Barhocker organisiert worden war. Sein Knöchel war angeschwollen, aber von einem Arzt wollte er nichts wissen. Morgen geht das schon wieder, hatte er nur gesagt.

Der Barhocker wirkte zwar etwas wackelig, aber Tönne schien das nicht zu stören. Jemand hatte ihm auch einen Satz Krücken besorgt, die jetzt neben ihm am Hocker lehnten. Auch damit hatte sich Tönne sofort genauso energisch und selbstverständlich bewegt, wie Gül es von ihm gewohnt war. So ein verknackster Knöchel, der brachte ihn nicht aus dem Konzept.

„Aber ich hab mich der Beihilfe schuldig gemacht!", klagte Bernhard. „Ich bin doch genauso Schuld. Sicher komme ich auch ins Gefängnis."

„Das konnte keiner ahnen, Bernhard. Dir passiert schon nichts. Oder, Lisbeth?"

Gül schüttelte den Kopf. „Nein, nein. Keine Sorge."

„Meinetwegen ist Mechthild ins Gefängnis gewandert. Nur weil ich diesem Jungen vertraut habe. Ich war wohl der einzige, der wusste, dass Manfred pleite war. Es war ihm ja so furchtbar peinlich, weil er doch schon seinen Job gekündigt hatte für die Weltreise und alles. Richtig leid hat er mir getan. Deshalb hab ich ihm zu diesen Arbeiten verholfen. Damit er wenigstens ein bisschen Geld verdient, bevor er ganz auf der Straße steht. Es sollte ja nur vorübergehend sein. Bis er wieder auf die Füße gekommen war."

Er schüttelte wieder den Kopf und starrte in sein Bier.

„Dabei hatte er Werner ermordet. Aus Gier. Und ich habe geholfen, das zu vertuschen. Unfassbar."

„Es ist ja jetzt herausgekommen, Bernhard", sagte Tönne. „Die Wahrheit kommt am Ende immer ans Licht."

„Glaub mir, Tönne, ich kenn ja eine Menge Leute. Und ich hab auch viel Lebenserfahrung. Aber damit habe ich nicht gerechnet. Wie konnte ich mich in Manfred so dermaßen täuschen?"

Er nahm einen tiefen Schluck Bier und gab sich selbst die Antwort: „Es ist das Alter, Tönne. Wir werden alt, daran muss es liegen. So geht es uns allen."

Tönne machte ein Gesicht, als wollte er sagen, da könne Bernhard nur für sich sprechen. Aber er hielt den Mund.

„Noch eine Runde Herrengedeck für uns!“, rief Bernhard. „Lisbeth, für dich auch?“

Herrengedeck, das bedeutete ein Bier und einen Korn. Gül wollte lieber kein Bier trinken, das mochte sie einfach nicht. Aber gegen ein kleines Schnäpschen war wohl nichts einzuwenden nach der ganzen Aufregung.

„Ich nehme einen Schnaps“, sagte sie. „Oder besser einen Likör, wenn Sie haben?“

Der Mann hinter der Theke machte ein betretenes Gesicht.

„Wir haben nur Sauerkirsch-Aufgesetzten“, sagte er in einem Tonfall, als hätte er sich deswegen heute schon eine Menge Vorhaltungen machen lassen.

Aber Gül konnte nur darüber lachen.

„Meinetwegen“, sagte sie gutgelaunt. „Dann einen Sauerkirsch-Aufgesetzten für mich.“

Aenne Vaalbrock drängte sich durch die Menge bis zu ihnen vor. Sie wirkte immer noch ganz mitgenommen von den Ereignissen.

„Ich habe gerade mit Heinz Bertling gesprochen“, verkündete sie. „Manfred hat wohl gestanden. Das haben die Leute von der Kripo gesagt.“ Dann gab sie dem Mann hinterm Tresen ein Zeichen. „Für mich auch einen Schnaps, bitte.“

„Dann kommt Mechthild jetzt raus“, sagte Bernhard. „Na, wenigstens eine gute Nachricht heute. Aber was wird sie nur sagen, wenn sie erfährt, dass ihr Verlobter den Mord begangen hat? Ach Gott, die Ärmste.“

„Lass mal, Bernhard“, sagte Aenne. „Das ist allemal besser, als im Gefängnis zu sitzen. Außerdem sind sie ja noch gar nicht verlobt. Er hat ihr nur einen Antrag gemacht. Es gab noch keine Ringe und gar nichts. Sie wird drüber wegkommen.“

Die Herrengedecke kamen, Aenne bekam ihren Schnaps, und Gül wurde der Aufgesetzte gereicht.

„Auf Mechthild“, sagte Tönne und hob sein Glas. „Und auf uns.“

Der Aufgesetzte brannte angenehm im Rachen. Gül spürte erst jetzt, dass sie ziemlich mitgenommen war von der ganzen Sache. Tönne warf ihr einen Blick zu und lächelte. Das haben wir doch gut hingekriegt, schien dieses Lächeln sagen zu wollen.

„Lisbeth, du hast etwas Pudding im Haar“, sagte er.

Sie lachte. Dann nahm sie eine Serviette und befreite sich von dem letzten Cremespritzer.

„Du hättest mir ruhig verraten können, was du über Manfred wusstest“, meinte sie. „Wenn du mich eingeweiht hättest, dann wäre alles einfacher gelaufen. Ohne den ganzen Stress mit der Verfolgungsjagd. Wir hätten Manfred einfach zusammen stellen können.“

„Vielleicht hast du Recht, Lisbeth. Aber du hattest doch auch einen Verdacht, oder? In den du mich nicht eingeweiht hast?“

Natürlich. Tönne wusste sich schon zur Wehr zu setzen. Hatte sie das etwa vergessen?

„Aber so alles in allem haben wir uns doch ganz gut geschlagen, Lisbeth, oder?“

„Das meine ich auch.“

„Dann waren wir also ein gutes Team?“

Nun ja, ein richtiger Teamplayer war Tönne nicht gerade. Außerdem hätten sie sich an die Kollegen von der Kripo halten müssen. Aber Gül wollte heute großzügig sein. Es spielte ja auch keine Rolle mehr.

„Ja, das stimmt“, sagte sie und lächelte zurück. „Ein gutes Team.“

„Darauf stoßen wir an. Noch einen Likör für dich, Lisbeth?“

„Also gut. Aber das ist dann der Allerletzte.“

Sie lehnte sich an den Tresen und sah zur Vogelstange. Von den meisten unbeachtet, wurde dort kräftig weitergeschossen. Die Schnäpse kamen, sie stießen an, tranken und sahen danach wieder zur Vogelstange. Sie spürte, wie sie langsam zur Ruhe kam. Es fühlte sich gut an, einfach dazusitzen, zu schweigen und dem Treiben der Schützen zuzusehen. Auch wenn es keine begnadete Schießkunst war, die sie da zu sehen bekam.

„Meine Güte, die stellen sich ja an", meinte Gül irgendwann. „Soll das etwa Schießen sein, was die da machen?"

Einer der Schützen hatte das offenbar gehört. Er wandte sich zu Gül und betrachtete sie herausfordernd.

„Hast du denn eigentlich schon geschossen?"

„Und ob. Auf den Mörder."

„Aber nicht auf den Vogel, oder? Dann zeig uns mal, wie man richtig schießt. Nur eine große Klappe haben, das läuft hier nicht."

Jetzt kam Stimmung auf. Immer mehr Schützen begannen sie anzufeuern. Gül sah sich verwirrt um. Tönne zuckte nur mit den Schultern. Sie kam nicht drum herum, sie musste schießen.

„Schon gut, schon gut, ich geh ja schon."

Sie stieß sich vom Tresen ab und ging zum Schießstand. Jubel brach aus. Der letzte Schütze in der Reihe, ein junger Mann mit feuerrotem Haar, betrachtete Gül missmutig. Er war zwar schon ziemlich angetrunken, hatte aber wohl trotzdem vor, noch König zu werden. Eine Meisterschützin war das letzte, was er gebrauchen konnte.

„Keine Sorge", flüsterte Gül, als sie das Gewehr von ihm entgegennahm. „Ich schieß daneben, versprochen."

Dann legte sie an. Der Vogel war nur noch ein zerschossener Rumpf, der ziemlich lose an einem einzigen Holzspan hing. Wer diesen Span traf, würde ihn sofort runterholen. Es war fast lächerlich einfach.

„Komm schon, Gül. Zeig's uns!"

„Jawoll! Lass sehen!"

Sie legte das Gewehr an und zielte auf die Stange über dem Vogel. Das wäre kein peinlicher Schuss, und trotzdem konnte nichts passieren. Sie legte den Finger an den Abzug. Atmete durch. Konzentrierte sich. Doch als sie den Abzug drückte, stieß der rothaarige Möchtegernkönig ihr blitzschnell in die Seite. Der Lauf der Waffe verschob sich um ein paar Millimeter und zielte auf den Vogel, dann löste sich der Schuss. Gül hatte das Gefühl, die Zeit blieb in diesem Moment stehen. Und trotzdem. Sie konnte nichts mehr dagegen tun. Sie schoss direkt auf den Holzspan, an dem der zerschossene Vogel hing. Direkt ins Ziel.

32

Ach herrje. Bei Lütke-Oerlinghues stand ja immer noch der Weizen auf dem Kamp. Tönne reckte den Hals, um besser sehen zu können. Ein Trauerspiel war das. Der hätte doch längst runtergemusst, und jetzt, nach dem vielen Regen am Wochenende, konnte erst mal kein Mähdrescher mehr auf den Acker. Da versank ja alles. Das sah wirklich nicht schön aus. Den Weizen würde Lütke-Oerlinghues am Ende nur noch silieren können.

Ein lautes Hupen ertönte hinter ihm. Tönne schrak zusammen. Schon wieder so ein Drängler. Da musste man ja aufpassen, dass man nicht vor Schreck in den Straßengraben fuhr. Es hupte wieder, diesmal aggressiver.

„Ja, Himmelherrgott! Sind denn nur noch Verrückte unterwegs?“

Jetzt war Tönne wirklich sauer. Am liebsten hätte er dem Drängler einfach die Straße versperrt und das Tempo weiter gedrosselt. Aber das brachte ja nichts. Er fuhr also rechts ran und ließ ihn überholen.

„Dann fahr doch vor den nächsten Baum! Schrecklich, diese jungen Leute!“

Ein Stück vor ihm auf der Straße entdeckte er Alwin Osterholt, der dem Raser ebenfalls mit einem Kopfschütteln hinterhersah. Sein Nachbar drehte mal wieder auf dem Fahrrad seine Runden. Das traf sich wirklich gut, denn Tönne wollte ohnehin mit ihm sprechen. Er brachte den Wagen zum Stehen und kurbelte das Fenster herunter.

„Alwin! Siehst du wieder nach dem Rechten?"

„Jau. Einer muss es ja tun."

„Das sag ich auch immer."

„Dann hab ich wenigstens was zu tun. Du weißt schon, wegen der Rente. Und Kartoffeln schälen, Tönne, das tu ich nicht. Ich tu's nicht! Das hab ich früher nicht getan, und ich fang da heute nicht mit an."

„Ist ja auch richtig, Alwin. Das kann ich verstehen."

„Meine Tochter kommt mir in letzter Zeit immer mit solchen Sachen. Furchtbar ist das. Und sie will einfach keine Ruhe geben."

„Ja, die jungen Leute. Die leben in einer anderen Zeit. Aber sag mal, hast du was von deinem Neffen gehört? Was die Sache mit Manfred angeht?"

„Jau. Hab ich. Es bleibt bei dem Geständnis. Der Junge sagt, Manfred will sich schuldig bekennen. Er hofft wohl, dass er dadurch strafmildernde Umstände kriegt, oder wie das heißt. Ich hoffe das zwar nicht, aber es ist gut, dass die Verhältnisse klar sind. Das macht die Sache einfacher."

„Wann soll der Prozess denn losgehen? Weiß das dein Neffe auch?"

„Ja, in ein paar Wochen. Es sind jetzt erst mal nur zwei Prozesstage angesetzt. Also kann das dann ganz schnell gehen."

„Gut so. Und dann ist der Spuk vorbei." Tönne nickte zufrieden. „Das sind mal wirklich gute Neuigkeiten, Alwin."

„Und Mechthild, das arme Mädchen. Ich hab ja immer gesagt, sie ist unschuldig. Oder, Tönne? So war es doch!"

Genau das Gegenteil war der Fall gewesen. Aber das spielte jetzt keine Rolle mehr. Tönne wollte nicht kleinkariert sein. Er war ja froh, dass Mechthild von allen wieder in die Gemeinschaft aufgenommen worden war. Die meisten hatten ein sehr schlechtes Gewissen, denn kaum einer hatte ja an ihrer Schuld gezweifelt. Auch wenn jetzt alle das Gegenteil behaupteten.

Gleich am Abend nach ihrer Freilassung war Mechthild bei Tönne auf dem Hof gewesen. Sie hatte ziemlich zerrupft gewirkt. Der Tod ihres Vaters, das Gefängnis, die Sache mit Manfred – alles hatte seine Spuren hinterlassen. Es würde sicherlich eine Weile dauern, bis sich ihr Leben normalisiert hätte.

„Ich hab gehört, was du getan hast", hatte sie gesagt. „Du hast an mich geglaubt. Dafür möchte ich dir danken, Tönne."

„Ich wusste eben, dass du es nicht warst."

„Aber weshalb wusstest du das so genau? Im Gegensatz zu allen anderen?"

„Agnes hat immer gesagt, dass du das Herz am rechten Fleck hast. So jemand ermordet keinen. Ich wusste einfach, ich kann mich auf Agnes verlassen. Deshalb."

Mechthild hatte zuerst nicht gewusst, was sie darauf antworten sollte. Aber dann sagte sie ganz leise: „Ich werde eine Kerze für sie anzünden. Auf dem Friedhof."

Und Tönne hatte lächelnd genickt, auch wenn ihm das Herz schwer geworden war. „Ja, mach das, Mechthild. Agnes wird dich sehen, ganz sicher."

Alwin lehnte sich auf seinen Lenker und schüttelte den Kopf. Sein Blick schweifte über das Land.

„Das war ein Schützenfest, was?", meinte er. „Da reden wir noch in vielen Jahren von, Tönne, das kann ich dir sagen. Erst das mit Manfred. Und als wäre das nicht schon genug Aufregung gewesen, schießt Lisbeth noch den Vogel ab."

„Jau. Das war was." Tönne gönnte sich ein Lachen.

Es war wirklich ein Spaß gewesen. Allein das völlig verdatterte Gesicht, das Lisbeth gemacht hatte, als der Holzvogel runtergefallen war. Schon dafür hatte es sich gelohnt. Die Arme. König zu werden war sicher das Allerletzte, was sie gewollt hatte.

„Die erste Königin, die wir haben", sagte Alwin. „So lange sind die Statuten ja noch nicht geändert. Und dann auch noch eine Muslima. Der alte Uppenhorst soll sich bekreuzigt haben, als er das gehört hat."

„Der alte Uppenhorst soll mal schön vor seiner eigenen Haustür kehren. Hat sich seine Tochter nicht gerade scheiden lassen? Wo er doch das Sakrament der Ehe so hochhält."

Tönne wusste ja, dass es ein paar alte Leute gab, denen die Sache nicht ganz geheuer war. Allein schon, eine Frau auf dem Thron zu haben, war zu viel für die. Aber was sollte man denen schon sagen? Es half ja alles nichts, man musste mit der Zeit gehen.

„Es sind eben nicht alle so modern wie wir, Alwin."

„Wem sagst du das, Tönne. Wem sagst du das. Es *kann* auch nicht jeder so modern sein wie wir."

Lisbeth hatte eigentlich eine gute Figur gemacht als Königin. Als König hatte sie ihren Arbeitskollegen gewählt, diesen Miko. Tönne war davon überzeugt, sie wollte damit irgendwas wiedergutmachen. Offenbar hatte es Ärger zwischen den beiden gegeben, aber er hatte lieber nicht weiter nachgefragt.

Es war ein schönes Fest gewesen an diesem Abend, auch wenn es in Strömen gegossen hatte und die Feuchtigkeit langsam ins Zelt gekrochen war. Der Stimmung hatte das keinen Abbruch getan. Sogar Lisbeths Eltern waren gekommen, und sie schienen sich gut amüsiert zu haben. Kein Wunder, sie waren ja geradezu belagert worden von den Leuten, die unbedingt die Eltern der ersten Königin von Buddenbeck kennenlernen wollten.

Tönne war irgendwann zu Lisbeth an den Königstisch gegangen. Es war schon spät gewesen, der Tisch ein einziges Schlachtfeld, und Lisbeth hatte allein dagesessen und zufrieden ihren Hofstaat betrachtet, der es auf der Tanzfläche ordentlich hatte krachen lassen. Sie hatte es offenbar genossen, einen Moment allein zu sein nach dem ganzen Durcheinander.

„Wie geht's dir, Lisbeth?", hatte Tönne vorsichtig gefragt. „Begreifst du langsam, was passiert ist?"

„Ja, so langsam. Was für ein Wahnsinn."

„Und wie fühlst du dich? Hast du Spaß?"

„Ich fühle mich, als wäre ich auf dem Mars gelandet, wenn du es genau wissen willst. Aber Spaß habe ich trotzdem." Dann hatte sie den Blick mit einem glücklichen Lächeln über die Festgesellschaft schweifen lassen. „Ich hab sie ja auch lieb, meine Marsianer. Irgendwie."

Tönne hatte es das Herz gerührt. Sie war eben eine echte Münsterländerin, die Lisbeth. Vom ersten Tag an war sie eine von Agnes' Lieblingsschülerinnen gewesen. Natürlich gehörte sie hierher. Schön, dass Lisbeth das auch genauso sah.

In seiner Beschwipstheit hatte er aufpassen müssen, das liebe Kind nicht einfach zu umarmen. Denn er wusste ja nicht, ob ihr das nicht vielleicht unangenehm gewesen wäre.

Alwin stieg wieder auf sein Fahrrad.

„Ich werd mal weiter, Tönne", sagte er. Aber dann schien ihm noch etwas einzufallen. „Ach, noch was, Tönne. Manfred hat übrigens gestanden, dass er bei dir eingebrochen hat. Weil er die Bücher vom Verein stehlen wollte. Das war also gar nicht dieser Einbrecher, wie alle dachten."

„Das hat die Polizei mir schon erzählt. Wundert mich gar nicht. Natürlich war das Manfred!"

„Aber dieser Einbrecher, der ist immer noch in der Gegend unterwegs. Letzte Nacht, da wurde bei Wiethold in der Scheune eingebrochen. Das Schweißgerät und die Flex sind geklaut worden. Ist das zu glauben? Heutzutage ist nichts mehr sicher."

„Das ist wirklich schlimm. Wollen wir hoffen, dass die Polizei diesen Kerl bald kriegt."

Aber Alwin sah nicht so aus, als hätte er da großes Vertrauen. Und ehrlich gesagt ging es Tönne nicht viel anders.

„Wir werden sehen, Tönne. Grüß Susanne von mir."

„Das mach ich, Alwin. Das mach ich."

Sein Nachbar winkte und stieg umständlich auf sein Fahrrad. Ziemlich wackelig fuhr er weiter. Auch Tönne startete den Motor.

Während er weiter übers Land fuhr, hatte er keine Augen mehr für den Weizen auf den Feldern. Er dachte an diesen Einbrecher. Vielleicht sollte er sich mal ein bisschen umhören. Sich die Tatorte ansehen. Das war im Grunde eine gute Idee.

Wenn Lisbeth ihm half, dann würden sie mit diesem Einbrecher schon fertig werden. Sie hatten ja längst bewiesen, dass man mit ihnen beiden rechnen konnte. Er musste nur Lisbeth davon überzeugen, dass sie nicht ständig wieder mit den Leuten von der Kripo anfing. Ja, im Grunde brauchten sich die Menschen in Buddenbeck keine allzu großen Sorgen mehr zu machen. Denn wo Lisbeth und er waren, davon war Tönne jetzt überzeugt, da hatte das Verbrechen keine Chance.